나의 미래에게

차례

1부	생존의 시작	7
2부	네버랜드	43
3부	원더랜드	189
4부	생존의 끝	331

작가의 말   399

1부

생존의 시작

1

너에게 할 말이 있어.

너는 모를 거야. 그 일이 벌어졌을 때 어땠는지. 기억하기에는 어렸으니까. 하지만 난 기억하고 너에게 말해야 해.

처음에는 별거 아니었어. 전에도 그런 일이 있었고 다들 익숙했어. 전염병이 돌 때 어떻게 해야 하는지 알았지. 정부에서 보내는 귀찮은 알림을 받고 비말 차단기를 쓰고 백신을 예약하는 그런 일들.

'또 시작이네.'

다들 그렇게 말했어. 지겹다는 듯.

그때가 인류 최고의 시기는 아니었어. 툭 하면 도는 전염병 말고도 신경 쓸 게 많았지. 식량난, 전쟁, 경제 위기, 낮은 출생률. 물론 기후 재앙도 있었지. 어느 날 전 세계 과학자들이

'인류는 끝났다'고 선언하던 게 기억나. 그들은 수십 년 전부터 경고했어. 내가 태어나기 전에 그들은 '인류 전체가 비참한 상황에 빠지는 일을 피하려면 큰 변화가 필요하다'고 말했고 내가 태어났을 때는 '지금이 행동할 수 있는 마지막 시기'라고 선언했지. 그리고 내가 자라 학교에 다닐 때 그들은 인류 절멸 선언을 했어. **이제 늦었다.**

그럼에도 사람들은 바뀌지 않았어. 천천히 끓어오르는 물에서 삶아지는 개구리처럼 무슨 일이 일어나도 넘겼어. 환경이 망했다고? 새로운 뉴스도 아님. 해수면 상승? 누가 바닷가에 살래? 지구 온도가 올랐다고? 내 혈압도 올랐다. 꿀벌의 멸종? 과학자들이 로봇 꿀벌을 만들 거야.

상파울루에 모인 과학자들이 인류 절멸 선언을 낭독하고 자기 머리를 에너지 총으로 날리는 걸 라이브로 봤어. 학교에서 스크린을 차단했지만 우린 볼 만큼 본 뒤였지. 인류 최고의 두뇌들이 희망이 없다며 머리를 튀겨 버리는 광경을. 그날 친구들이랑 했던 말이 기억나.

우리 어른 됐을 때는 다 망하는 거 아냐?

망한다는 말조차도 익숙했지. 우리는 종말과 함께 자란 세대였어. 어른들은 종말을 코앞에 둔 채 우리를 낳았고 종말 속에서 길렀지. 우리의 미래에는 늘 파멸이 똬리를 틀었고 우리는 느낄 수 있었어. 세상이 어떻게든 망할 거라는 거, 이미 망하는 중이라는 거.

종말은 늘 우리의 가능한 미래였지만 종말의 정확한 얼굴은 몰랐어. 전면전으로 인한 핵폭탄? 어쩌면. 환경 파괴로 인한 기후 재앙? 아마도.

그러나 언제부턴가 익숙해진 전 지구적인 전염병은 종말의 유력한 후보가 아니었어. 우리에게는 돈 되는 일에 미친 듯이 덤비는 글로벌 제약 회사들이 있었거든. 리얼넷의 음모론자들은 제약 회사가 백신 장사를 하려 전염병을 만든다고 떠들 정도였지. 물론 사망자는 생기겠지만 대부분 나이 지긋한 고령자일 테고 세상은 그런 걸로 놀라지 않으니까.

하지만 실제로 일어난 일은 달랐어.

언니는 오랫동안 그건 말이 안 된다고 했어. 넌 우리 언니를 본 적 없지. 네가 상상할 수 있는 어떤 사람보다 예쁠 거야.

갸름한 얼굴, 단정하고 서늘한 눈매, 사나운 성미.

흰 대리석 조각에 화산 같은 격렬함을 부여할 수 있다면 그게 우리 언니였어. 다듬지 않은 눈썹 결마저 아름다워 엄마 뱃속에서부터 눈썹 한 올 한 올 공들인 것 같은 사람.

그 시절의 언니를 떠올리면 난 혜성이 생각나. 눈에 띄는 외모와 강렬한 성격, 뛰어난 학교 성적. 그 나이대 아이가 평가받는 모든 요소가 빛나 시선을 사로잡는 별. 언니 옆의 나는 별 주변의 어둠이었지.

언니는 전염병에 대해 이렇게 말했어.

"전염성과 치사율이 둘 다 높은 건 말이 안 돼."

전염성과 치사율이란 말을 아나운서처럼 반듯한 발음으로 내뱉었어. 넌 아나운서가 뭔지 모르겠구나. 좋은 목소리와 훌륭한 발음으로 누구나 알아듣게 뉴스를 전하는 가상 인간이야. 가상 인간이 뭔지 설명해야 하나? 아니면 뉴스가 뭔지부터?

언니 말로는 그랬어. 치사율이 높은 바이러스는 퍼지기 전에 숙주가 죽어서 전염성이 낮고 전염성이 높은 바이러스는 되도록 많이 퍼지려 숙주를 죽이는 비율이 낮다고.

언니가 어디서 그런 걸 봤는지 모르겠어. 아마 리얼넷이겠지. 인류가 최첨단 기술을 쏟아부어 만든 가상 공간. 전 세계 사람들이 거기 접속해서 하는 일은 주로 온갖 분야에서 편 갈라 싸우기, 가짜 뉴스 퍼뜨리기, 멍청한 짓을 하는 모습을 찍어 올리기 등이었지만.

언니가 한 말이 얼마나 믿을 만한지는 모르겠어. 다만 일어난 일은 내가 알던 상식과 달랐어.

가족 중 가장 먼저 병에 걸린 건 나였어.

고령자나 기저 질환자 같은 고위험군 환자가 아니라서 나는 병원 대신 집에 머물렀어. 언니랑 같이 쓰던 방에 혼자 격리되었지. 처음에는 나쁘지 않았어. 학교도 안 갔고 부모님의 관심을 한 몸에 받았으니까.

무엇보다 '우리 방'을 혼자 차지하는 게 좋았어. 우리 부모님은 특별시에 거주할 여력은 있었지만 언니랑 내 방을 따로 주지는 못했거든.

햄스터를 한 마리 이상 기르려면 꼭 햄스터마다 케이지를 따로 줘야 한다는 걸 알아? 여러 마리를 한 공간에 넣으면 상대가 죽을 때까지 싸운대. 그 얘기를 들었을 때 난 언니랑 내가 햄스터일지도 모른다고 생각했어. 우리는 한 공간에 갇힌 두 마리 햄스터처럼 싸웠거든.

초기 격리 기간은 나쁘지 않았어. 케이지를 혼자 차지한 햄스터가 되어서 듣고 싶은 노래를 한 곡 반복으로 트는 건 쉽게 누릴 수 있는 호사가 아니었으니까. 상황이 심각하게 느껴지지도 않았어. 약을 먹고 격리 수칙만 잘 지키면 되었으니까.

그러다 열이 나면서 모든 게 달라졌어.

의식을 잃고 얼마나 오래 앓았는지 모르겠어. 어느 순간 열이 떨어지면서 현실이 눈에 들어왔어.

"머리가 왜 그 모양이야?"

정신을 차린 내가 가장 먼저 한 말이었어.

비말 차단기를 쓰고 손에는 멸균 장갑을 낀 채 죽을 들고 방에 들어오던 언니는 이상한 표정을 지었어. 내가 제정신인지 아닌지 모르겠다는 듯.

난 목덜미가 보이게 싹둑 자른 언니 머리를 보며 재차 물었어. "머리카락에 무슨 짓을 한 거야?"

언니는 머리를 항상 허리까지 길렀어. 전형적인 미인의 상징 같은 생머리는 사실 타고난 게 아니었지. 지독한 곱슬인 언니는 생머리로 보이려 공을 들였어. 주기적으로 헤어 숍에 갔고 매일 새벽에 일어나 에어 히팅기로 머리를 폈어. 옆에서 매일 '머리카락 고문'을 한다고 깐죽거리다 언니한테 한 소리 들은 게 기억나.

"야."

단 한 마디였지만 나는 언니가 말하지 않은 메시지를 완벽하게 접수했어. '적당히 해라. 머리카락 대신 너를 펴 버리기 전에.'

하지만 그때 열병에서 회복한 내 눈에 언니 머리카락보다 충격인 건 없었어. 한눈에 봐도 제대로 된 미용실에서 자른 머리가 아니었거든.

언니는 내 충격을 무시한 채 내 체온을 재고 말했어. "열이 떨어지면 끝난다고 했어. 괜찮을 거야. 넌 어른은 아니니까."

알 수 없는 말을 하고 내게 죽을 먹이려 했어. 나는 주위를 둘러보며 물었어.

"엄마는?"

집이 조용했어. 우리 집만 조용한 게 아니라 바깥 소리도 들리지 않았어. 늘 공기처럼 흐르던 거실의 스크린 소리, 이런저런 말소리, 길가의 차 경적, 생활 소음도 없었어.

"일단 다 먹고 말하자."

"엄마랑 아빠는 어디 갔어?"

"목소리 좀 낮춰."

"왜 자꾸 속삭이는 거야?"

"소리 좀 줄이라고."

"설명부터 해! 그 머리는 뭐고 엄마 아빠는 어디 있는 거야?"

숟가락을 내미는 언니 손을 밀었어. 짜증이 난 탓에 생각보다 힘이 들어갔나 봐. 아니면 병을 앓았던 나보다 언니가 더 약해졌던 걸지도 몰라. 숟가락이 침대에 떨어졌고 언니는 이불에 떨어진 죽을 숟가락에 다시 모았어.

"지금 뭐 하는 거야?"

상황이 이해되지 않았어. 내가 아는 언니라면 자기 손을 쳐 낸 순간 화를 내면 냈지 떨어진 죽을 다시 담지는 않을 테니까. 하지만 언니는 쌀 한 톨도 남기지 않고 숟가락에 모았어.

나는 질색했어. 이불에 떨어진 더러운 걸 먹으라고?

"너 미쳤어?"

평소였다면 이쯤에서 싸움이 터졌을 거야. 언니는 내가 자기를 '너'라고 하는 건 못 참았거든.

언니 잘못으로 시작한 싸움이라도 내가 언니를 '야' 혹은 '너'라고 하는 순간 언니는 말 그대로 눈이 돌아가서 말했어. **다시 말해 봐.**

그런 분위기에서 언니를 다시 '너'라고 부를 용기는 없고 바로 꼬리 내리는 건 자존심 상해서 입을 다물면 언니는 또 말했어. **내가 네 친구냐?**

그쯤이면 난 눈을 내리깔았지. 하늘이 내리고 엄마 아빠가 인정한, 태생부터 각인된 서열에 반기를 드는 건 쉽지 않았거든.

그런데 열에서 깬 그날은 달랐어. 내가 언니를 '너'라고 부르며 미쳤냐고 해도 언니가 화를 안 냈어. 이상하게 커진 눈으로 나를 볼 뿐이었지. 머리를 짧게 잘라서인지 언니는 평소보다 더 말라 보였어. 날씬하다 못해 굶은 것처럼.

그쯤 되자 진짜 무서워졌어. 언니가 정말 미친 것 같았고 스크린 소리 하나 들리지 않는 세상에 심장이 거세게 뛰었어.

"엄마 아빠 어디 있어?"

금방이라도 소리칠 것처럼 묻자 언니가 입을 열었어.

"부모님은 돌아가셨어. 이번에 돈 병은 어른에게 치명적이었어. 네가 앓는 동안 어른은 다 죽었어. 자꾸 소리 지르면 밖의 애들이 우리가 여기 있는 걸 알 거야. 경찰도 없는 세상에서 끔찍하게 죽고 싶은 거 아니면 닥치고 죽이나 먹어."

나는 그제야 언니가 화가 났다는 걸 깨달았어. 짧게 잘린 머리카락 하나하나가 뻣뻣하게 곤두선 것 같았어.

이제 막 열이 떨어진 나는 언니가 하는 말을 이해하지 못했어. 그러나 온몸의 세포로 느꼈어. 언니가 미쳤다고, 우리 집 독재자 류미래가 완전히 돌아 버렸다고 말이야. 그리고 머지않아 알게 되었지만 미친 건 이 세상 전부였어.

우리 어른 됐을 때는 다 망하는 거 아냐?

내 또래들은 자라는 내내 그런 말을 했어. 가끔은 진짜 걱정하면서, 하지만 대부분은 익숙한 농담으로.

세상은 우리에게 늘 이상했어. 우린 어릴 때부터 전염병과 미세먼지 때문에 코와 입을 가렸고 어른들은 환경이 자기들 어렸을 때와 얼마나 달라졌는지 얘기하면서도 중요한 일은 안 했지. 과학자와 환경 운동가들은 돌이킬 수 없는 파괴를 경고하다 이권 세력에 살해당하거나 아무것도 바뀌지 않는다는 절망에 스스로 목숨을 끊었어. 지평선 너머 어른거리는 종말은 우리와 함께 자랐지.

하지만 우리 모두 낙관적이었던 거야. 마침내 지평선을 건너온 종말의 얼굴을 마주했을 때 우린 어른도 아니었어.

2

"네가 열이 나고 얼마 지나지 않아 부모님이 쓰러지셨어. 사방에 연락했지만 아무도 도와주지 않았어. 집단 감염으로 사회가 마비된 거야. 세계 곳곳에서 발생한 이번 전염병은 전염성과 치사율이 높다고 했어. 성인은 다 죽고 아이들만 살아남아서 피터 팬 바이러스라고 불렀어. 자연 발생한 바이러스가 아니라 테러라는 소문이 돌았어. 세상에서 가장 강력한 권력자들이 병에 걸렸고 누가 먼저라 할 것 없이 적대국에 미사일을 쐈지. 그나마 3차 대전은 길진 않았어. 바이러스 때문에 전쟁을 할 어른이 사라졌거든. 나는 아빠, 엄마, 너에게 죽을 먹이다가 얼마 지나지 않아 네 것만 챙겼어. 너만 어른이 아니었으니까. 너만 계속 숨을 쉬었으니까."

언니의 말을 바로 믿은 건 아니었어. 하지만 다른 말이 없었지. 리얼넷도 연결되지 않고 사람들의 소리가 들리지 않는 세상을 설명할 말이. 언니는 내가 안방에 못 들어가게 했어. 부모님이, 아니 부모님이었던 흔적이 거기 있었거든.

"피터 팬 바이러스로 죽은 사람들은 평범한 시체가 되지 않아. 열이 떨어지지 않고 바싹 마르다가 죽으면 가루로 바스러져. 마지막에는 지독한 가스 같은 냄새가 남고. 난 네가 엄마 아빠를 살아 계실 때 모습으로 기억했으면 좋겠어. 엄마 아빠도 그걸 바라실 거야."

과연 안방에서는 지독한 냄새가 났어. 문틈을 테이프로 막았는데도 끔찍한 냄새가 새어 나왔지. 들어가지 말라고 언니가 말리는 게 한편으로는 고마웠고 한편으로는 죄책감이 들었어. 만약 내가 죽고 엄마 아빠가 살아 계셨다면 부모님은 누가 뭐라건 방문을 열고 나를 보셨을 테니까. 내가 어떤 끔찍한 모습으로 죽었더라도.

하지만 그런 죄책감도 길게 느끼지 못했어. 내게 얘기를 해준 뒤 언니가 죽은 듯 잠을 잤거든. 처음에는 언니도 병에 걸린 줄 알고 겁이 났어. 어른이 아니라고 전염병에서 안전한 건 아니었어. 어른들의 사망률이 백 퍼센트라면 아이들은 일부 생존 확률이 있을 뿐이었지. 그러나 언니에게 열은 없었어. 언니는 그냥 자고 또 잤어. 일어날 생각이 없는 것처럼.

안방의 냄새는 갈수록 지독해졌고 뭘 해야 할지 알 수 없었어. 내가 아플 때 언니는 집 안의 모든 그릇과 욕조에 물을 받고 식량을 모아 놨어. 가스가 끊기자 캠핑용 버너로 죽을 끓여

1부 생존의 시작 19

췄지. 하지만 내가 일어나자 언니는 꼼짝하지 않고 잠만 잘 뿐이었어.

언니를 그대로 두면 위험하다고 생각했어. 어르고 달래고 화도 내고 울기도 하면서 어떻게든 언니를 움직이려 했지만 언니는 꼼짝도 하지 않았지.

"너 진짜 이럴 거야?"

자기를 '너'라고 불러도 언니는 날 쳐다보지 않았어.

"야! 류미래!"

이름 석 자를 부르는 소리에 언니가 반사적으로 눈을 떴어. '이게 미쳤나?' 하는 눈으로 노려보는 게 생전 처음으로 반가웠어. 그만 일어나라고 말하려는 순간 누가 우리 집 문을 두드렸어.

깨어나서 언니 말고 다른 사람의 기척을 들은 건 처음이었는데, 머리로 판단을 하기 전에 몸부터 반응했어. 심장이 터질 것처럼 뛴다는 게 무슨 뜻인지 알게 됐지.

"누구 없어요?"

모르는 목소리였어.

어느새 언니는 몸을 일으켰어. 검지를 입에 대고 조용히 하라고 신호를 줬어. 야윈 얼굴이 긴장으로 굳었어.

밖에서는 계속 문을 두드렸어.

"류미래 안에 있지?"

눈을 돌리자 언니는 고개를 저었어. 언니는 모르는 사람이라는 뜻이었지.

"나 동네 친구야. 문 좀 열어 볼래?"

친구라면서 자기 이름을 밝히지 않았어.

언니랑 나는 방에서 숨소리도 내지 않았어. 어른이 모두 죽은 세상에서 문을 두드리는 낯선 목소리를 믿을 수 없었어. 바깥에서는 점점 더 목소리가 커졌어.

"안에 있는 거 알아. 나와 봐. 얘기 좀 하자."

우리는 반응하지 않았어. 쿵쿵 문이 울릴 때마다 주먹이 심장을 내리치는 것 같았어.

"여기 맞아?"

다른 목소리가 끼어들었어.

"여기 맞다니까."

밖에 있는 건 한 명이 아니었어. 여러 명의 목소리가 들렸고 전부 낯선 목소리였어.

"죽은 거 아니야? 맡아 봐. 안에서 가스 냄새 나는데?"

알 수 없는 무리는 번갈아 문을 두들기다 포기했어.

"야, 가자."

화풀이처럼 문을 걷어차더니 계단을 내려가는 소리가 들렸어. 인기척이 사라진 후에도 언니랑 나는 꼼짝하지 않았어. 조금이라도 움직이면 그 애들이 다시 나타날 것 같았어.

마지막에 문을 걷어찬 애가 내뱉은 욕설이 귀에 맴돌았어. 유일하게 익숙한 목소리 같았어. 근처에 사는 애였는데 학교 여자 화장실에 카메라를 설치했다는 소문이 돌던 애였어.

'정말 그 애일까?'

온갖 생각이 휘몰아쳤어.

'무슨 생각으로 우리 집에 찾아온 거지? 언니를 왜 불렀을까? 애초에 언니가 여기 사는 걸 어떻게 안 거야?'

"여기 계속 있을 수는 없어."

한참 만에 언니가 말했어. 언니는 입술만 움직이며 조용히 말했어. 거리낌 없이 소리를 내던 낯선 애들과는 달리.

"누군가 여기 우리가 사는 걸 알아. 아는 애들도 아니고 왜 우리를 불렀는지 몰라. 오늘은 문만 두드렸지만 다음에는 문을 열 도구를 가져올 수도 있어. 걔들이 아니더라도 이 집은 방범창도 없고 너무 허술해. 먹을 것도 얼마 안 남았고 안방에…… 엄마 아빠가 저런 상태인데 계속 여기 있다가는 우리 둘 다 미쳐 버릴 거야."

나는 언니가 다시 말을 하고 뭔가를 하려고 하는 게 기뻤어.

"그럼 우리 어디로 갈까?"

"어디든 물과 먹을 것이 있고 안전한 곳으로 가야 해."

"마트는 어때? 생수랑 먹을 게 많잖아."

좀비 영화를 보면 생존자들이 필수 코스처럼 대형 마트에 갔어. 좀비 사태는 아니었지만 망한 세상에서 식량을 구해야 한다는 건 비슷했지. 하지만 언니는 고개를 저었어.

"다른 생존자들도 똑같은 생각을 할걸. 누가 거기를 차지하고 있으면 어떡할래?"

그 순간 깨달았어. 타인은 우리에게 위험 요소라는 걸. 문 두드리는 소리를 듣자마자 두려움부터 느꼈던 게 생각났지.

언니는 잠시 생각하다 남쪽에 있는 시골 할머니 댁을 말했어.

"멀지만 일단 거기 가면 살 수 있을 거야. 생수나 통조림도 언젠가는 떨어질 텐데 거긴 밭이랑 우물이 있잖아. 이제 발전소가 돌지 않아 난방도 안 될 텐데 나무로 뗄 수 있는 아궁이도 있어. 시골이라 마을에는 노인들뿐이었지. 생존자가 없을 테니까 괜찮을 거야."

전염병 이전에 돌아가신 우리 할머니 할아버지는 '복고주의자'셨어. 할머니 세대가 은퇴할 때는 도시를 떠나 시골에서 옛날 방식으로 사는 삶이 유행했고, 그런 길을 택한 사람을 복고주의자라고 불렀어. 시장 가능성을 본 기업이 뛰어들었고 소멸한 시골 지역을 되살리려는 정부의 지원이 뒤따르면서 은퇴한 사람들이 귀촌한 복고주의 마을이 전국 곳곳에 생겼지.

복고주의자의 시골집에는 삶의 쾌적함을 도와줄 문명의 이기가 보이지 않게 있으면서도 실제로 작동하는 아궁이, 우물 등이 있었어. 소유자들이 내킬 때 시골 환상에 젖을 수 있도록, 놀러 온 그들의 자식과 손주가 과거를 체험해 볼 수 있도록 말이야.

세상이 망하자 옛 시절의 향수로 만든 할머니 할아버지 들의 놀잇감이 우리 생존의 최후 수단이 된 거야.

그럴듯한 제안이었지만 난 언니의 마지막 말이 마음에 걸렸어. 그곳이 살기 좋은 곳이라는 이유로 밭과 우물, 아궁이와 함께 '다른 생존자가 없음'을 대는 게 섬뜩했어. 새삼 언니를 봤지. 짧게 자른 머리카락, 푹 파인 볼, 말라붙어 껍질이 뜬 입술, 동공이 확장된 채 묘하게 번들거리는 검은 눈동자.

정신이 들었을 때 언니가 미쳤다고 생각한 게 틀린 건 아닐지도 모른다는 생각이 들었어. 확실히 언니는 그전과 달랐어. 공들여 편 머리를 그림처럼 늘어뜨리고 못난이 동생이랑은 비교도 안 되게 예쁜 애. 친구들한테 인기 많고 공부도 잘하는 애. 아빠의 보물, 엄마의 자부심. 친척들과 교사들의 관심을 한 몸에 받던 완벽한 여자애는 이제 없었어. 내가 열병에 시달리고 부모님이 방 안에서 냄새나는 가루가 되는 동안 언니는 변했어. 그 변화가 정확히 어떤 것인지는 알 수 없었지만.

나는 입을 다물고 고개를 끄덕였어. 변했다 해도 언니는 내 언니였고 내게 남은 유일한 가족이었어. 그리고 언니가 결정을 내리면 따르는 게 동생의 역할이었지.

결정을 내린 우리는 빠르게 움직였어. 어깨끈이 넓은 배낭에 물과 라면, 속옷, 휴지, 치약, 칫솔, 손전등과 생리 용품 등을 넣었어. 최고의 생존 배낭은 아니었지만 우리가 모을 수 있는 최선이었어.

언니는 내 머리도 짧게 잘라 줬어. 지금 상황에서 긴 머리카락은 좋을 게 없다면서.

우리는 청바지에 운동화를 신었어. 약속한 것도 아닌데 최대한 눈에 띄지 않는 색을 골랐지.

필요한 걸 다 챙겼는지 확인하고 또 확인한 뒤 문 앞에 섰어.

나도 모르게 안방을 봤어. 엄마 아빠를 마지막으로 보지 않아도 괜찮을까?

그때 언니가 내 손을 잡았어.

아무 말도 하지 않았지만 느낄 수 있었어. 언니는 저 안에 있는 걸 보았고 내가 같은 기억을 갖지 않길 바란다는 걸. 그게 언니였어. 내 앞에서 길을 나보다 먼저 걷는 사람. 나 같은 건 있는 줄도 모르는 것 같다가도 어느 순간 뒤를 돌아보며 '여기 돌부리가 튀어나왔으니까 조심해.'라고 말하는 사람.

난 안방에 들어가지 않았어. 속으로만 인사했어. '엄마 아빠, 안녕.'

영원한 이별이라기보다는 학교 가기 전에 인사하는 것 같았어. 부모님이 돌아가셨다는 게 믿기지 않았어.

하지만 믿건 안 믿건 그게 현실이라는 걸 인정해야 했어. 엄마 아빠가 더는 내 곁에 없다는 걸 인정하지 않으면 난 절대 집을 떠나지 못할 테니까.

안방 문에서 시선을 떼었어. 이제 가자고 말하자 언니가 갑자기 나를 끌어안았어. 당황스럽고 어색했어. 우리는 다정한 포옹보다 소리 지르며 싸우는 게 익숙했으니까. 한 케이지에 있는 두 마리 햄스터처럼.

  머리를 짧게 자른, 깡마른 햄스터가 나를 있는 힘껏 끌어안고 말했어.

  "괜찮을 거야."

  넌 이해할까? 내가 태어났을 때부터 내 세상에는 언니가 있었어. 나는 언니를 보며 자랐지. 나보다 나이 많고 나보다 앞서가는 사람. 나를 무시하고 괴롭히고 자기 심심하면 툭툭 건드리는 인간. 그러면서 자기 기분 안 좋을 때 얼쩡거리면 꺼지라고 사자후를 지르는 인간. 내가 자주 짜증 내고 가끔 미워하며 항상 사랑하는 사람. 그런 언니가 괜찮을 거라 말하면 나도 괜찮을 거라 믿을 수 있었어. 아니, 믿어야만 했어.

  "괜찮을 거야."

  되풀이하듯 내가 말했고 언니는 날 놓아줬어. 우리는 문을 열고 나갔어.

  '우리는 괜찮을 거야.'

  그 말을 주문처럼, 보호막처럼 두르고 싶었어. 우리 앞에 펼쳐질 세상보다 그 한마디 말이 더 강력하길 바랐어.

3

 밖에 나오자 내가 알던 세계가 끝났다는 게 확실해졌어. 거리의 차가 뒤집혔고 건물이 불에 탔어. 상점은 유리창이 깨져 약탈당해 있었지. 전쟁과 공포에 질린 사람들이 벌인 난동의 흔적이었어.
 "자세히 보지 마."
 언니가 경고했어.
 하지만 늦었지. 차 안에, 상점에, 길에 쓰러진 미라 같은 시체를 봤어. 언니가 왜 내가 부모님의 마지막 모습을 보지 않길 바랐는지 이해됐어.
 눈앞에 펼쳐진 지상의 모습이 충격이라 하늘이 내가 알던 색이 아니라는 건 뒤늦게 알았어. 머리를 들어 보니 하늘은 쾌청한 푸른색도, 구름 덮인 회색도, 해 질 녘의 붉은색도 아니었어. 빌딩 사이로 날아다니는 택배 드론 하나 없이 텅 빈 하늘은 노란색이었고, 샛노란 하늘을 보자 현기증이 일었어.

"전쟁 이후로 계속 저랬어."

하늘을 올려다보는 내게 언니가 말했어.

"새로 개발한 무기가 뭔가 잘못된 것 같아. 아니면 뭔지는 몰라도 저게 원래 의도한 일이었거나……. 움직이자. 한곳에 가만히 있는 건 안 좋아."

사방을 날카롭게 살피는 언니는 집에서 누워 있던 때와는 달랐어. 머리부터 발끝까지 팽팽한 고무줄 같았어. 무슨 일이 일어나도 즉시 튕겨 나갈 준비가 된 것처럼. 그 모습을 보자 정신이 들었어. 언니는 괜찮아. 나만 잘하면 돼.

우리는 가장 먼저 부동산으로 향했어. 드론 택시나 초고속 철도가 다니지 않는 상황에서 할머니 댁에 가려면 지도가 필요했거든. 자료 대부분이 데이터로 존재하는 세상에서 실물 지도가 있을 곳이 달리 떠오르지 않았어.

아파트 상가 건물 1층에 있는 부동산은 유리창이 깨져서 어렵지 않게 들어갈 수 있었어. 벽에 걸린 지도는 너무 커서 쓸 만한 지도를 찾다가 각종 계약서와 광고지를 봤어. 집에 억 단위의 숫자가 붙은 게 새삼 생경하게 느껴졌어. 이제는 돈이 한 푼의 값어치도 없었거든.

한참 뒤에다 우리는 적당한 크기의 지역 지도와 전국 지도를 찾았어.

"여기가 할머니 댁이야."

언니가 볼펜으로 할머니 댁이 있는 지역에 동그라미를 쳤어.

"가는 데 얼마나 걸릴까?"

"글쎄."

잠시 둘 다 지도를 보며 서 있었어.

교통수단을 이용할 수는 없었어. 둘 다 운전할 줄 몰랐고 거리는 버려진 차와 사람들이 쌓은 바리케이드로 막혀 있었어. 하늘길은 열려 있었지만 빌딩 숲 사이로 조종할 줄도 모르는 드론 택시를 모는 건 자살 행위였지. 자전거는 너무 눈에 띄고 몸을 숨겨야 할 상황이 닥쳤을 때 방해가 되니 남은 선택지는 하나뿐이었어.

지도 한 장만 가지고 할머니 댁까지 걸어가기.

전염병이 창궐하고 바이러스보다 무서운 사람을 피해 움직여야 하는 상황에서 시간이 얼마나 걸릴지 가늠이 안 됐어.

"그래도 가야 해."

지도를 접으며 언니가 말했고 나는 고개를 끄덕였어.

언니랑 나는 신중했어. 거리에 사람이 있는지, 창문에 지켜보는 시선이 없는지 확인한 다음 움직였지. 가끔 다른 생존자를 봤는데 다들 혼자였어. 약탈자들이 남긴 부스러기를 챙겨 은신처로 사라졌지. 소리 없는 그림자처럼.

우리가 꺼린 건 무리 지은 애들이었어. 다행히 그런 애들은 소리를 내는 데 거리낌 없어서 미리 피할 수 있었어. 몇몇은 술을 마신 것 같았어. 더는 신분증을 요구하거나 미성년자가

술을 마시면 안 된다고 훈계할 어른이 없었으니까.

언니랑 나는 계속 조심히 움직였어. 눈에 띄지 않고, 흔적을 남기지 않고, 소리 내지 않고.

그래, 사냥감들이 그렇게 행동하지. 그게 종말 이후 우리의 생존법이었어. 숨자, 피하자, 소리 내지 말자.

지금에 와서야 그런 생각이 들어. 사냥감처럼 구는 거 말고 다르게 행동할 수 있지 않았을까? 우리처럼 무서워하는 아이들과 서로 힘이 되어 주며 세상을 다르게 바꿀 수 있지 않았을까?

나는 늘 어른들이 세상을 망쳤다고 생각했어. 우리가 뭘 해 볼 수도 없게 다 끝장을 냈다고 말이야. 그들이 우리가 살아갈 지구를 파괴했고 우리 머릿속에 모든 것이 숫자로 계산될 수 있다는 가짜 진리를 심어 줬다고.

그러나 어른들이 냄새나는 가루가 되어 사라졌을 때 우리는 그들보다 나은 모습을 보이지 못했어. 끔찍하지만 사실이야. 우리는 다른 세상을 꿈꿀 수 있는 상상력과 행동할 수 있는 용기와 서로를 믿을 수 있는 마음이 부족했어.

다르게 행동할 수 있었을까.

지금에 이르러서야 생각해. 내가 했던 일과 하지 않았던 일을 돌아보고 지나간 시간 속에서 내가 갈 수 있었던 다른 길을 생각해.

나는 너도 생각했으면 좋겠어. 너라면 어떻게 행동했을지.

어떤 길을 만들어 갔을지.

너는 생각하기에 늦지 않았을지도 모르니까.

*

언니랑 나는 바뀐 세상에 적응했어. 그 당시에는 그렇게 생각했어. 우리는 사냥감처럼 굴었지만 적어도 '영리한' 사냥감이라고.

우리만의 생존 규칙도 생겼어. 밤을 보낼 곳을 찾을 때 우리는 가장 괜찮아 보이는 곳은 피했어. 우리 눈에 좋은 곳은 다른 사람 눈에도 좋아 보일 게 아니겠어? 생존율을 높이려면 사람과 마주칠 가능성을 줄여야 했지. 우리는 두 번째 후보도 제외했어. 혹시 몰랐으니까. 우리는 세 번째를 택했고 누구와도 은신처가 겹치지 않았어. 언니랑 나는 이걸 '세 번째의 법칙'이라고 불렀지.

그 당시 우리의 하루는 이랬어.

날이 밝으면 일어나 진공 포장 음식을 먹고 지도를 확인하며 걸었어. 인기척을 피해 걷다가 쓸 만한 것이 있으면 배낭에 넣었지.

우리는 물질적으로는 놀라울 정도로 풍요로웠어. 어른들이 그때까지 찍어 낸 물건이 얼마나 많았는지! 구세계는 어마어마한 생산력으로 물건을 쏟아 내고 미친 듯 소비하고 끊임없이 새것으로 갈아 치우는 구십 억의 인간으로 가득했어. 끝없는 생산과 끝없는 욕망과 끝없는 소비라는 자본주의 성 삼위일체. 그 결과 세상이 망했을 때 온갖 물건이 우리에게 남겨졌지. 전부 '공짜'로. 그게 새로운 세계에서 쓸모 있냐 아니냐는 다른 문제였지만.

예전에 구경하러 드나들던 대형 문구점에서는 눈이 돌아갈 뻔했어. 내가 꿈꾸던 모든 것이 거기 있었고 난 대가도 치르지 않고 전부 가질 수 있었어!

언니가 쓸데없이 짐만 된다고 화내지 않았다면 난 가게를 통째로 이고 가려 했을 거야. 아니면 아예 거기 눌러앉았을지도 모르지. 솔직히 나쁘지 않았을 거야. 요일마다 다른 잠옷을 입고 분홍색, 하늘색, 버터색, 솜사탕색의 쿠션을 모아 잠자리를 만들고 온갖 스티커로 다이어리를 꾸미다 굶어 죽는 거.

언니가 없었다면 그게 내 인생의 끝이었을지도 몰라. 하지만 내 옆에는 작작 고르고 떠나자고 있는 대로 성을 내는 류미래가 있었지.

나는 고르고 골라 다이어리 하나와 펜 하나만 챙겼어. 그것도 언니 입장에서는 크게 양보한 거였지. 물과 먹을 것을 챙겨도 부족할 판에 다이어리와 펜이라니.

언니는 유난이라 했지만 그 다이어리와 펜으로 나는 일기를 썼어. 어차피 도시의 빛이 사라진 세상에서는 해가 지면 움직일 수 없었고 비가 오는 날에도 이동할 수 없었거든. 노란 하늘에서 내리는 비는 노란색이었어. 노란 비가 세상을 적시면 언니랑 나는 실내로 들어갔어. 어른들이 전쟁 중에 무엇을 터뜨렸는지는 모르겠지만 인류의 장수와 번영을 위한 게 아닌 건 분명했으니까.

그렇게 쥐 죽은 듯 있는 날에는 딱히 할 게 없었어.

언니가 지루함에 몸부림치는 동안 난 다이어리를 썼어. 내게 일어난 일을 다른 사람에게 말하듯 쓰기도 했고 가끔은 일기에 제목도 붙였어. 많은 단어 중 그날 일과 딱 맞는 제목이 생각나면 혼자만의 퍼즐을 맞춘 것처럼 재밌었어. 마음이 괴로워서 일기를 쓰기 힘든 날에는 노래 가사를 적기도 했어.

언니는 다이어리 쓰는 게 쓸데없는 짓이라는 입장을 고수했지만 내가 다이어리에 듣고 싶은 플레이리스트를 적으면 자기도 생각나는 노래를 말했어.

둘이 동시에 똑같은 노래를 떠올리면 텔레파시가 통한 것 같았어. 그럴 때는 세상이 망했고 하늘은 노랗고 땅에는 위험한 타인들이 있다는 걸 잊을 수 있었어. 꼭 엄마 아빠 없이 우리 둘만 집을 지킬 때 같았어. 언니랑 둘이 엄마 아빠가 절대 허락 안 할 시간에 야식을 먹고 밤늦게까지 깨어 있을 때의 느낌이었지. 망한 세상에서, 이상하고 무섭고 낯선 세상에서 같이 있다는 것만으로 들뜰 수 있었던 거야.

4

 해가 뜨면 걷고 눈에 보이는 대로 쓸 만한 걸 챙기는 게 익숙해진 어느 날, 우리는 어두워지기 전 그날 밤을 보낼 '세 번째' 선택을 했어. 우린 먼저 방문을 열며 사람이 없는 걸 확인했지. 작은 침실 문을 열었을 때 깜짝 놀랐어. 안에 물품이 가득했어. 차곡차곡 쌓인 생수 페트병, 데우지 않고 먹을 수 있는 즉석식품, 청결을 위한 기본 용품.
 언니가 팔을 잡았어. 남의 비품 창고인 게 분명했고 계속 있다가는 주인과 마주칠 테니까. 하지만 언니가 날 끌고 집 밖으로 달려가기 전에 나는 생수병 밑에 있는 종이를 집었어.
 "뭐 하는 거야?"
 초조해하는 언니를 두고 종이를 읽었어. 그건 편지였어.
 편지의 주인은 피터 팬 바이러스가 아닌 다른 병을 어릴 때부터 앓았다고 했어. 할머니와 아버지가 피터 팬 바이러스로 죽자 걔는 이상한 기분이 들었다고 했지. 항상 자신이 죽은 뒤에 남을 가족을 걱정했는데 실제 일어난 일은 반대였으니까. 피터 팬 바이러스로 어른들이 죽은 후 자신은 살아남을 수 없다는 걸 알았다고 했어. 주사를 맞은 지 한 달이 넘자 점점 심장이 문제를 일으켰다고 했지.

아직 심장이 뛸 때 무언가 하고 싶었어.

그 애는 집을 깨끗이 치우고 쓸 만한 물건을 방에 두었어. 필요한 사람이 쓸 수 있게.

어릴 때 잠 못 자는 나를 안고 아빠가 들려준 이야기가 있었어. 옛날 옛적 어떤 한 아이가 살았는데 그 아이는 다른 사람에게 친절을 베푸는 아이였대. 주변 사람에게 친절을 베풀고 친절을 받은 사람들이 각자 또 다른 사람에게 친절을 베푼다면, 그렇게 점점 더 많은 이가 다른 사람에게 친절을 베풀어 세상이 바뀔 거라 믿는 아이. 아빠의 이야기 속에서 그 애는 친절로 세상을 바꿨고 많은 사람이 행복해졌어.

그 이야기가 아빠가 어릴 때 본 영화였다는 걸 나중에 알았어. 영화에서 처음 친절을 베푼 아이는 사고로 죽었지만 아빠가 내게 들려준 이야기는 달랐지.

내가 결국 죽을 거라는 걸 인정했을 때 그 얘기가 생각났어. 난 영화 속 그 아이처럼 죽을 거야. 하지만 세상에 뭔가 남기고 싶어. 내가 죽은 뒤에도 세상에 흐를 무언가를.

집을 치우고 언젠가 내 집에 올지도 모르는 사람을 위해 물건을 준비했어.

이상하게 보일지도 몰라. 왜 알지도 못하는 남을 위해 이런 짓을 하는지 넌 이해 못 할지도 몰라.

하지만 이게 내가 세상에 남기고 싶은 거야. 낯선 사람을 위한 호의, 배려. 예상치 못한 순간에 나타나는 너무 이상한 친절.

난 내 목숨보다 더 길게 이어질 실험을 하고 싶어. 만약 내가 남긴 것이 너에게 도움이 되었다면 약속해 줄래? 언젠가 너도 도움이 필요한 사람을 만나면 친절을 베풀겠다고. 이 세상에 존재하기에는 너무 이상한 친절을. 어쩌면 그렇게 세상이 바뀔지도 모르잖아?

편지를 읽은 뒤에도 언니는 경계를 놓지 않았어.

"함정일지도 몰라. 편지로 우릴 안심시키고 방심할 때 누가 들어오면 어떻게 해?"

말이 끝나기도 전에 폭발음이 터졌어.

비명도 못 지르는 나를 언니가 다급히 끌어안았어. 잠시 후 다시 밖에서 소리가 들렸어.

"폭죽이야."

언니가 나를 놓으며 믿을 수 없다는 듯 말했어.

이어서 환호하는 소리가 들렸어. 누군가 불꽃놀이를 한 거야.

놀란 마음이 차가워졌어. 뭐가 그렇게 즐거운 걸까? 사방에 시체 가루가 날리는 세상에서 어떻게 폭죽을 터뜨릴 수 있지?

바깥을 살폈어. 바로 옆은 아니었지만 폭죽을 터뜨리는 무리가 근처에 있었어.

섣불리 밖에 나가다 저들의 이목을 끌까 두려웠어. 오늘 밤은 여기서 보내기로 하고 문을 잠갔어.

다음 날 새벽 일찍 떠나자며 언니는 잠을 청했어. 나는 침대 옆에 놓인, 건전지로 작동하는 무드 등을 켜고 편지를 다시 읽었어.

그 애는 편지와 물건을 남기고 어디로 갔을까? 아픈 심장을 품고 가족과 함께 좋은 곳으로 갔을까? 이 집에 올 누군가에게 도움이 될 만한 것을 남기고?

등을 끄고 눈을 감았어. 그 애의 편지가 떠올랐지.

약속해 줄래? 언젠가 너도 도움이 필요한 사람을 만나면 친절을 베풀겠다고.

어둠 속에서 생각했어. 약속할 수 없다고. 이 망한 세상에서 친절 같은 건 베풀 수 없다고.

그리고 다음 날 아침 잠에서 깨어났을 때, 새벽 일찍 떠나자던 언니는 심한 열에 눈을 뜨지 못했어.

피터 팬 바이러스에 걸린 거야. 어른처럼 걸리면 무조건 죽는 건 아니었지만 언니가 나처럼 살아남아 면역력을 가질지는 불확실했어. 열이 끓는 언니를 두고 뭘 해야 할지 몰랐어.

언니가 아픈 내게 물을 많이 마시게 했던 게 기억났어. 수도가 끊기기 전 온 집 안의 그릇과 욕조에 물을 채웠던 것도.

작은 방으로 달려갔어. 쌓인 생수병을 들고 언니가 있는 거실로 나는 듯 돌아왔어.

며칠을 그 집에서 보냈는지 모르겠어. 많아 보이던 물이 빈 병이 되어 쌓였어. 나는 모든 물을 언니를 위해 썼어.

물만 도움이 된 게 아니었어. 편지의 주인이 준비한 음식 덕에 언니 옆을 지키는 동안 둘 다 굶지 않을 수 있었어. 아픈 언니에게 작은 방의 물과 음식을 먹이며 맹세했어.

'언니만 산다면 뭐든지 할게. 네가 말한 이상한 친절도 베풀 거고 도움이 필요한 사람을 두고 가지 않을게.'

쌓여 있던 생수병이 동이 날 때 즈음 언니가 눈을 떴어.

언니는 열이 가시지 않은 눈으로 나를 찾았어. 죽다 살아난 건 자기면서 내가 괜찮은지부터 확인했어.

"나 괜찮아. 걱정하지 마."

나도 모르게 목소리가 떨렸어. 가족이 내 앞에서 죽는 건 두 번 다시 겪고 싶지 않았어. 창피하게 눈물이 쏟아질 것 같은데 언니가 내 손을 잡았어.

"류미아."

쉰 목소리로 내 이름을 부르더니 우리가 처음 바깥에 나올 때처럼 말했어.

"괜찮을 거야."

그리고 잠시 더 나를 보다가 다시 잠들었어.

그 순간 나는 알 수 있었어. 피터 팬 바이러스는 류미래를 죽이지 못했어. 언니는 바이러스 세례를 받고 전염병 시대의 새로운 생존자로 다시 태어났어. 나처럼.

다음 날 정신을 차린 언니는 바로 떠나려 했어. 배낭에 남은 음식을 쑤셔 넣고 내 등에도 억지로 가방을 씌웠어.

"한곳에 너무 오래 있었어. 위험해."

난 언니가 걱정됐어.

"더 쉬는 게 낫지 않아? 무리하다 다른 병에 걸리면 어떡해?"

하지만 언니는 고집을 부렸어. 빨리 할머니 댁에 도착하는 게 우리가 살길이라고 했지.

자매 토론이 자매 싸움으로 번지려던 때 뜻하지 않게 얘기가 끝났어.

잠겨 있던 현관문이 불쑥 열렸거든.

침입자는 우리만큼이나 놀란 것 같았어. 키 큰 남자애가 한 손에 드라이버를 들고 멍하니 서 있다 외쳤지.

"여자! 여기 여자애들 있다!"

망한 세상에서 폭죽을 터뜨리던 패거리 중 하나였어. 물과 식량이 떨어지니까 흩어져서 아무 집이나 열어 봤던 것 같아.

　　우리는 시간 낭비하지 않았어. 다툼을 멈추고 문으로 돌진했지. 둘이 동시에 남자애를 밀쳤어. 반격을 예상 못 한 그 애는 그대로 엉덩방아를 찧었어.

　　우리는 골목으로 나가 죽을힘을 다해 달렸어.

　　문을 연 애의 소리를 듣고 사방에서 무리가 몰려들었어.

　　"저기 있다!"

　　"잡아!"

　　폭죽을 터뜨렸을 때보다 더 요란한 소리였어. 그 애들이 우리를 잡아서 어쩔 생각은 아니었을 거야. 그냥 오락이었겠지. 우리가 도망치는 걸 보고 차를 쫓는 개처럼 일단 쫓고 본 거야. 망한 세상에서 일어나는 모든 게 그들에게는 지루한 시간을 날리는 게임인 것처럼 보였어.

　　하지만 우리에게는 게임이 아니었어. 즐겁지도 신나지도 않았어.

　　언니랑 나는 이곳 지리를 몰랐어. 낯선 거리를 무작정 뛰었고 뒤쫓는 수는 갈수록 불어났어.

　　"놓치지 마!"

　　신나서 지르는 소리가 점점 가까워졌어.

　　"배낭 버려!"

　　언니가 외쳤어. 그때까지 우리는 목숨처럼 가방을 메고 있었어. 뒤에 따라붙은 애들에게 배낭을 던졌어. 묵직한 배낭을 맞은 애가 넘어졌어. 다른 애들이 우리 배낭을 열어 보았어.

"먹을 거다!"

관심이 배낭에 쏠려서 많은 수가 멈췄어. 우리가 모은 걸 챙기기 바빴지. 하지만 끈질기게 쫓아오는 애가 있었어. 머리카락을 다 밀어서 파르스름한 두피가 보이는 애였어. 뒤돌아본 나와 눈이 마주치자 그 애가 활짝 웃었어. 아직도 그 얼굴이 생각나. 그 애는 추격전이 재밌었던 거야.

숨이 턱까지 차올랐고 심장이 터질 것 같았어. 머리 위 노란 하늘에서 해가 빛났고 멸망한 세상의 골목에는 우리가 있는 힘껏 뛰는 소리뿐이었어. 발바닥에 불이 붙은 것 같았고 불이 종아리를 타고 심장으로 번지는 것 같았어. 살면서 그렇게 뛰어 본 적이 없었어. 내 것이 아닌 숨소리가 등 뒤에서 들렸고 이대로는 잡힐 것 같았어. 골목 끝에 방죽이 있었고 언니랑 나는 방죽 아래 강물로 뛰어들었어. 노란 빗물은 생각도 안 났어. 추격을 피하는 게 우선이었지. 하지만 추격자도 같이 뛰어들었어. 포탄이 떨어진 것처럼 사방에 물이 튀었지.

알고 보니 걔는 수영을 못했어. 헤엄도 못 치면서 뛰어들어 가장자리에 매달린 채 헤엄치는 우리를 보고 웃고 있었지. 인간이 타인의 입장을 조금도 생각하지 않으면, 오직 자신의 즐거움만 생각하면 악(惡)이 될 수 있다는 걸 그때 알았어. 그리고 다시는 잊을 수 없었어. 악의 없이도 악이 가능하다는 걸.

반대편 기슭에 도착했을 때 추격자는 없었어. 해가 지고 있었고 우리는 흠뻑 젖어 땅에 물을 흘리며 걸었어. 문득 우리에게 물과 먹을 것을 남겨 준 애의 편지가 가방에 있었다는 게 생각났어.

저 애들이 그 편지를 읽을까.

읽는다면 무슨 생각을 할까? 자기가 죽을 것을 알면서도 남을 위해 물과 식량을 준비한 아이와 그 아이가 세상에 바란 것을 어떻게 생각할까?

답을 알 수 없는 생각이 머리를 채웠고 고개를 들자 어두워지는 하늘 아래 도로 표지판이 보였어. 표지판에 적힌 건 새로운 지역의 이름이었지. G시. 우리는 그렇게 우리가 알던 곳을 벗어났어. 아무것도 없는 빈털터리가 되어, 오직 우리의 생존만을 손에 쥔 채로. 한없이 납작하고 쪼그라진 채로 우리는,

살아 있었어.

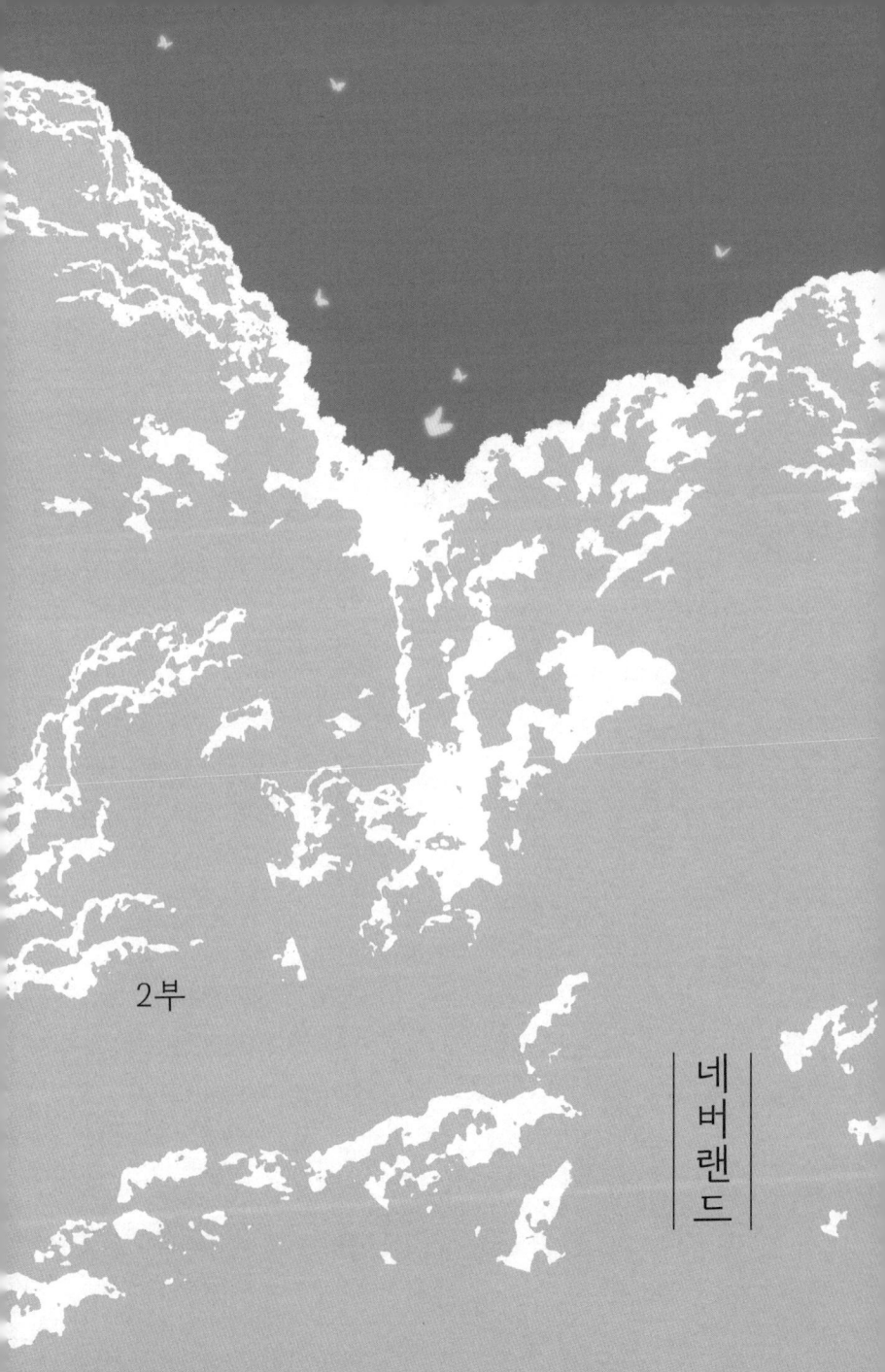

2부 네버랜드

1

 G시에 들어온 후부터는 매일 악몽이었어. 우리는 지쳤고 가진 게 없었어. 배낭을 던질 때는 필요한 걸 다시 구할 수 있을 줄 알았어. 세상은 거대한 마트 창고나 다름없었으니까.
 하지만 G시에는 아무것도 없었어. 마트나 편의점 같은 곳만 빈 게 아니었어. 건강 기능 식품 매장에 홍삼 사탕 하나 없었고 약국의 비타민 젤리까지 전부 사라진 뒤였지.
 우린 갈아입을 속옷이나 휴지 한 장 없었어. 음료수 한 캔, 작은 초코바, 물 한 모금조차도.
 은신처를 찾을 때 만든 '세 번째의 법칙'은 여유 있던 시절의 일이었어. 우리는 새로운 생존의 규칙을 배웠어. **살려면 무슨 짓이든 해라.**
 그전까지는 남의 집을 망가뜨리는 걸 주저했지만 G시에서 우린 변했어. 유리를 깨고 흙 묻은 신발로 집 안을 돌아다녔어. 쓸 만한 물건을 찾으려 가구를 부쉈어. 윤리, 도덕, 올바름. 그딴 건 생존하는 데 아무 도움이 안 되는 것 같았지.

우리는 그렇게 생존의 다음 단계에 들어섰지만 어디에서도 먹을 걸 구할 수 없었어.

G시를 걷는 내내 우리는 다른 생존자도 보지 못했어. 건물은 철거 대상처럼 문마다 ×자가 그려져 있었고, 유령 도시에서 살아 있는 존재는 오직 언니랑 나뿐인 것 같았어. 그대로라면 언니랑 나도 빠른 속도로 유령이 될 예정이었지.

어느 순간 우리는 깨달았어. 이번에 먹을 걸 못 찾으면 끝이라고.

담벼락에 짐승의 이빨처럼 박힌 유리 조각을 부수고 담을 넘어 낡은 주택에 들어갔어. 작은 마당이 딸린 오래된 이층집이었지. 굶어서 멍한 머리로 화단에 있는 철쭉과 목련을 알아봤던 게 기억나. 그때부터 현실 감각을 잃은 것 같아.

돌을 던져 마당으로 난 큰 창문을 깨고 안에 들어갔어. 벽과 천장이 짙은 갈색 목재로 된 거실에서 우리는 갈라졌어. 언니는 2층으로 올라가고 나는 1층을 뒤졌지. 부엌에는 벌레 꼬인 생쌀조차 없었고 나는 마지막 방으로 향했어. 나무문을 열자 구형 스크린 옆에 알록달록한 사탕 통이 보였어. 처음에는 머리에 인식이 안 됐어. 그러다 순간 파란색 바탕에 빨강, 노랑, 초록, 색색의 사탕이 그려진 원통형 통이 눈에 꽂혔어.

소리도 못 내고 사탕 통에 다가갔어. 떨리는 손으로 간신히 뚜껑을 열었을 때 최후의 이성이 끊어졌어.

"씨발!"

사탕 대신 담긴 단추와 색색의 실 꾸러미가 낡은 장판 위를 구르는 걸 죽일 듯이 노려봤어.

"왜 그래?"

2층에 있던 언니가 소리를 듣고 내려왔어. 언니 역시 먹을 걸 못 찾은 것 같았어. 쓰러질 것처럼 창백한 얼굴이었지. 이상하게 그 모습이 분노에 기름을 끼얹었어. 내가 못 먹고 못 씻어서 초라한 것보다 언니의 그런 모습을 보는 게 더 참을 수 없었어.

바싹 마른 언니를 향해 말이 튀어나왔어.

"배낭을 버리지 말았어야 했어."

오랜만에 연 입에서 단내와 악의가 흘렀어. 모든 게 언니 잘못이라는 투였지. 기운 없이 문틀에 기대 있던 언니의 눈이 번득였어. G시에 들어온 후 우리 둘 다 속이 엉망이었고 사소한 일에도 터질 폭탄 같았지. 언니는 기다렸던 것처럼 쏘아붙였어.

"그래, 배낭 끌어안은 채로 개네에게 잡혔으면 지금보다 훨씬 더 즐거운 시간을 보냈겠다. 놓쳐서 아쉽지?"

"적어도 굶지는 않았을걸."

"그럼 다시 돌아가든가. 헤엄쳐서 개네 무리에 끼워 달라고 해."

대화는 익숙한 자매 싸움의 관성대로 흘렀어. 서로 물 흐르듯 주고받는 친숙한 공격 패턴. 하지만 익숙한 싸움이 펼쳐지는 공간은 낯설었어. 누군지도 모르는 사람이 살았던 어두운 방. 벽지 구석에는 곰팡이가 피었고 바닥에는 먹을 수도 없는 실 꾸러미가 굴러다녔지. 우리는 낯선 집에서 세상에 단 하나 남은 가족을 향해 분노를 쏟아 냈어.

"애초에 집을 나온 게 잘못이었어."

참았던 말을 뱉었어. 난 집에서 멀어질수록 후회됐어. 그래도 그곳은 우리 집이었고 주변은 우리가 다 아는 곳이었어. 거기 남는 게 더 낫지 않았을까?

"너도 떠나는 데 찬성했잖아!"

언니가 발끈해서 소리를 질렀어. 그러다 두통이 이는지 옆머리를 꾹꾹 눌렀어. 문득 G시에 들어온 후로 언니가 그러는 걸 자주 봤다는 걸 깨달았어. 뒤늦게 나 역시 두통이 있다는 걸 알았어. 굶주림에 신경이 쏠려서 깨닫지 못했던 거야.

'원래 굶으면 머리도 아픈가?'

걱정됐지만 계속 생각할 이성이 없었어. 불안과 걱정도 에너지가 있어야 할 수 있는 거였지. 난 당장 배가 고프고 머리가 아팠고 마음속에는 걷잡을 수 없이 분노가 날뛰었어.

'왜 망해도 이딴 식으로 망한 거야?'

모든 것에 화가 나서 세상이 망한 방식에도 분노가 치밀었어. 어른들이 다 죽은 세상에서 언니랑 싸우다 굶어 죽느니 핵

폭발이나 소행성 충돌 같은 걸로 다 같이 한 번에 죽는 게 편할 것 같았지.

'왜 연쇄 핵폭발이 아닌 건데, 왜.'

내 안의 분노가 너무 생생해서 쏟아 내지 않으면 몸이 퍽 터질 것 같았어.

"난 언니 때문에 엄마 아빠 마지막 모습도 못 봤어."

옆머리를 꾹꾹 누르던 언니 손이 멈췄어. 평생 언니와 말싸움을 해 온 난 제대로 공격했다는 걸 알았어. 먹이를 문 개처럼 놓치지 않고, 오직 상처 주기 위해 만든 말을 내뱉었어.

"언니가 부모님이랑 작별 인사도 못 하게 했잖아."

언니가 고개를 들었어. 살기 어린 시선이 작살처럼 날아왔지.

자매 싸움에는 두 가지 종류가 있어. 첫 번째, 일상적인 싸움. 자주 일어나지만 서로 치명상을 입히는 건 피하며 싸움 기분만 내는 싸움. 이런 건 화해랄 것도 없이 '라면 몇 개 끓일까?' 정도로 은근슬쩍 마무리돼.

반면 두 번째, 진짜 싸움은 달라. 서로 가슴 깊이 묻어 두었던 진짜 무기를 꺼내 끝장을 볼 것처럼 싸우지.

우리의 싸움은 두 번째 단계에 돌입했고 이렇게 된 이상 싸움을 멈출 수 있는 건 없었어.

"미친년이 지랄하네."

언니가 침을 뱉듯 말했어. 검은 눈이 열기로 형형하게 빛났지.

"그럼 그때 테이프 뜯고 들어가지 그랬냐? 진작 부서져 가루 된 엄마 아빠 보지 그랬어. 왜 지금 와서 내 탓인데."

난 언니가 말하는 걸 듣지 않았어. 싸울 때, 특히 사랑하는 사람과 싸울 때는 이성과 논리가 중요하지 않아. 그저 북받치는 감정을 어떻게든 상대에게 쏟아 내고 싶지.

나는 거대한 공동묘지이자 텅 빈 창고 같은 세상을 견딜 수 없었고 세상이 이렇게 된 이유를 몰랐어. 아무것도 이해할 수 없는 방식으로 망한 것을 참을 수 없었어.

만약 언니가 아니라 다른 사람과 있었다면 난 더 이성적으로 행동했을 거야. 무작정 분노를 터뜨리기보다는 다른 방법을 찾으려 했겠지. 하지만 알잖아. 우리는 때로 사랑하는 사람을 더 함부로 대한다는 거. 가족이라는 게 내 못남과 분노를 상대에게 토해 낼 수 있는 타고난 권리인 것처럼 군다는 거.

지금 세상에서 내가 사랑하는 사람, 감정을 쏟아 낼 수 있는 사람은 언니뿐이었고 난 모든 걸 언니에게 쏟았어. 심해지는 두통 속에서 나는 이성도 논리도 없이 되는대로 분노를 발산했어.

"다 **너** 때문이야! 너 때문에 엄마 아빠랑 마지막 인사도 못 했고 집 떠나 굶는 것도 네 탓이야!"

"그게 왜 내 잘못이야!"

둘 다 악에 받쳐 소리 질렀어. 어차피 G시에는 우리뿐인 것 같았지. 굶주리고 눈 돌아가게 열받은 십 대 여자애 둘. 케이지 안의 다른 상대를 죽일 준비가 된 햄스터 둘.

자매 싸움이 그렇게 격해진 건 오랜만이었어. 굶고 지쳐서 우리는 몸으로 싸울 여력이 없었어. 말로만 싸울 때의 나쁜 점은 상처를 주려고 생각한 적 없는 말까지 내뱉는 거야. 차라리 머리채를 잡는 게 나을 정도로 최소한의 자제도 없이 쏟아 내는 거지.

"이럴 거면 나 아팠을 때 그냥 죽게 놔두지 그랬어!"

닥치는 대로 내뱉자 언니가 얼었어. 머릿속으로 이건 아니라고, 그만해야 한다고 생각했지만 계속 말했어. 이성보다 분노가 앞섰고 폭발하는 감정을 멈출 수 없었어. 내 고함이 머리를 거치지 않고 나오고 있었어.

"그때 엄마 아빠랑 같이 죽었으면 난 더 행복했을 거야! 언니 혼자 남을까 봐 날 붙잡은 거잖아!"

할 말 못 할 말 다 토해 낸 다음 순간 언니가 무슨 말을 할지 알 수 있었어. 듣기도 전에 숨이 턱 막혔어. 태어났을 때부터 평생의 싸움 상대였기 때문에 우리는 상대의 다음 수를 읽을 수 있었지.

"너도 날 살렸잖아. 그 빈 집에서."

굶어서 무섭게 여윈 얼굴로 언니는 계속 말했어.

"나는 너랑 같이 남고 싶었을 것 같아?"

내가 어떻게 언니를 치명적으로 공격할 수 있는지 아는 것

만큼 언니도 어떻게 나를 정확하게 상처 입힐 수 있는지 알았어. 언니의 말이 이어졌어.

"너한테 억지로 나랑 붙어 있으라 한 적 없어. 떠나고 싶으면 가."

그 말을 듣는 순간 짜증 나게 눈물이 나오려고 했어. 항상 이랬어. 우리 둘이 싸우면 승패가 어찌 됐건 마지막에 난 훌쩍이고 류미래, 저 독한 인간은 눈 하나 깜빡 안 했어. 언니로 태어나면 저절로 동생 앞에서는 울지 않는 능력을 얻는 것처럼.

난 언니 앞에서 울고 싶지 않았어. 이 정도로 싸우고 혼자 우느니 죽는 게 나았어.

등을 돌려 집을 나왔고 언니는 나를 잡지 않았어.

현관을 나올 때는 눈에 눈물이 가득 차 세상이 일그러졌어. 녹슬어서 끽끽거리는 대문을 나올 때는 눈물이 밖으로 넘쳤지. 그대로 골목에서 가까운 집 아무 곳이나 들어갔어.

언니랑 떨어져 혼자만의 공간에 오자 왈칵 울음이 터졌어. 우는 내가 너무 싫었어. 왜 항상 나만 우는 건데? 그리고 싸움 후의 감정이 밀려들었어. 창피함, 속상함, 잔불처럼 남은 분노. 무엇보다 강력한 후회.

언니에게 한 말이 후회됐어. 내가 뱉은 말 전부 다. 난 후회할 걸 알면서, 그 순간에 이미 후회하면서 말했어. 왜 그런 말을 했을까? 왜 멈출 수 없었을까?

후회해 봤자 뱉은 말을 주워 담을 수는 없었지. 한참 울자 눈물은 멈췄지만 두통은 더 심해졌어. 머릿속에서 난쟁이들이 머리를 일제히 발로 차는 것 같았어.

두통에 굶은 채 악을 쓰며 싸우고 울기까지 했더니 어느 순간 전원이 픽 꺼지듯 남의 집 바닥에서 잠이 들었어.

꿈에서 난 날고 있었어. 답답한 육체는 더러운 옷처럼 벗어던져 가뿐했어. 굶주림과 두통도 없었고 몸을 벗자 더 생생하게 세상을 접할 수 있었어. 나는 껍질을 벗고 다시 태어났고, 그러자 세상의 껍질도 벗겨진 것 같았어. 꿈속은 밤이었고 사방에 불이 피었어.

'새로운 세계에서 새로운 존재로 다시 태어나는 거야.'

누군가 말했고 나는 그 말을 흡수했어. 의심도, 경계도, 거부감도 꿈에는 존재하지 않았어.

내가 메시지를 받아들이자 꿈은 더욱 활기 넘쳤어. 밤이 너무 익은 과일처럼 물큰했고 불은 갖가지 색으로 춤추듯 타올랐어. 노랑, 초록, 빨강, 하양, 보라……. 그리고 나비가 있었어. 수많은 나비가 밤의 세계를 채웠고 나는 불꽃만큼이나 다양한 색의 나비를 볼 수 있었어.

마지막까지 고여 있던 저항심이 사라지면서 나는 거대한 밤에 녹아들었어. 꿈에서 나는 기꺼이 불꽃과 나비의 세계에 뛰어들 준비가 됐어. 당연한 일이잖아. 이전과 다른 신세계잖아. 그래, *새로운 세계에서 새로운 존재로!*

빛이 분수처럼 치솟았고 불꽃과 나비가 휘몰아쳤어. 밤은 갖가지 색깔로 눈부셨어. 문득 꿈에서 냄새를 맡을 수 있었어. 묘하게 감미롭고 동시에 썩은 것 같은 향기가 짙어지면서 내게 말을 건 존재가 다가왔어. 눈으로 보기 전에 다른 감각이 먼저 그를 맞이하는 것 같았어. 그전에는 몰랐던 감각. 피부 아래서 신경이 새롭게 깨어나는 감각. 내가 오래전부터 이 존재를 알고 있었던 것 같은 느낌.

돌아서 그를 마주하는 순간 꿈이 깨지고 현실이 파도처럼 쏟아졌어.

잠에서 깨어난 뒤 한동안 현실을 받아들일 수 없었어. 꿈의 소용돌이가 정신을 휘감았고 내가 어디에 있는지, 무엇을 하고 있었는지 알 수 없었지. 잠시 뒤 꿈이 수챗구멍에 빨려 들어가는 물처럼 사라지면서 언니랑 싸웠던 게 생각났지만 그보다 더 급한 게 있었어.

"일어났다."

낯선 아이들이 나를 내려다보고 있었어.

2

"너 그 병에 걸렸던 적 있어?"

눈앞의 상황이 악몽인지 현실인지 구분하지 못하는 내게 어떤 여자애가 물었어.

"피터 팬 바이러스 걸려 본 적 있냐고."

말이 눈에 보이는 것처럼 뚜렷하고, 만질 수 있을 것처럼 단단했어. 정신없는 와중에도 귀에 훅 들어오는 목소리였지. 소리가 들린 쪽으로 시선을 돌리자 목소리의 주인이 눈에 들어왔어. 짧게 자른 머리카락, 짙은 눈썹, 큰 키에 단단한 몸, 새까만 조약돌 같은 눈. 그런 애를 본 건 처음이었어. 존재 자체가 확실해 보이는 애. 화려한 외모가 아니어도 중력에 끌리는 것처럼 저절로 주의를 집중하게 되는 애.

나도 모르게 대답이 흘러나왔어. "걸린 적 있는데……."

"세워."

그 애의 말이 떨어지자마자 다른 아이들이 나를 붙잡고 바닥에서 일으켜 세웠어.

명령을 내린 여자애는 나를 머리부터 발끝까지 훑어봤어.

나는 얼떨떨한 채 주변을 살폈어. 그 애 말고 네 명이 더 있었는데 이게 다가 아닌 것 같았어. 다른 방에서도 인기척이 느껴졌지.

'얘들은 어디서 나타난 거지?'

그때 나를 살피던 여자애가 선언했어. "얘 데려간다."

부엌을 뒤지던 애가 고개를 내밀었어. "쟤를 데려간다고?"

목소리가 묘했어. 나만 느낀 게 아닌지 단단한 인상의 여자애가 그 애를 돌아봤어.

"불만 있어?"

조약돌 같은 눈을 마주하자 다른 아이는 말을 흐렸어. "아니, 불만까지야……."

"나중에 딴소리하지 말고 할 말 있으면 지금 해."

"아무것도 아니야."

아무것도 아닌 게 아닌 것 같았지만 그 애는 더 이상 말을 하지 않았어.

여자애는 다들 모이라고 했어.

집 곳곳에 있던 아이들이 거실로 모였어. 인원수를 확인하자 겁이 났어. 열 명에게서 어떻게 도망치지?

아이들이 모이자 여자애가 입을 열었어.

"다들 알겠지만 우린 이번 주 내내 실적이 부진했어. 이대로는 또 C를 받을 거고 나는 내 조가 바닥에서 허우적거리는 걸 참을 수 없어."

아이들의 얼굴이 어두워졌어. 여자애는 시선으로 도장을 찍듯 한 명 한 명을 보며 말했어.

"정신을 차려야 할 때인데 우린 오늘도 실적이 부족해."

"하지만 조장, 이 주변에는 더는 쓸 만한 게 없는걸."

잿빛 머리에 키가 큰 남자애가 우는소리를 했지만 조장이라 불린 여자애는 가차 없었어.

"다른 조도 상황은 마찬가지야. 차로아, 문지기가 오늘 네 가방을 보고 만족할 것 같아? 이대로는 벙커 출입문 구경도 못 해."

"문지기는 내가 생수 열 통을 가져가도 만족하지 않을걸. 끝없는 욕구 불만이 문지기의 핵심이란 말이야."

차로아가 한숨을 내쉬자 공감하듯 웃는 애들이 있었어. 그 순간 분위기가 풀렸지만 조장이 눈을 가늘게 뜨자 웃음소리가 사라졌어. 느슨하게 서 있던 차로아도 몸을 바로 세웠어.

조장의 단단한 목소리가 집 안을 채웠어.

"문지기가 어떻든 넌 생수 열 통이 없고 우린 부족분을 채워야 해. 난 모두에게 최대한 이익이 되게 행동할 거야."

그러더니 다른 애들에게 잡혀 있는 나를 가리켰어.

"면역도 있고 튼튼해 보이잖아. 어떤 식으로든 쓸모가 있을 거야."

 낯선 아이들의 대화가 거기까지 흘렀을 때 깨달았어. '이건 인신매매야! 난 노예가 될 거야!'

 하지만 빠져나갈 구멍이 없었어.

 그 애들은 열 명이었어. 여태 사람 머리카락 한 올 안 보이던 유령 도시에서 튀어나온 열 명의 생존자. 배낭을 멘 아이들은 집 안을 마저 뒤지고 조장의 명에 따라 나를 밖으로 데리고 나왔어. 마지막 아이가 빨간 스프레이로 대문에 ×자를 그렸지.

 골목에 나오자 언니랑 내가 들어갔던 이층집이 보였어. 소리치면 언니에게도 들릴 거야. 하지만 둘이서 열 명을 상대할 수는 없겠지. 뭘 어떻게 해야 할지 몰랐지만 한 가지는 분명했어. **나 때문에 언니까지 위험하게 만들 수는 없어.**

 입을 다물고 아이들을 따랐어. 소동을 일으키면 언니가 밖을 볼 테고 내가 잡혀가는 걸 보면 뛰쳐나올 테니까. 그러면 언니의 생존도 위태로워질 테니까.

 내가 있던 집이 그날의 마지막 수색 장소였는지 그들은 언니가 있는 집에 들어가지 않고 걸었어. 낯익은 대문을 지날 때 전기가 오르듯 심장이 저릿했어. 언니가 멀어지고 있었어. 하나뿐인 내 가족이.

 언니에게 소리 지르고 화를 냈던 게 떠올랐어. 설마 그게 마지막은 아니겠지? 언니 앞에서 울기 싫어서 나온 건데 이대로 영영 이별인 건 아니겠지?

'억지로 나랑 붙어 있으라 한 적 없어. 떠나고 싶으면 가.'
심장이 발밑으로 떨어지는 것 같았어.
'정말 내가 떠났다고 생각하면 어떡해?'
머릿속이 비명을 질렀어. 나를 끌고 가는 애들은 멈추지 않았고 조장이라는 여자애가 선두였어.

거리는 조용했어. 여전히 죽은 어른들의 시체 가루가 날렸고 머리 위의 하늘은 아찔한 노란색이었어. 골목 끝에서 황갈색 털의 길고양이가 우리를 보자마자 미친 듯이 달아났어.

얼마나 걸었을까. 아이들은 지하철 입구 같은 곳에서 멈췄어. 야구 방망이를 든 덩치 큰 아이들이 지하로 내려가는 길을 지키고 있었지. 입구 앞에는 상아색 천막이 있었는데 긴 책상과 의자가 놓여 있었고 안경을 쓴 아이가 앉아 있었어. 책상 위에는 저울과 종이, 펜이 있었고.

조장이 가장 먼저 다가가 배낭을 내려놓자 그 뒤로 아이들이 줄을 섰어.

"참치캔 250그램 세 개, 커피믹스 스무 개짜리 한 상자, 곽휴지 두 개……."

안경이 내용을 확인하고 목록을 적었어. 확인이 끝나면 배낭 주인이 물건을 다시 담고 다음 아이가 검사를 받았지.

"이건 유통 기한이 지났잖아."

깐깐하게 생긴 안경은 커다란 업소용 팥 통조림을 확인하며 얼굴을 찌푸렸어.

"그래도 새거야. 찌그러지지도 않았고 밀폐되어 있었으니까 기한 약간 지난 건 괜찮을 거야. 멀쩡한 걸 버리면 어른들처럼 천벌 받을걸."

팥 통조림을 챙겨 온 애, 차로아가 커다란 통조림을 이리저리 보이며 구슬렸어. 안경, 아마도 아이들이 말하던 욕구 불만의 문지기인 것 같은 아이는 내키지 않는 얼굴로 말했어.

"좋아. 대신 유통 기한이 지났으니 실적은 50퍼센트로 기록할게."

차로아는 행복한 얼굴은 아니었지만 문지기의 결정에 반발하지는 않았어.

아이들이 내놓는 물건은 다양했어. 먹을 것, 마실 것만이 아니라 의약품, 옷, 침낭 등 쓸 만해 보이는 건 뭐든 가져왔지. 왜 G시가 텅 비었는지 이해됐어. 이 아이들이 전부 쓸어 간 거야. 다 턴 건물에는 붉은 스프레이로 ×자를 표시했고.

물건 확인이 끝나 갈 때 문지기의 목소리가 높아졌어.

"지금 나랑 장난해?"

조원들의 시선이 마지막으로 검사받는 아이에게 향했어. 나를 데려간다는 말에 불만을 표했던 애였어. 손에는 묵직한 금두꺼비가 들려 있었지. 제일 먼저 검사를 마치고 교대해서 나를 잡은 조장의 손에 힘이 들어갔어.

"이거 진짜 금이야. 금값만 해도 꽤 될걸."

"뭔 개소리야. 이거 받고 물이나 통조림 내주는 머저리 있으면 그때 다시 가져와. 현금, 귀금속 안 받는다고 처음부터 말했잖아. 이 판국에 금덩이 먹고 똥 쌀 거냐고."

투덜거리던 문지기가 가방에서 뭔가 꺼냈어. 손에 든 커다란 보석이 영롱하게 빛났어.

"야, 이건 진짜도 아니야. 이 정도 크기 보석이 진짜면 어디 박물관이나 왕실에 있을걸."

그 밖에도 가방 속에는 온통 귀금속뿐이었어.

예전이었다면 가방 내용물은 상당한 가치로 평가받았을 거야. 그러나 지금 우리가 맞닥뜨린 세상에서는 금보다 당장 먹을 식량, 깨끗한 물이 중요했어.

문지기는 가방을 돌려주며 고개를 저었어. "이래서는 네가 쓰는 시설 사용료도 안 나와."

금두꺼비 주인을 마지막으로 배낭 확인이 끝났어. 문지기는 완성된 목록에 C라고 적었어.

"또 C? 진심이야?"

사방에서 불만이 터졌지만 문지기는 눈 하나 깜빡 안 했어.

"C도 후하게 쳐준 거야. 밖에서 자지 않는 걸 다행으로 여기라고."

"아직 안 끝났어."

조장이 말했어. 그 애는 나를 문지기 앞으로 데려갔어.

"애도 목록에 추가해 줘. 면역력이 있대. 튼튼한 게 쓸 만할 거야."

안경 낀 문지기는 배낭 속 물건을 살피듯 나를 봤어.

"특기가 뭐야? 건물이나 전기 설비를 수리할 줄 안다거나 의술, 농업, 로봇공학 같은 걸 잘 안다거나, 그런 거 있어?"

갑자기 유통 기한이 지난 통조림이 된 기분이었어.

"난 그냥 평범한 학생이었는데."

내가 대답하자 문지기는 혀를 찼어.

"그게 우리 모두의 비극이지. 다 같이 평생 생존에 아무 쓸모 없는 시험 준비만 하다가 망한 세상에 남은 거."

문지기는 고개를 조장에게로 돌렸어.

"일단 데려가 봐. 어디에 쓸 수 있을지 알아보자고. 하지만 아직 C야. 네 마지막 물품은 아직 값어치가 미정이니까."

"평균값을 다시 잡으면 C가 아닐 거야."

조장의 대꾸에 문지기가 코웃음 쳤어.

"어떻게 평균을 바꿀 건데? 아직도 안 내놓은 거 있어?"

조장은 금두꺼비를 챙긴 애를 가리키며 말했어.

"더하기가 아니라 빼기로 바꿀 거야. 쟤를 내 조에서 빼겠어."

둘의 대화를 들은 금두꺼비의 얼굴이 새빨개졌어.

"지금 뭔 소리야?"

다른 조원들의 시선이 그들에게 향했어. 조장은 금두꺼비를 쳐다보지 않았어. 여전히 눈을 문지기에게 둔 채 말했어.

"쟤의 쓸모없는 수확물과 함께 머릿수 하나가 빠지면 우리

평균 실적이 B는 될 거야."

문지기는 뜸을 들이다 고개를 끄덕였어.

"그건 맞아. 쟤 빼면 너희 조 평균 실적은 그렇게 나쁘지 않아."

"너네들 진짜 미쳤냐?"

금두꺼비가 화를 내자 조장은 다른 애들에게 명령했어.

"쟤 몸수색해 봐."

조장의 명령은 칼같이 시행됐어.

"이거 안 놔?"

금두꺼비가 몸부림쳤지만 조원들은 샅샅이 수색했어. 가방에는 귀금속뿐이었지만 겉옷의 안주머니와 접힌 바지 밑단에서 작은 초코바와 사탕이 나왔어.

조장이 금두꺼비에게 다가갔어. 내가 도망 못 가게 다른 사람에게 맡기는 걸 잊지 않았지.

"내가 왜 널 내 조에 계속 둘 거라 생각했어? 툭하면 불평불만에 태도는 삐딱하고 할 말 있으면 하라고 판 깔아 주면 입 다물면서 뒤에서는 구시렁거리고. 게으르고 이기적이고 다른 애들 분위기까지 망치는 인간을 왜?"

조장은 몸수색 중 바닥에 떨어진 금두꺼비를 발로 찼어. 금덩이가 길가의 돌멩이처럼 더러운 바닥을 구르는 걸 모두 지켜봤어.

"그리고 쓸데없는 거 그만 챙기라 했잖아."

조장의 목소리는 낮았어. 크지 않고 감정을 터뜨리는 목소리도 아니었는데도 말 하나하나가 가슴에 꽂히는 것 같았어.

"너라면 너 같은 애를 조에 두고 싶겠어? 세상이 끝났는데 달러는 아직 먹힐 거라는 둥, 금은 안전 자산이라는 둥 정신 못 차리고 그런 것만 찾잖아. 처음 몇 번은 이해했어. 충격이 커서 그러는 거라고. 그런데 바뀌지 않잖아. '위기는 기회다', 다른 애들한테 이딴 소리 지껄이면서 실적에 도움 안 되는 금붙이만 챙기잖아. 그 와중에 먹을 건 딴 주머니로 빼돌려?"

조장은 잠시 눈을 감았다 떴어. 짙고 단단한 눈으로 금을 챙긴 애를 보고 말했어.

"위기는 위기야. 아직도 현실을 깨닫지 못하고 조를 갉아먹는 인간을 계속 둘 수는 없어."

낮은 목소리로 최후의 통첩이 떨어졌어.

"그러니까 내 앞에서 꺼지라는 뜻이야."

상황이 심상치 않아 보였는지 입구를 지키던 덩치 큰 애들이 움직였어. 야구 방망이를 들고 오른팔에는 검은 ×자가 그려진 흰 천을 묶은 애들이었지. 금두꺼비의 주인은 그들을 보더니 배낭에 자기 보물을 쓸어 담고 초코바와 사탕을 챙겨 달아났어.

"잘했어. 저러는 거 한두 번도 아니고 더 받아 주는 게 이상해."

상황이 끝나자 문지기가 말했어.

"말을 하면 알아먹어야지. 계속 쓸데없는 거 들고 오면서 고집부리는 게 영 불안하더라. 알잖아. 공동 책임이 규칙인 거. 쟤가 사고 쳤으면 너희 조 전체가 처벌받았을걸."

"평균 등급이나 고쳐 줘."

안경 쓴 문지기는 목록에서 금두꺼비의 기록에 줄을 그었어. C에 ×자를 치고 B로 고쳤지. 그리고 조장에게 덧붙였어.

"쫓겨난 애 보고하는 거 잊지 마. 태도 불량과 개인 착복, 이기주의자로 신고해야 다른 조에 끼어 다시 들어오는 일이 없을 거야."

조장은 고개를 끄덕였어. 다른 조원들은 말이 없었어. 조장의 행동에 찬성해서 그러는지 아니면 조원이 쫓겨나는 것에 관심이 없는지 알 수 없었지.

방망이를 든 덩치들이 입구를 비켜 주었고 아이들은 안으로 들어갔어.

나는 이제 아홉 명이 된 아이들 속에 있었어. 방금 본 일을 어떻게 해석해야 할지 몰랐어. 머릿속이 시끄러웠고 지하로 들어가는 게 꼭 사형대로 걸어가는 것 같았어.

승강기가 있었지만 아무도 쓰지 않았어. 드문드문 불이 밝혀진 계단을 내려가자 출입문이 나타났어.

"여기가 우리가 사는 곳이야."

조장의 명으로 내 팔을 잡은 애가 속삭였어. 차로아. 잿빛 머리에 키가 큰 소년. 그 애는 조장과 달리 내 팔을 꽉 잡지 않왔어. 내가 아플까 봐 걱정하는 것처럼.

다소 장난스러운 목소리로 차로아가 말을 이었어.

"이 근방의 괜찮은 모든 사람과 쓸 만한 모든 물건이 모이는 곳이지."

곧이어 천국인지 지옥인지 알 수 없는 세상의 문이 열렸어.

3

 어쩌면 너도 들어 봤을지 몰라. 그 벙커에 대해. 그건 옛날 어떤 정치인의 대선 공약이었어. 일명 **전 국토의 벙커화.**

 북한과의 사이가 험악해지자 만약을 대비해 전국 곳곳에 거대한 대피소를 짓겠다는 거였지. 사실 우린 오랜 휴전 국가라서 유사시 대피소로 쓸 수 있는 시설이 많았는데도 그는 본격적인 벙커를 만들겠다고 했어. 각 지역에 최소 하나씩.

 그게 그의 주요 대선 공약이었고 쓰러져 가는 경제를 일으킬 '단군 이래 최대의 한국형 뉴딜 사업'이라고 했지. 그 사업이 만들어 낼 일자리가 얼마고 '창조 경제'와 그로 인한 사회적 낙수 효과가 어쩌고저쩌고.

 그 정치인이 건설 회사 출신이고 일가친척이 여전히 관련 업을 하고 있어서 '전 국토의 벙커화'가 시행되면 그 일가에 막대한 국익이 흘러 들어갈 거라는 얘기가 있었지만 사람들은 그를 대통령으로 뽑았어. 우린 전국 곳곳에 세워질 거대 벙커가 아니라 애초에 그런 벙커가 존재할 필요가 없는 세상을 원한다는 목소리는 무시됐고.

결국 대통령 취임 후 온갖 비리 사건이 터졌어. 적합하지 않은 부지에 벙커를 만들려고 토지 조사 결과를 조작했다는 의혹도 있었지. 첫 번째 벙커가 완성됐을 때 그는 탄핵되었고 다른 지역의 벙커 사업은 취소됐어. 한국사 시간에 역대 대통령들 옆에 줄줄이 붙어 있는 탄핵 파면, 실형 선고, 예우 박탈 등의 설명을 보면서 난 궁금했어. 애초에 왜 그런 인간을 대통령으로 뽑는 거야?

아무튼 내가 들어간 곳이 그렇게 완성된 최초이자 유일한 벙커였어. 반영구적인 자체 발전기가 돌아가는 곳. 우리 문명 최후의 보루, 핵폭탄이 터져도 안전하다는 곳.

직접 들어가 본 벙커는 넓었어. 곳곳에 불빛이 있어서 지하라는 게 믿기지 않을 정도로 밝았지.

문 안으로 들어가자 발판 아래가 윙윙거리며 미지근한 바람이 나왔고 머리 위에서는 소독약 냄새가 나는 안개가 분사됐어. 놀란 내가 움찔하자 차로아가 웃으며 설명했어.

"기본 방역 절차야. 공동생활인데 누가 병균이라도 들여오면 안 되니까."

그때 처음으로 차로아의 얼굴을 제대로 봤어. 가까이서 보니 그 애는 눈동자 색도 잿빛에 가까웠어. 피부는 창백했고 한쪽 눈가에는 가는 붓 끝으로 찍은 듯한 회색 점이 있었어. 그런 요소들이 잿빛 머리와 어우러져 마치 연기로 빚어진 애 같았어. 전쟁과 폭동으로 거리가 불타던 때의 연기 말이야. 그 연기 속에서 태어난 것 같은 소년.

소독이 끝난 뒤 무리는 계속 움직였어. 나중에 알았지만 밖에서 돌아온 수색조는 가장 먼저 수확물부터 제출하는 게 규칙이었어. 관리조 아이들이 문지기가 작성한 목록과 배낭의 내용물을 확인한 뒤 음식, 음료수, 의복, 무기, 의약품 등으로 분류했어. 유통 기한이 지난 건 따로 두는지 팥 통조림은 다른 곳으로 가져가더라.

관리조에 물품을 제출한 뒤에는 머리부터 발끝까지 씻어야 했어. 남녀로 나뉜 샤워장으로 가면서 다시 조장이 내 팔을 잡았어.

"씻으면서 빨래도 해야 해."

새 속옷과 옷가지를 주며 조장이 말했어.

"시간 없으니까 빨리 움직여. 몸에 비누칠한 채 돌아다니기 싫으면."

뭘 물어볼 새도 없었어. 정해진 시간이 끝나면 물이 저절로 끊기는 시스템이었지. 정신없이 씻고 손빨래를 했어. 오래 입은 옷에서 구정물이 줄줄 나왔어.

새 옷으로 갈아입은 다음에는 식사를 했어. 다른 샤워장으로 갔던 조원들도 합류했지. 계속 조를 지어 움직여야 하는 것 같았어. 다른 무리도 보였는데 혼자 돌아다니는 사람은 없었어.

벙커의 식당은 긴 테이블이 줄줄 놓인 학교 급식소 같았고 A, B, C로 배식구가 나뉘어 있었어. 우리는 B에 줄을 섰는데 A보다 가짓수가 부족했어. C를 보니 거긴 양 자체가 적은 것 같았지.

모두 배식을 받고 자리에 앉자 식사가 시작됐어. 그제야 다시 굶주림이 느껴졌어. 떨리는 손으로 숟가락을 들었어. 쌀 한 톨 남김없이 먹은 뒤에야 몸에 다시 피가 도는 것 같았어.

식사 내내 대화는 없었어. 그곳에서 식사는 생존을 위한 행위지 맛을 즐기고 웃고 떠드는 시간이 아니었어. 다들 말없이 씹기만 했고 식사가 끝난 후에는 식기를 씻어서 반납한 후 다시 무리 지어 식당을 나왔어.

복도를 지나 어느 구역에 들어서자 많은 방이 있었어. 조마다 공간을 배정받는 것 같았지. 무리는 어느 문 앞에서 멈추더니 안으로 들어갔어. 도착한 곳은 조원들의 공용 공간이었어. 안에는 바닥 위로 솟은 마루가 있었고 사물함과 정수기가 보였어. 그 공간 양옆으로 방이 있었는데 남자애들의 침실과 여자애들의 침실이었지.

조장은 먼저 몸이 아프거나 불편한 사람이 있냐고 물었고 다들 말이 없자 자유 시간을 선언했어. 몇몇 조원이 조장에게 볼일과 목적지를 말하고 허락을 구했어.

"체력 단련실에 있을 거야."

"도서실에 다녀올게. 응급 처치 책을 봐 두고 싶어."

혼자 움직이는 애는 없었어. 최소 두 명이 함께 나갔지. 다른 아이들은 사물함에서 개인 물건을 정리하거나 일찌감치 침실에 들어가 눈을 붙이는 것 같았어. 그때 조장이 내게 다가왔어.

"소개가 늦어서 미안. 난 조장 은시호야."

내 이름을 말하기도 전에 질문이 먼저 나왔어.

"여긴 뭐야? 뭐가 어떻게 돌아가는 거야?"

조장 은시호는 잠시 나를 보다 입을 열었어.

"전 국토의 벙커화라고 들어 봤어?"

벙커가 세워진 배경을 짧게 설명한 뒤, 은시호는 피터 팬 바이러스가 전 세계를 덮치고 전쟁이 일어났을 때 사람들이 잊었던 벙커를 떠올렸다고 말했어.

"처음에는 엉망이었지만 생존자들끼리 규칙을 만들고 역할을 나누면서 지금 같은 시스템이 생겼어."

"그럼 너흰 계속 여기서 살겠다는 거야? 벙커에서?"

"달리 어디서 살게? 여기는 자가 발전기 덕에 전기가 들어와. 공기와 물도 정화되고 화장실과 샤워실도 있어. 우린 음식과 의약품, 그밖에 필요한 것을 모으고 미래를 위해 농사도 준비 중이야. 우리 중 똑똑한 애들을 두뇌조로 뽑아서 의학과 공학 등을 공부하게 하고 있고. 밖에서 혼자 발버둥 치는 것보다 여기서 함께 힘을 합치는 게 훨씬 나아."

내가 걱정했던 인신매매나 폭력은 없었어. 오히려 초기 혼란기 이후에는 지속 가능한 단체 생활을 위해 문제 행동을 엄격히 처벌한다고 했지. 조 전체가 공동 책임을 지기 때문에 조원들은 서로 죄를 짓지 못하도록 강력히 제재했어. 혼자 다니지 않는 것도 서로의 범죄를 막기 위해서였지.

"남에게 피해 주지 않고 자기 몫만 해내면 돼. 그러면 벙커는 네가 필요한 걸 제공할 거야."

은시호가 결론짓듯 말했지.

벙커에서 한 조는 열 명으로 구성되는데 은시호는 나를 처음 봤을 때부터 문젯거리던 조원을 내보내고 새 조원으로 들일 생각이었다고 했어.

"먹지도 못하는 금 대신 음식을 챙길 사람이라면 누구든 개보다는 나을 테니까."

나는 뭐라 말해야 할지 몰랐어. 여긴 천국은 아니더라도 최소한 지옥은 아니었어. 하지만 은시호의 조원이 되어 벙커 생활을 하는 건 나 혼자 결정할 일이 아니었지.

내게 중요한 건 하나였어. 벙커가 아무리 환상적이건, 깨끗한 화장실과 샤워실, 안정적으로 공급되는 식량과 식수가 얼마나 대단하건 언니랑 나는 같이 있어야 했어.

"나 사실 일행이 있어."

난 친언니가 밖에 있다고 말했어. 벙커에 남는 건 둘이 같이 결정하겠다고 했지.

은시호는 선뜻 받아들였어.

"좋아. 언니랑 만나서 결정해. 인원수 안 맞는 다른 조랑 얘기하면 자매가 한 조에 들어가는 것도 가능할 거야."

언니를 찾으러 가는데 조원 모두가 나갈 필요는 없었어. 조장 은시호와 나, 그리고 흥미로운 얼굴로 우리 대화를 듣던 차로아가 자원해 셋이 벙커를 나갔어.

"이 집이야!"

왔던 길을 되돌아 익숙한 골목에 도착한 나는 언니랑 들어갔던 이층집으로 달렸어.

언니가 아직도 화났을까? 모르는 애들을 끌고 왔다고 혼낼까?

뭐든 좋았어. 언니한테 잘못했다고 파리처럼 싹싹 빌 준비가 됐고 언니가 마음에 안 들어 하면 둘을 따돌리고 언니랑 같이 도망칠 준비도 됐어. 언니만 다시 만나면 전부 괜찮았어.

몇 시간 전 울면서 빠져나온 대문을 지나, 화단의 철쭉과 목련을 지나, 현관문을 열고 어두운 목재 패널의 실내로 들어가 외쳤어.

"언니!"

싸늘한 실내에는 아무도 없었어.

4

"침착해. 무작정 뛰쳐나가는 게 가족을 찾는 데 도움이 될 것 같아?"

거리로 나가려는 나를 은시호가 말렸어.

"집에 남은 흔적이 깨끗한 걸 보아 네 언니는 억지로 끌려간 게 아니야. 우리랑 만나기 전에 언니랑 싸우고 네가 먼저 나갔다며. 정황상 언니가 너를 기다리다 혼자 떠난 것 같은데?"

다시 두통이 시작됐어. 맥박이 뛸 때마다 옆머리가 지끈거렸고 비이성적인 분노가 치밀어 올랐어.

'네가 뭘 안다고 지껄이는 거야.'

왜 이렇게 화가 많아졌는지 알 수 없었어. 다만 분노를 참을 수 없었어. 언니 없이 텅 빈 집을 봤을 때의 충격, 언니를 다시 못 만날 수 있다는 공포가 더해져 감정은 통제 불능이 됐어.

'네가 뭔데 우리 언니가 날 두고 갔다고 말하는 거야?'

심장 박동과 두통이 커지며 위험 수위에 도달한 순간 차로아가 끼어들었어.

"어쨌든 네 가족이 위험한 상황은 아니라 다행이네. 안 그래? 적어도 최악의 상황은 아니잖아."

차오른 긴장감을 빼는 밝은 목소리였어. 나와 조장 사이에 완충 지대를 두듯 자리 잡은 차로아가 말을 이었어.

"저래 보여도 조장은 너를 걱정하는 거야. 가족을 찾으러 덜컥 떠났다가 못 만나면 상황이 더 나빠지잖아. 이 도시는 우리가 잘 알아. 매일 우리 같은 수색조들이 영역을 나눠 빠짐없이 뒤지거든. 너 혼자 모르는 도시를 헤매면서 가족을 찾는 것보다 수색조가 네 가족을 발견해 벙커로 데려올 확률이 훨씬 더 높아. 며칠만 벙커에서 기다려 봐. 시호가 각 조 조장에게 네 가족 생김새와 이름을 말해 두면 금방 연락이 올 거야."

날 달래는 듯한 차로아 대신 은시호에게 물었어. 저 말대로 벙커 아이들이 우리 언니를 찾는 데 얼마나 걸릴 것 같냐고.

"적어도 열흘은 기다려."

생각보다 긴 시간에 내가 놀라자 은시호가 설명했어.

"이런 건 시간을 넉넉하게 잡는 게 좋아. 도중에 엇갈리면 큰일이잖아. 네가 떠난 뒤에 언니가 오면 어떻게 할래? 머리를 식히고 조금만 차분히 기다려. 감정만 앞서서 후회할 짓 하지 말고. 네 언니도 수색조를 피해 바로 떠나지는 못할 거야."

은시호의 눈은 여전히 조약돌처럼 단단해 보였어. 내 상황이 남의 일이라서 침착한 걸까 아니면 자기 일이어도 이렇게 차분할 애일까?

나는 눈을 감고 숨을 들이쉬었어. 언니를 만날 가능성이 가장 높은 방법을 따라야 했어. 차츰 두통이 잦아들었을 때 눈을 떠 은시호를 보며 말했어.

"좋아. 네가 말한 열흘 동안 벙커에 있을게. 네 조원이 되어 규칙대로 일할 거야. 하지만 열흘이 지나도 언니 소식이 들어오지 않으면 나가겠어."

나가서 혼자 할머니 댁까지 가는 수밖에.

언니 없이 거기까지 가는 게 쉽지 않을 거라는 건 알았어. 하지만 벙커 아이들이 언니를 찾지 못하면 언니를 다시 만날 방법은 그것뿐이었지. 우리 목표에 도착해 언니와 재회하는 것. 모든 것이 잘못되었을 때 내가 품을 수 있는 유일한 희망.

은시호는 조건을 받아들였고 나는 벙커에 열흘간 머무르게 되었어.

벙커로 돌아가서 여자아이들 방에 잠자리를 얻었어. 이층 침대에 누워 낯선 아이들과 어둠 속에서 숨 쉬며 언니 생각을 했어.

어디 있을까.

안전할까.

뭘 좀 먹었을까.

어둠 속의 별처럼 사라지지 않는 건 이 생각이었어.

정말 날 두고 떠난 거야?

*

다음 날 알람이 울리자 벙커 아이들은 작동 버튼을 누른 로봇처럼 일어났어. 밥 먹고 씻으러 가는 것까지 전부 함께 움직여서 늦장을 부릴 수 없었어. 아침 배식을 전날 성적대로 받고 조별로 출입구를 나와 쓸 만한 물건을 찾으러 돌아다녔지. 벙커에는 생각보다 많은 아이가 있었어. 도시 곳곳으로 거미줄 퍼지듯 수색조가 파견됐어.

조장은 내게도 물건을 챙길 가방을 줬지만 나는 가방을 많이 채우지 못했어. 그 대신 온갖 생각이 머리에 가득했어. 내가 잘한 게 맞나? 기다리면 진짜 언니를 볼 수 있을까? 지금이라도 나가서 언니를 찾아야 하지 않을까? 그런데 어디로 가지? 언니가 내게 메시지도 남기지 않고 가 버렸는데 어디에서 언니를 찾지? 언니가 정말 날 떼어 놓고 가 버린 거면 어떡하지? 다시는 날 안 볼 생각이면?

점심은 조끼리 거리에서 알아서 먹는 시스템이었어. 점심은 오전에 찾은 걸로 배고픔만 피하는 간단한 식사였고 벙커에서 주는 아침과 저녁이 주 식사였지.

그날 조는 운이 없었어. 들어간 집마다 연이어 피터 팬 바이러스 희생자의 지독한 냄새가 났고 건질 것도 없었지.

점심시간이 되자 다들 코끝에 맴도는 냄새 때문에 실내로 들어가고 싶어 하지 않았어. 조는 적당한 공터에 자리를 잡았지. 오래된 주택가에서 지어지다 공사가 멈춘 필로티 건물 앞이었어. 바닥에서부터 기둥과 뼈대가 세워지다 멈춘 건물이 거대한 괴물의 유해처럼 느껴졌어.

 조장은 오전 수확물을 확인하고 점심이 될 것을 거두어 조원들에게 분배했어. 차로아가 저게 조장의 일이라고 했어. 점심시간의 시작과 끝을 정하고 점심을 분배하는 것.

 휴식이 짧으면 짧다고 불만이 생기고 길면 수확물이 적어 조의 성적이 나빠진다고 했어. 점심을 나누는 것도 그날 많이 찾은 조원과 많이 찾지 못한 조원을 다르게 주느냐 똑같이 주느냐로 갈등이 생긴다고 했지.

 "은시호는 칼같이 평등하게 분배하는 조장이야."

 차로아가 귀띔했어. 내가 임시로 조에 들어온 뒤로 차로아는 내게 벙커와 조에 대한 정보를 알려 줬어. 때로는 자기 할머니가 미국인이라거나 조장 은시호가 태권도 국제 대회 우승자라는 잡다한 정보도 있었지.

 수확물 성적을 잘 받기 위해 찾은 식량을 아껴 두는 것과 점심을 너무 적게 먹어서 기운이 나지 않는 것 사이에서 아슬아슬하게 균형을 잡은 분배가 끝난 후 다들 점심을 먹으면서 쉬었어. 날이 좋아선지 노곤한 분위기가 돌았어. 후다닥 식사를 마치고 짧게라도 눈을 붙이는 애들도 있었어.

공격은 그럴 때 시작됐어.

처음에는 다들 그게 공격이라는 걸 몰랐어. 뭔가 날아와 건물 필로티 기둥에 부딪혔는데 어리둥절한 얼굴로 눈만 깜빡였지.

가장 먼저 상황을 알아차린 건 조장이었어.

"안으로 들어가!"

시호가 외쳤고 그때까지도 몇몇은 잠에서 덜 깬 얼굴로 조장을 바라봤어.

다시 한번 세차게 날아온 발사체가 이번에는 바닥에 떨어졌어.

그제야 모두 깨달았어. 누군가 조를 겨냥해 새총을 쏘고 있었어. 먹던 복숭아 통조림이 엎어지고 젓가락이 땅에 떨어졌어. 다들 일어나 짓다 만 건물 출입구로 달렸어.

그때 나는 이상한 느낌이 들었어. 눈앞에 빤히 보이는 뭔가를 놓치고 있는 느낌. 온몸의 신경이 곤두서는 느낌. 맥박이 세차게 고동쳤고 두통이 일면서 두개골 안쪽에서 번쩍 빛이 나는 것 같았어.

'아니야.'

나는 무작정 안으로 들어가려던 몸을 돌렸어.

'무슨 일이 일어났는지 봐.'

기둥에 부딪힌 첫 발.

바닥에 떨어진 두 번째.

'아무나 걸리라고 무작정 쏜 게 아니야!'

공격이 빗나간 기둥과 바닥이 눈에 커다랗게 들어왔어. 이 기둥과 이 바닥 근처에 있었던 사람. 두 공격 모두에서 목표였던 사람.

"달려!"

시호가 행동이 느린 조원들을 일으키고 있었어.

나는 건물 안으로 달려가려던 몸을 틀어 시호를 밀쳤어.

그와 동시에 세 번째 공격이 시호의 머리를 아슬아슬하게 스쳐 지나갔어.

온몸이 오싹했어. 그 순간 시호도 자기가 목표라는 걸 깨달은 것 같았어.

이제 조원들은 공사 중인 건물 안으로 들어갔지만 나와 시호는 아직 건물 밖에 넘어진 채였어.

'너무 늦었어.'

내 몸 밖에서 상황을 보는 것 같았어. 우리와 건물 사이의 간격, 근처 건물에 숨은 공격자가 새총으로 다음 공격을 준비하는 데 걸릴 시간.

'우리가 안에 들어가기 전에 우리를 맞힐 거야!'

조장도 같은 결론을 내린 것 같았어. 은시호는 다급히 내 머리를 감싸고 나를 자기 몸으로 가리려 했어.

그때 안에서 차로아가 외쳤어.

"드럼통 뒤로 가!"

쓰레기를 태우던 폐드럼통이 있었어. 건물보다 가까이에.

은시호는 엄청난 악력으로 나를 잡아 드럼통 뒤로 달려갔어. 우리가 몸을 숨기자마자 네 번째 공격이 드럼통 옆을 지나갔어.

드럼통은 우리 둘을 넉넉히 숨길 만큼 크진 않았어. 조장이 온몸으로 나를 덮은 채 우리는 통 뒤에서 최대한 몸을 웅크렸어.

공격자는 집요했어. 단단한 물체가 연이어 드럼통에 맞는 소리가 울렸고 때로는 드럼통 옆으로 날아갔어. 하지만 공격자가 있는 곳에서는 우리를 맞힐 각도가 나오지 않는 것 같았어. 얼마나 그렇게 숨도 못 쉬고 있었을까. 어느 순간 공격이 멈췄어.

단단한 물체가 드럼통에 부딪히던 소리가 끊기자 사방이 조용했어.

눈부시게 밝은 대낮이었고 가까운 공원에서 새 우는 소리가 현실감 없이 들렸어.

이제 쏠 게 없는 건가? 다 쏘고 잡히기 전에 도망간 건가?

고개를 내밀려는 나를 조장이 막았어.

"아직 움직이지 마."

등 뒤에서 조장이 긴장한 목소리로 말했어.

드럼통 뒤에 바싹 붙어 있어서 시호의 체온과 단단한 근육이 느껴졌어. 문득 차로아가 늘어놓은 정보가 떠올랐어. 은시호가 태권도 청소년 국제 대회 챔피언이라는 말. 확실히 오랫동안 단련한 사람의 몸이라는 게 느껴졌어.

한동안 그 상태로 정적이 이어졌어. 근처에서 들리던 새소리도 어느 순간 멈췄어.

"조장?"

필로티 기둥 뒤에서 조원 하나가 시호를 부르며 고개를 내밀었어. 조장이 괜찮은지 걱정도 되고 상황이 어떻게 됐나 확인하려는 것 같았지.

"나오지 마!"

시호가 큰 소리로 외쳤지만 늦었어.

공격자는 기다렸던 거야. 단 하나 남은 공격물을 준비한 채 기다리고 또 기다렸던 거야. 설령 조장이 아니더라도 누구든 해칠 완벽한 기회를.

고개를 내민 조원의 얼굴에 정확하게 공격이 떨어졌어.

비명이 울렸고 목표를 이룬 공격자가 달아나는 발소리가 들렸어.

드럼통에서 쏘듯이 튀쳐나간 조장은 잠시 갈등하는 것 같았어. 새총에 얼굴을 맞고 쓰러진 조원과 멀어지는 공격자 사이에서.

"내가 확인할게!"

차로아가 부상자에게 달려가며 말했고 시호는 몸을 돌려 공격자를 쫓았어. 분주히 돌아가는 상황 속에서 나는 여전히 드럼통 뒤에 웅크리고 있었어.

드럼통 주변에서 공격자가 쏜 발사체들이 햇빛에 반짝였어. 찌그러진 금두꺼비, 눈부신 모조 보석.

'어제 걔야.'

멍한 머리로 생각했어. 망한 세상에서 금붙이를 챙기던 애, 조에서 쫓겨난 그 애라고.

벙커에서 쫓겨나 밖에서 밤을 보내며 마침내 깨달은 거야. 가득 모은 귀금속은 굶주림과 두려움에서 자신을 지켜 줄 수 없다고. 위기는 결국 위기라고.

그리고 받아들이기 힘든 진실을 타인을 해치는 공격으로 풀어낸 거야. 어차피 벙커로 돌아갈 수 없게 되었으니 도시를 떠나기 전에 복수하기로 결심한 거야.

피를 닦고 부상을 확인한 차로아가 숨을 들이켰어.

다친 애가 너무 큰 고통에 제대로 소리도 못 내는 동안 다른 조원들이 울음을 터뜨렸어.

팔다리가 떨렸어. 다친 애의 무너진 얼굴을 볼 수가 없었어.

문득 마지막 공격 직전의 기다림이 시간을 거슬러 나를 덮치는 것 같았어.

최후의 보석을 남긴 채 공격을 아끼던 시간. 한 명이라도 맞히려 숨죽이고 기다리던 고요함.

생각 없는 충동이 아니었어.

조에서 쫓겨난 뒤 새총을 준비하고, 무리가 어디쯤에서 쉴

지 예상하고 유리한 고지를 차지한 계획성.

　마지막 한 발을 남긴 채 기다리던 끈기.

　오로지 다른 사람에게 상처를 주려는 집요함.

　사람 얼굴에 새총을 주저 없이 쏠 수 있는 마음.

　생각하고 또 생각하며 빚은 악의, 계획을 짜고 기다리며 타인을 끝끝내 해치려는 악의였어.

　몸의 떨림이 멈추지 않았어.

　내 옆에서는 코뼈가 부서진 아이의 피와 눈물이 흐르고 멀리서는 조장과 공격자의 달려가는 발소리가 거리를 울렸어. 드럼통 근처에서는 치밀한 악의로 쏟아진 보석이 눈부시게 빛났어.

5

 공격자는 잡히지 않았어. 조원이 부상을 입은 상황에서 조장은 멀리 갈 수 없었어. 조는 부상자를 데리고 벙커로 돌아갔어. 다친 아이는 부축을 받으며 의료실로 향했고 시호는 조장 회의에 보고하러 갔어. 공격자는 몽타주가 그려져 위험인물로 등록될 거라고 했어.
 "소용없는 짓이야. 이미 도시를 떠났을 테니까."
 차로아가 중얼거렸어.
 그 애 말이 맞았어. 벙커에서 방어조를 추적자로 보냈지만 새총을 쏜 애는 잡히지 않았어. 사람 얼굴에 새총을 쏜 애가 세상을 자유롭게 돌아다닐 걸 생각하니 피가 식는 기분이었어.
 다친 아이는 돌아오지 않았어. 금방 회복할 수 없다는 게 분명해지자 그 애의 짐은 공용 공간 밖으로 보내졌어.
 그 애는 어떻게 될까.

차로아의 설명에 따르면 벙커는 도시를 돌아다니며 쓸 만한 물품을 찾는 수색조, 유통 기한을 살피고 물건을 분류해서 쓰는 관리조, 미래를 위해 의학과 공학, 농업 등을 공부하는 두뇌조, 중요 시설과 벙커 출입구를 지키고 치안을 유지하는 방어조, 음식을 만들고 벙커 청결을 담당하는 살림조로 이루어졌어.

모든 이에게 역할이 부여된 이곳에서 얼굴 뼈가 무너진 아이는 어디에 속할 수 있을까. 의학책 몇 권 읽은 두뇌조가 부서진 뼈를 얼마나 고칠 수 있을까. 관리조는 귀한 약을 일개 수색 조원에게 쓰려고 할까.

읽을 수 없는 얼굴로 당분간 아홉 명이 조원 활동을 할 거라고 알리는 조장에게 아무도 다친 아이의 소식을 묻지 않았어. 답을 아는 것이 두려운 질문이었으니까.

조원의 부상으로 수색 활동을 일찍 멈춘 조는 C를 받았어. 어떤 것도 부족한 수확의 변명이 될 수 없었지. 가짓수도 적고 양도 적은 배식을 받은 후 다들 아무 말도 하지 않았어.

'자기 몫만 해내면 돼. 그러면 벙커는 네가 필요한 걸 제공할 거야.'

벙커를 소개하던 은시호의 말이 귀에 맴돌았어.

'자기 몫만 해내면.'

생각 없이 들은 조건이 새삼 귀에 울렸어. 이곳은 뒤처지거나 넘어진 사람과 함께하는 곳이 아니야. 어떤 이유에서라도 자기 몫을 해내지 못하면 벙커에는 있을 자리가 없어.
 '언니를 찾아도 난 여기 계속 남고 싶을까?'
 답을 알 수 없었어.

*

 다음 날이 되자 조는 숫자만 한 명 줄었을 뿐 전날과 똑같았어. 알람이 울리자 조원들은 침대에서 일어나 동작 버튼을 누른 기계처럼 움직였지. 아침 식사로 벙커에서 주는 배급을 받고 수색하러 나가는 것까지 그대로였어. 다만 전날과는 다른 출구로 나갔어. 공격자가 도시를 떠난 것 같았지만 혹시 몰라 조장이 수색 영역을 바꾼 거였어.
 그날은 수색 내내 아무도 입을 열지 않았어.
 나 역시 머릿속이 잠잠했어. 전날만 해도 온갖 생각으로 시끄러웠는데 자고 일어나자 머리가 멈춘 것처럼 조용했어. 더는 생각을 할 여력이 남지 않은 느낌이었어. 감당할 수 없는 사실에 압도된 것처럼.
 점심시간이 되자 조는 말없이 실내로 들어갔어. 그날 점심시간은 짧았어. 낮잠 잘 기분인 사람은 없었으니까.
 오후 수색도 말없이 이루어졌어. 골목을 뒤지고 별거 없는 공원을 빠져나온 순간, 앞에서 걷던 조장이 멈췄어.
 뒤따르던 조원들도 멈춰 섰어.

전쟁과 폭동이 있었다는 건 알았어. 파괴되고 불에 탄 건물도 봤지. 하지만 이건 달랐어. 거대한 구멍이 뚫려 건물이 땅 밑으로 가라앉았어. 꼭 거인이 거리 한복판을 주먹으로 내리친 것처럼.

"싱크홀 아니야?"

누군가 속삭였어.

그 말이 맞는 것 같았어. 폭격으로 빌딩이 부서진 게 아니라 바닥 자체가 지하로 무너져 내렸어. 세상이 망하기 전에도 도로나 거리에 구멍이 생기는 땅 꺼짐 현상이 종종 있었어.

하지만 이렇게 큰 싱크홀을 보는 건 처음이었어. 뭐가 문제였을까? 전쟁으로 폭탄이 터진 게 지반에 영향을 주었을까? 아니면 미친 듯이 쏟아진 노란 빗물이 원인일까?

눈앞의 현실에 멍해 있는 동안 조장이 굳은 얼굴로 지도를 확인했어.

"벙커에서 준 지도에는 기록이 없어. 그럼 이 싱크홀이 최근에 일어난 일이고 우리가 최초 목격자라는 거야."

조장의 말에 조원들이 신음을 흘렸어.

수색조는 도시 상황을 파악해 정보를 업데이트할 의무가 있었어. 특히 위험 요소를 발견하고 조사하는 게 중요했지.

싱크홀을 최초로 목격한 은시호 조는 지도에 싱크홀의 규모를 기록해야 했고 주변이 얼마나 위험한지 살펴야 했어. 문제는 곧 날이 저물 거라는 거였지.

남은 시간은 부족하고 내일 다시 와서 살피자니 자주 C를 받은 조의 실적에 영향을 줄 것이 걱정되는 것 같았어. 생각에 잠겼던 조장이 고개를 들었어.

"차로아, 신해솔, 박찬민, 류미아."

조장은 나를 포함해 조원 네 명의 이름을 불렀어.

"너희 넷은 저쪽으로 가면서 싱크홀을 파악해."

조장의 결정은 조를 둘로 나누는 거였어. 서로 반대 방향으로 걸어가 상황을 살피면 중간에서 만날 테고 조 전체가 한 바퀴를 도는 것보다 걸리는 시간이 짧아질 테니까.

그렇게 조는 둘로 갈라졌어. 네 명으로 분리된 우리는 말없이 무너진 세계의 가장자리를 걸었어. 조장에게 지도를 받은 차로아가 선두에 섰지.

싱크홀은 생각보다 컸어. 나는 망하지 않은 상황이었다면 사람으로 가득 찼을 거리를 봤어. 카페, 음식점, 노래방, 술집, 미용실, 헬스장…….

그때 검은 털에 발만 흰 고양이가 쓰러진 마네킹을 훌쩍 뛰어넘더니 우리 옆으로 달려갔어.

"잠깐만."

앞에 걸어가는 차로아를 나도 모르게 잡았어.

"왜 그래?"

차로아가 돌아봤어.

기분이 이상했어.

맥박이 빨리 뛰며 두통이 시작되는 기분. 몸의 감각이 술렁이며 곤두서는 기분.

"뭐야, 신입. 할 말 있으면 빨리 해."

다른 조원이 재촉했고 나는 주변을 둘러보았어.

잠시 전날의 새총 공격이 떠올랐지만 고개를 저었어. 누군가 악의를 품고 기다리는 느낌은 아니었어. 그것보다 이건……

고개를 돌려 어느새 멀어진 고양이를 봤어. 흰 발이 유령처럼 멸망한 거리를 달렸어.

"여기서 벗어나야 해!"

내 입에서 날카로운 목소리가 튀어나왔어.

"쟤 뭐라는 거야?"

조원들이 어리둥절해하는 동안 차로아의 눈빛이 변했어.

"다들 이쪽으로 와!"

평소 가벼운 분위기였던 차로아가 정색하자 조원들이 엉겁결에 따랐어. 네 명 모두 가던 길을 멈추고 돌아서 달렸어. 얼마 지나지 않아 우리가 서 있던 길이 순식간에 땅속으로 무너졌어. 싱크홀의 추가 붕괴였어.

"어떻게 알았어?"

위험에서 멀어진 뒤 차로아가 물었어.

"곧 무너질 걸 어떻게 안 거야?"

차로아의 잿빛 눈이 내게 향했어. 다른 조원들의 시선도 내게 쏠려 있었어.

놀라서 여전히 쿵쿵거리는 심장으로 나는 말했어.

"고양이 덕분이었어."

"고양이?"

"고양이가 우리 옆으로 달려갔잖아."

차로아는 이해한 것 같았지만 다른 조원들은 어리둥절한 얼굴이었어. 좀 더 내 생각을 설명했어.

"세상이 망한 뒤로 길고양이들은 사람만 보면 미친 듯이 도망가. 그런데 방금은 고양이가 우리 옆으로 지나갔잖아. 사람을 피해 돌아가는 것보다 그곳에 있는 게 더 위험했던 거야."

심장이 거칠게 뛰었어. 근처에 고양이가 없었다면, 우리 옆으로 지나간 의미를 깨닫지 못했다면.

좀 전에 내가 서 있던 곳에 생긴, 이제는 땅 밑으로 꺼진 검은 구덩이를 봤어.

분명한 사실이 마음속에 떠올랐어.

죽고 싶지 않아.

이렇게 망한 세상이라도 나는 살고 싶었어.

*

그 후로는 싱크홀 가까이 가지 않았어. 빙 돌아서 싱크홀의 범위와 주변 상황을 파악한 우리는 다시 은시호 일행과 합류했지. 차로아가 조장에게 보고했고 다시 모인 무리는 벙커로 향했어.

　돌아가는 길에 누군가 다가왔어. 조장 은시호였어.

　"차로아한테 들었어. 네 덕분에 다들 살았다며."

　뭐라고 답해야 할지 몰랐어. 은시호는 계속 말했어.

　"그러고 보니 어제 너한테 고맙다는 말도 못 했네. 너 아니었으면 크게 다쳤을 거야. 고마워."

　은시호는 고맙다는 말도 담담하게 했어. 내 또래에게서 흔히 볼 수 있는 호들갑이나 어색함은 없었지. 얘는 어떻게 사람이 항상 담담할 수 있을까? 태권도 챔피언이라 그런가?

　고맙다는 말을 한 후에도 조장은 내 옆에서 걸었어. 평소 조장이 걷던 선두에는 차로아가 있었어. 아무래도 차로아가 일종의 부조장인 것 같았어. 내게 벙커 정보를 말해 준 건 그냥 부조장의 역할을 수행한 거였을까?

　그런 생각을 하는데 옆에서 은시호가 말했어.

　"그때 공격의 타깃이 나라는 거 어떻게 그렇게 빨리 알아챘어?"

　"두 공격이 다 네 주변을 향했으니까."

　은시호는 더 자세한 말을 원하는 것 같았어. 다시 입을 열었어.

　"공격은 우리가 쉬는 중에 일어났잖아. 조의 수색 구역을 알고 쉬는 시간도 알고 근처에서 미리 대기하다 시작한 공격이었으니 공격자는 조를 잘 아는 사람일 수밖에 없었어."

힐끗 옆을 봤어. 은시호의 차분한 얼굴에 인정의 빛 같은 게 보여 용기를 내 계속 말했어. 그 당시 아주 빠르게 스쳐 간 직감과 생각들. 나조차도 찬찬히 들여다보지 못한 생각의 과정이 은시호의 질문으로 되풀이되었어.

"그리고 예전 조원이 공격자라면 자기를 쫓아낸 너를 최우선 공격 목표로 삼으리라 생각했어. 나도 모르게 그런 생각들이 한 번에 떠올랐던 것 같아. 제대로 인식은 못 했지만."

날이 저물고 있었어. 짙은 노란빛의 황혼이 회색 도시를 물들였지. 우리 앞으로는 일곱 명의 아이들이 배낭을 메고 걸어갔어. 그 애들의 등 뒤로 뻗은 그림자가 너무 길고 연약해 보였던 게 기억나.

옆에서 조장의 낮은 목소리가 울렸어.

"넌 감이 좋아."

짙고 확실해서 단단한 돌처럼 보이는 은시호의 눈동자가 내 눈을 사로잡았어.

"머리 회전도 빠르고, 가장 좋은 건 판단과 동시에 움직이는 행동력이야."

조장은 계속 말했어.

"공격자가 개라는 걸 알고, 개라면 무엇보다 나를 노릴 거라는 걸 깨달았더라도 판단과 동시에 몸까지 움직일 수 있는 사람은 많지 않아. 보통 머리로는 알아도 몸이 못 따라가지."

거리는 조용했어. 은시호의 목소리가 노란 하늘 아래서 귀로 흘러들어 왔어.

"생존에 도움 되는 장점이니까 잘 갈고 닦아 봐. 감정이 앞서는 상황에서는 조금만 더 침착하고."

이어서 조장의 얼굴에 처음으로 미소에 가까운 표정이 떠올랐어.

"어제도 오늘도 잘했어, 류미아."

그 말을 마지막으로 조장은 내 옆을 떠났어. 빠르고 확고한 걸음으로 다시 선두에 섰고 차로아는 익숙한 것처럼 뒤로 물러났지.

조의 맨 뒤에서 나는 심장이 두근거렸어.

뭔가 인정받은 기분이었어. 까다로운 선생님에게 칭찬을 들은 기분. 아니면 학교에서 유명한 선배가 내게 호의를 베풀어 준 느낌.

다음 순간 그런 설렘 때문에 기분이 이상해졌어.

내 곁에 언니가 없고, 눈앞에서 사람이 크게 다쳤고, 내가 있는 곳은 제 몫을 못 하면 부상자도 쳐 내는 냉정한 세상인데도 누군가에게 좋은 평가를 받았다는 게 기쁘다니.

어느새 벙커 출입구가 가까워졌고 상아색 천막 아래 문지기가 오늘의 제물을 기다렸어.

이제는 익숙한 과정을 거쳤어. 문지기에게 수확물 평가를 받고 벙커로 내려와 관리조에 물건을 제출했지. 저녁을 먹은 뒤 공동 공간에 도착해 자유 시간이 생겼지만 하고 싶은 게 없었어. 침실에 들어가 침대에 누웠어. 언니 소식은 언제 들을 수 있을까. 그런 생각을 하는데 문이 열리고 누가 내 이름을 불렀어.

"류미아."

같이 싱크홀을 살핀 애, 신해솔이었어.

그 당시에는 걔가 내 이름을 아는 게 신기했어. 보통 조원들은 나를 무시하거나 신입이라고만 불렀으니까.

손짓으로 와 보라고 하기에 침실을 나와 공동 공간으로 향했어.

마루에 오렌지가 있었어. 세상이 망한 후로 썩지 않은 과일을 보는 건 드물었어.

"웬 과일이야?"

대답을 바라지 않았던 질문에 조원 하나가 대답했어. 역시 같이 싱크홀을 조사한 박찬민이었어.

"다른 조가 주스 공장에서 발견했대. 벌써 약간 상해서 관리조가 바로 분배했어."

신해솔이 나를 마루로 데려가자 조원들이 앉을 자리를 만들어 줬어.

이전에는 조장인 은시호와 암묵적 부조장인 차로아를 빼면 내게 말을 거는 사람이 없었어. 나 역시 언니만을 기다리는 중이라 다른 애들에게 다가갈 생각도 없었고.

하지만 이제 나는 조원들 사이에 앉아 함께 오렌지를 먹었어. 은시호는 오렌지를 좋아하지 않는다며 뒤로 물러나 조장회의 기록을 살폈고 조원들이 먹은 오렌지 껍질을 정리하던 차로아는 나와 눈이 마주치자 습관처럼 웃었어.

살짝 상하기 시작한 과일 맛을 느끼다 깨달았어.

'이 애들은 언니를 몰라.'

그전까지는 내가 어디를 가든 언니가 거쳐 간 세상이었어. 언니가 다니던 학교, 언니가 다니던 학원, 나보다 언니를 먼저 안 사람들.

'네가 미래 동생이구나.'

입학하자마자 처음 보는 선생님이 나를 교무실로 불렀지. '동생은 언니랑 안 닮았네.' 그런 생각이 드러나는 눈을 감추지 않으면서.

언니는 항상 나보다 앞서 있었어. 그런 기분 알아? 내가 뭘 해도 언니는 훨씬 더 훌륭한 결과로 그걸 이미 해냈다는 걸 깨닫는 기분. 내가 무슨 대회에서 상을 탔는데 언니는 예전에 같은 대회에서 더 높은 상을 받았다는 얘기를 듣는 기분. 사람들이 나보다 언니를 먼저 알고 그다음에 등장한 내게 언니의 그림자를 달아 주는 세상에 사는 기분.

눈부신 별과 주변의 어둠. 그게 그 시절 내 마음속을 점령한 언니와 나의 이미지였어.

하지만 벙커의 아이들은, 나와 함께 오렌지를 까먹는 아이들은 언니를 몰랐어. 여기서 난 언니의 열등한 버전이 아니라 그냥 나였어. 평생 머리 위에 칼날처럼 놓여 있던 류미래라는 높은 기준이 존재하지 않았어.

'언니가 없는 세상은 이런 느낌이구나.'

자유로움, 막혔던 숨이 트이는 느낌, 누구에게도 말하지 못할 해방감. 류미래의 업적이 명예의 전당에 올라 있는 곳을 모자란 후발 주자로 진입하는 게 아니라, 내가 첫발을 디딘 세계에 있는 감각.

너는 알까. 그건 오랫동안 당연한 것처럼 메고 있어서 있는지도 몰랐던 짐이 떨어져 나가는 기분이었어. 늘 머리 위에 있던 언니의 그림자가 사라지자 세상이 무척이나 밝고 환하게 느껴졌어. 설령 그 세상이 썩어 가는 오렌지 향이 흐르는 차갑고 냉정한 지하 벙커일지라도.

6

 다음 날은 벙커에 들어온 후 처음으로 아무 일 없이 수색이 끝났어.

 나는 짧은 샤워 시간에 익숙해져 씻고 빨래를 마치고도 여유가 생겼어. 문득 샤워실 거울 속에 비친 나와 눈이 마주쳤어.

 오랫동안 나는 내 얼굴을 좋아하지 않았어.

 어릴 때부터 나는 언니가 예쁘다는 걸 알았어. 어른들이 말했거든. '참 **예쁜** 애네.'

 그들은 나를 보면 말했어. '동생은 **귀엽**네.'

 그게 '예쁘지 않다'의 다른 표현이라는 걸 아주 어릴 때부터 알았어. 어른들의 눈빛, 표정, 말투로 느낄 수 있었어.

 예쁜 언니와 **귀여운** 동생. 아직 내가 나라는 존재를 제대로 알기도 전에 밖에서 씌워진 투명한 상자. 언니는 만인의 예쁘다는 평가에 맞춰 점점 더 전형적인 미소녀의 긴 생머리를 휘날리며 자랐고 나는 사람들이 생각 없이 툭 내뱉는 '귀엽다'라는 평가에 맞춰 삐뚤삐뚤 자랐지.

자라는 내내 내 얼굴 보는 걸 좋아하지 않았는데 그날따라 이상하게 거울에 시선이 갔어.

가만히 있어도 기분 안 좋냐고 친구들이 묻는 치켜 올라간 눈매, 감정이 격해지면 눈동자 아래 흰 부분이 더 커지는 것 같아 신경 쓰이는 삼백안, 콧잔등에 퍼진 작은 주근깨. 크게 변한 게 없는데도 얼굴이 묘하게 달라진 것 같았어.

'젖살이 빠졌나?'

어색하게 얼굴을 만졌어. 세상이 망했는데 나는 계속 성장한다는 게 이상했어. 이대로 어른 없는 세상의 어른이 될까?

샤워 시간이 끝나 물이 멈췄고 나는 나의 낯선 얼굴에서 고개를 돌려 샤워실을 나왔어.

그날 저녁 조장 회의를 하러 간 시호는 늦게까지 돌아오지 않았어. 난 혹시 언니 소식이 있을까 공동 공간에서 시호를 기다렸어.

"보통 조장 회의가 이렇게 오래 걸리지는 않아. 무슨 일이 생겼나 봐."

옆에서 차로아가 말했어. 걔 역시 시호를 기다리는 것 같았지.

조장이 태권도 챔피언이라고 말한 걸 보면 차로아는 세상이 망하기 전부터 조장을 안 것 같았어. 그런데 둘이 어떤 사이인지는 짐작이 가지 않았어. 친구 같지는 않은데 서로 상대를 잘 아는 느낌? 적어도 차로아는 그랬어. 차로아는 조장에게 자기가 필요할 때를 알았지. 무심한 조장 대신 분위기를 부드럽게 하거나 조장과 다른 조원 사이의 완충 지대 역할을 했어. 선을 넘지는 않으면서 한결같이 은시호를 지원했어.

'둘이 무슨 사이냐고 물어볼까?'

그때 시호가 돌아왔어. 뒤에 네 명의 덩치 큰 아이들을 데리고서.

"다들 밖으로 나오라 해."

조장이 차로아와 내게 말했어. 평소처럼 표정 없는 얼굴이었지만 어쩐지 굳은 느낌이었어.

조원들이 모두 밖으로 나오자 조장은 세 명의 이름을 불렀어.

"남관희, 이윤, 신해솔."

은시호는 계속 말했어.

"세 명은 짐 챙겨서 이태서네 조로 이동해. 앞으로는 그 조 소속이야."

작별 인사도 없이 세 사람이 짐을 챙겨 나간 뒤 조장은 남은 조원들에게 네 명의 새로 온 아이들을 소개했어.

알고 보니 싱크홀은 우리가 본 곳에서만 일어난 게 아니었어. 도시 곳곳에 크고 작은 싱크홀이 있었고 조원이 다쳐 인원이 얼마 남지 않은 조가 생겼다고 했어. 그렇게 남은 네 명이 우리 조에 온 거였지.

'남은 애들끼리 한 조를 만들면 안 되나?'

원래 있던 조원을 내보내고 새 사람을 받는 게 이해되지 않았어. 시호는 조장 회의를 통해 결정된 사안이라며 속을 알 수 없는 얼굴로 말했어.

통성명만 나눈 자기소개가 끝나고 새로 온 아이들은 짐을 풀고 잠자리를 준비하러 방으로 들어갔어.

"딱 봐도 문제아들이야."

차로아가 속삭였어.

"무슨 소리야?"

궁금해 묻자 차로아는 눈짓으로 새 조원들이 들어간 방을 가리키며 말했어.

"쟤들 다른 조에서는 감당하기 힘들어서 우리 조로 보낸 걸 거야."

"왜 그렇게 생각하는데?"

"넷 다 운동이라도 한 것 같은 몸이잖아. 보통 저런 애들은 방어조가 되는데 방어조는 무기를 다루니까 폭력성 있는 애들은 평판 듣고 사전에 걸러. 방어조 몸을 하고 방어조가 아니다? 잠재적 문제아라는 거지."

분명 새 조원들은 세상이 망하기 전에 책상 앞에만 앉아 있던 애들은 아닌 것 같았어. 하지만 그렇다고 바로 문제아로 여기는 건 좀 그렇지 않나?

차로아는 침울한 얼굴로 계속 말했어.

"벙커에서 조 짜는 건 학교에서 반 편성하는 거랑 비슷해. 요주의 인물들이 무리 짓지 않게 반마다 흩어 놓지. 그런데 이건 문제아를 한 반에 몰아넣은 거야. 다른 조장들이 다루기 힘든 애들을 전부 은시호한테 떠넘긴 거라고."

"그렇게 문제아면 벙커에서 쫓아내면 되지 않아?"

나는 금두꺼비를 생각하며 물었어. 하지만 차로아의 얼굴은 여전히 어두웠어.

"대놓고 문제 행동 하는 애를 쫓아내는 건 쉬워. 하지만 남을 불편하게 하면서도 여태 쫓겨나지 않았다는 건 선을 넘을 듯 말 듯 넘지 않거나 사고를 쳐도 자기 짓이라는 걸 들키지 않는 머리가 있다는 거야. 그게 더 골치 아프지. 사고 쳐서 바로 퇴학되는 애보다 학폭위는 안 열릴 정도로 교묘하게 처신해서 졸업할 때까지 다니는 애가 힘든 것처럼."

나는 차로아의 생각에 공감도 반박도 하지 않았어. 새 조원들의 성향은 지켜보면 드러날 거라 생각했지. 그리고 오래 기다릴 필요 없이 그렇게 됐어.

다음 날은 새 조원들과 함께 하는 첫 수색이었어. 새총에 맞은 아이가 빠진 후 다시 열 명이 되어 떠났지.

그날은 이상하게 긴장감이 흘렀어.

네 명의 새 조원은 항상 자기들끼리 붙어 있었어. 길을 걸을 때도 흩어지지 않았고 수색하는 내내, 점심을 먹을 때도 마찬가지였지.

걔네가 뭉칠수록 분위기가 묘해졌어. 네 사람과 다른 사람들 사이에 선이 그어지면서 '그들'과 '그들이 아닌 사람들'로 나뉘는 느낌이었어.

"넷이 전부터 알던 사이래. 같은 축구 아카데미 다녔다던데."

점심시간에 내 옆에 앉은 차로아가 말했어. 그새 새로운 정보를 얻은 거였지.

축구, 어울리네. 따로 앉은 네 사람을 보며 생각했어. 그을린 피부, 군살 없는 몸, 단단한 다리. 필드를 달리며 공을 차는 모습을 쉽게 떠올릴 수 있었어.

"이 지역 출신은 아니고 다른 지역에서 왔대. 성격 보증할 만큼 아는 애들이 없어서 방어조는 못 들어갔다더라."

차로아는 점심으로 배급받은 싸구려 햄버거빵의 포장을 찢으며 말했어. 특유의 냄새 때문에 속이 메슥거렸어. 생존 감각이 발달하는지 갈수록 오감이 예민해졌어.

"그럼 네가 말한 것처럼 문제아는 아니네? 이 지역 출신이 아니라 방어조에 못 들어간 거면."

"글쎄. 지금 분위기로는 더 지켜봐야 할 것 같아."

차로아는 신중하게 말한 다음 햄버거빵을 베어 물었어.

그날 조의 성적은 C였어. 열심히 돌아다녔지만 쓸 만한 게 없었어. 조원들의 표정이 어두웠어. 계속 성적이 안 좋으면 다른 페널티가 있을까? 궁금했지만 묻지 않았어.

평소에도 조원끼리 많은 대화가 오가는 건 아니었지만 그날은 유난히 아무도 입을 열지 않았어. 나에게 그날은 예상치 못한 소식이 찾아온 날이기도 했어.

"네 언니로 보이는 사람을 목격했대."

조장 회의를 마친 시호가 나를 복도로 불러 말했어.

내가 말한 인상착의 그대로인 여자애를 다른 조가 발견했는데 너무 빨리 사라져서 상황 설명을 못 했다고 했어.

"하지만 발견 장소에 먹을 거랑 동생이 벙커에서 기다린다는 쪽지를 남겼대. 그 부근의 수색조들도 더 신경 써서 살펴보겠다고 했어."

은시호의 말을 듣는 순간 떠오른 건 엄청난 안도감이었어.

벙커에 있는 동안 가장 큰 두려움은 언니가 이미 도시를 떠났을 것이라는 걱정이었어. 내가 여기 있는 동안 언니는 낯선 거리를 걸으며 나에게서 점점 더 멀어질까 봐.

언니가 근처에 있다는 게 확인되자 마음이 놀랄 만큼 편해졌어. 조장은 새로운 소식을 들으면 알려 주겠다며 곧 언니를 만날 수 있을 거라고 했어. 기분 탓인지 무덤덤한 조장의 얼굴이 부드러워 보였어.

나는 가벼워진 마음으로 공동 공간으로 돌아갔어. 마루에는 새로 들어온 축구부 네 명이 한쪽을 차지하고 다른 조원들은 반대편에 앉아 있었지. 어느 한쪽에 앉는 게 불편해서 침실로 들어갔어.

'곧 언니를 만날 수 있을 거야.'

침대에 눕자 다양한 감정이 떠올랐어. 기쁨, 안도, 희망. 하지만 생각이 길어질수록 스멀스멀 다른 감정들의 존재가 느껴졌어. *'언니가 오면 나는 또 비교되겠지?'*

눈을 감았어.

양지의 돌을 들어 보면 밑에 습기와 어둠과 벌레가 숨어 있는 것처럼 내 밝은 감정의 반대편에도 어두운 감정이 숨어 있었어. 난 그 존재를 알았지만 돌을 뒤집지 않았어. 벌레가 들끓는 감정의 반대편을 보고 싶지 않았으니까.

*

조에 흐르던 긴장감이 처음 수면 위로 떠오른 건 다음 날 점심시간이었어.

아침부터 비가 올 것처럼 흐렸어. 새로 들어온 네 명은 계속 자기들끼리 뭉쳐 기존 조원과 거리를 두었어. 수색은 오전 내내 허탕이었고 점심으로 먹을 것조차 부족했지. 작은 건빵 봉지를 나눠 준 조장은 오늘 점심시간은 짧을 거라고 했어.

"수확물 채우려면 쉴 시간이 없어."

다들 말없이 텁텁한 건빵을 씹는데 축구부 한 명이 입을 열었어.

"이것만 먹고 움직일 수는 없어."

턱이 사각형으로 발달하고 찢어진 눈이 사나우면서도 기민한 느낌의 애였어. 프로 축구 선수를 지망하는 것치고는 키가 크지 않았지만 딱 벌어진 몸이 단단해 전체적으로 불독이 떠오르는 인상이었지.

조장은 그 애에게 평소와 똑같은 목소리로 대답했어.

"점심에 이 이상 음식을 쓰면 저녁에 또 C를 받을 거야."

불독은 재차 입을 열었어. 새로 온 애가 그렇게 말을 많이 하는 건 처음이었어.

"지금 수확으로는 보나 마나 C야. 어차피 저녁 제대로 못 먹을 거 점심이라도 더 먹으면 안 될까?"

긴장감이 돌았어. 점심시간을 정하고 배급을 하는 건 조장의 권한이었어. 불독은 몰라서 물어보는 게 아니라 조장에게 도전하고 있었어.

"점심시간 얼마 안 남았어. 쓸데없는 말 할 시간에 빨리 먹고 이동 준비하는 게 좋을 거야. 때 되면 네가 먹었건 안 먹었건 이동할 테니까."

은시호는 감정을 내비치지 않는 얼굴로 말했어. 불독은 한마디 더 할 눈치였지만 자기 무리를 돌아보더니 입을 다물었어.

축구부의 첫 번째 도전은 그렇게 끝났어. 총대를 멘 애가 은시호를 시험해 보고 조장은 진지하게 받아들이지 않음으로써 상황을 끝냈지. 하지만 다들 느꼈어. 이게 끝이 아닐 거라고.

오후가 되어도 쓸 만한 물건은 나오지 않았어. 무거운 분위기가 이어지던 수색 후반에 불독이 중얼거렸어.

"조가 계속 성적이 안 좋으면 뭔가 문제가 있다는 뜻 아닌가."

불독은 혼잣말을 계속했어.

"조원의 문제건 조장의 문제건 어딘가에는 문제가 있다는 건데, 대체 어디가 문제일까?"

조원 하나가 결국 반응했어.

"수색 구역에 별게 없는데 뭐 어쩌라고."

허공에서 철컥, 보이지 않는 덫이 닫히는 것 같았어.

불독의 가는 눈이 그 애에게 향했어. 피 냄새를 맡은 상어처럼 신속하게.

"내가 듣기로는 벙커에서 수색 구역 잘 받는 것도 조장 능력이라던데."

차로아가 굳는 게 곁눈으로 보였어.

더 이상 혼잣말이 아니었어. 불독은 모두를 향해 말했어.

"솔직히 도시의 모든 구역이 똑같은 건 아니잖아. 물건 넘쳐서 젖과 꿀이 흐르는 동네랑 쥐어짜도 나올 게 없는 구역이랑 같나? 그러니 무슨 수를 써서라도 좋은 구역 따내는 조장이 능력 있는 조장이지."

불독의 가느다란 시선이 은시호에게 향했어.

"그러면 우리 조장님은 능력이 없는 건가?"

더는 헛소리 취급하며 무시할 수 있는 수준이 아니었어. 조장보다 다른 조원들이 더 딱딱하게 굳었어. 여기서 조장이 반응을 하면 다들 모르는 척하던 내부 분열이 명백해질 거야. 하지만 그냥 넘어가면 조장이 너무 약해 보이겠지.

'어느 쪽이건 좋은 결과는 아니야.'

일이 좋게 끝날 수 없는 상황이 되자 공기가 팽팽하게 조였어. 아이들이 뿜어내는 초조함, 공격성, 두려움과 불안. 갖가지 감정으로 공간이 빽빽해졌어.

가뜩이나 날카로워진 감각에 속이 어지러웠어. 토할 것 같은 느낌에 뒤로 물러섰어.

그 순간 발에 닿는 감각에 머리카락이 곤두섰어.

'뭐지?'

바닥을 봤어. 아무것도 없었어.

뒤를 돌아 공간 전체를 살폈지만 눈에 띄는 건 없었어. 우리는 연립 주택 지하에 있었어. 4층 건물의 옥상부터 뒤져 바닥에 도착했지.

아무리 봐도 문제를 찾을 수 없었지만 감각은 가라앉지 않았어. 감각이 한없이 곤두서 공기에 떠도는 곰팡이 포자도 감지할 것 같았어.

그쯤 되자 나는 조 상황에서 신경을 돌려 공간에 집중했어. 몇 번의 경험을 통해 감각이 예민해질 때면 그 감각을 믿고 따르는 게 낫다는 걸 깨달았지.

숨을 들이쉬고 걸었어. 조원 누구도 내가 멀어지는 걸 눈치채지 못했어.

어느 순간 피부를 찌르는 감각이 사라졌어. 나는 이상한 감각이 느껴지는 영역에 머물며 무엇이 이런 느낌을 주는지 찾았어. 고민은 길지 않았어. 내 발은 얼룩진 카펫 위를 맴돌았어.

생뚱맞았어. 지하실 한가운데 붉은 카펫이 깔린 게.

몸을 숙여 낡은 카펫을 잡았어.

"넌 혼자 거기서 뭐 해?"

때마침 조원 하나가 나를 보고 물었고, 돌아보는 조원들의 시선 속에서 카펫 아래 숨겨진 출입구가 드러났어.

7

 대립은 멈췄어. 새로 발견한 공간을 수색하는 게 우선이었지.
 위험 요소가 없다는 걸 확인한 뒤 조는 안으로 들어갔어. 두 명은 남아서 입구를 지켰어.
 나는 벽에 박힌 디귿자 모양의 받침을 잡고 아래로 내려갔어. 물건이 가득했어. 각종 통조림, 생수, 화장지와 침낭, 손전등, 치약, 칫솔, 비누. 그곳은 개인 벙커였어.
 "사용 흔적은 없어. 준비만 했다가 쓰기도 전에 죽은 모양이야."
 먼저 살핀 조장이 말했어.
 공간을 준비한 건 어른이었을 거야. 아이는 이만큼 대비하기 어려웠을 테니까. 그리고 어른은 쓰기도 전에 피터 팬 바이러스로 가루가 되었겠지.

쌓인 물건 중 방사능 측정기를 보니 기분이 이상해졌어. 열심히 종말을 대비했지만 진짜 종말이 어떤 모습으로 닥칠지 몰랐던 거야.

"가방에 A 받을 만큼만 챙겨. 한 번에 다 가져가려 할 필요는 없어."

시호의 목소리가 울렸어. 숨겨 두고 여러 번 쓰자고 했지. 나처럼 약간 넋이 나간 조원들도 정신을 차리고 동의했어. 축구부도 불만 없었지. 터질 것 같던 갈등은 잠잠해졌어. 이제 배는 부를 것이고 생존의 위기는 지나갔으니까.

문지기에게 A를 받을 만큼만 배낭을 채운 후 다시 출입구를 숨겼어.

돌아가는 길에는 벙커를 나올 때와 달리 분위기가 밝았어. 다들 평소와 달리 입이 트였지.

"이쯤 되면 류미아가 우리 조 행운의 부적이네."

박찬민이 신이 나서 말했어. 쳐다보는 조원들에게 박찬민은 자기 자랑처럼 이야기했어.

"내가 싱크홀 사건 얘기했잖아. 그때도 쟤가 알아채서 피했다고. 쟤 없었으면 나랑 로아, 해솔이 다 죽었을걸."

다른 애도 장난삼아 거들었어.

"시호 새총 맞을 뻔했을 때도 미아 덕에 피했잖아. 오늘 비밀 장소 찾은 것도 그렇고 감이 좋긴 한 것 같아."

조원들이 나를 보며 웃었고 나는 얼굴이 붉어졌어. 난 사람들이 주목할수록 어색해지는 성격이었어. 좋은 얘기더라도 누가 내 얘기를 하면 그냥 그 자리에서 탈출하고 싶었지.

문지기 앞에 도착해서도 얼굴에는 여전히 열기가 남았어. 문득 그런 생각이 들었어.

'언니라면 달랐을 텐데.'

언니가 내 상황이었다면 이런 가벼운 칭찬, 약간의 관심 섞인 농담은 대수롭지 않게 넘겼을 텐데. 관심의 중심이 되는 데 익숙하니까 상황에 따라 더 큰 농담을 하거나 다른 사람에게 화제를 돌리거나 아니면 그럴 기분 아니니까 자기 얘기 하지 말라고 눈치를 주었을 텐데.

방어조가 비켜선 벙커 입구로 내려가면서 깨달았어.

'벙커 애들이 언니를 모른다고 해도 나는 언니를 알아.'

누구도 언니와 나를 비교하지 않는 세상에서도 나는 언니와 나를 비교하겠지. 혼자서 속으로라도.

벙커에 오고 나서 처음으로 A 라인에서 저녁 배식을 받은 그날 자유 시간, 분위기는 여전히 들떴어. 비밀 창고 덕에 당분간은 실적 걱정을 할 필요 없었지. 창고를 이용하면 점심도 매번 충분히 먹을 수 있을 테고.

붕 뜬 공기에 새삼 우리가 아이라는 걸 깨달았어. 수학여행이나 운동회, 학교 축제 같은 이벤트가 있으면 수업 시간에도 부푼 분위기를 억누를 수 없는 게 아이들이었지. 아무리 어른들이 다 죽은 멸망 이후의 세계를 살아도, 땅속 깊은 곳에 냉정한 지하 세계를 만든다 해도 우리는 여전히 아이들이었어. 신나면 신나고, 들뜨면 들뜬 기분을 감추지 못하는.

평소에는 말없이 자기 일을 하거나 일찍 잠자리에 들었을 애들도 그날만은 자유 시간을 누리려 했어.

가장 먼저 박찬민이 다른 조로 간 애들을 보러 가겠다며 조장 허락을 구했어.

"안 돼. 쟤 분명 해솔이한테 오늘 일 자랑하려는 거야."

다른 조원이 장난처럼 말렸어.

"내가 바보냐? 그런 얘기는 안 해."

박찬민이 반발했지만 놀림은 계속됐어.

"쟤 입 나온 것 봐. 벌써 자랑하고 싶어서 입이 근질근질한 거라니까?"

다른 조원도 불안해서 못 보낸다 어쩐다 했지만 진심인 건 아니었어. 다들 웃고 있었지.

은시호는 박찬민이 다른 조에 방문하는 걸 허락했어.

"대신 나랑 같이 가."

"나 진짜 그 얘기 안 해!"

박찬민이 펄쩍 뛰었지만 조장은 차분하게 말했어.

"나도 볼 일 있어서 그래. 애들 잘 지내는지 확인도 할 겸 어차피 갈 생각이었어."

그러자 다른 조원들도 전 조원들을 보러 가려 했어. 나는 오래 알고 지냈던 애들 사이에 끼기 불편해 일찍 잘 거라고 했지. 차로아가 나랑 같이 남으려는 눈치였지만 고개를 저었어. 암묵적 부조장이 신입을 신경 써 주는 마음은 고마웠지만 때로는 배려가 불편할 때도 있으니까.

조원들이 떠나고 나는 잠자리에 들 생각으로 마루에서 일어났어. 그때 누가 내 이름을 불렀어.

나 말고도 공동 공간에 남아 있던 아이들. 마루에서 여전히 자기들의 영역을 고수하고 있던 축구부 애들이었어.

"류미아 맞지?"

한 번도 말해 본 적 없는 애가 내 이름을 부르며 다가왔어.

평소 축구부 애들을 대신해서 말하던 불독이 아니었어. 턱이 발달하고 가는 눈이 사나운 그 애는 다른 축구부 애들과 함께 물러나 있었어. 방해하지 않겠다는 듯.

그 순간 눈을 덮은 가림막이 떨어져 나가는 것 같았어.

'얘가 진짜 대장이구나.'

번개처럼 찾아온 깨달음에 나는 눈앞에 서서 빙긋 웃고 있는 커다란 애를 올려다봤어.

'불독은 행동 대장일 뿐이었어.'

지금까지의 상황이 새로운 관점으로 보였어. 바람잡이가 앞에 나서고 대장은 뒤에서 관찰했던 거야. 조장과 다른 조원들의 반응을. 그리고 조원들이 모두 사라지자 진짜 대장이 내 앞에 나타났어.

"우리 전에 얘기한 적 없지. 난 김재헌이야."

그렇게 덩치 큰 애로서는 믿기지 않게 서글서글한 웃음을 띠고 있었어. 무표정일 때는 차가운 인상이 웃으니까 볼에 보조개가 생기면서 친근한 인상을 줬어.

예상치 못한 상황에 굳은 나를 모른 척하며 축구부의 리더는 계속 사람 좋은 말투로 말을 이어 갔어.

"듣기로는 너도 며칠 전에 합류했다며. 이 도시 출신이 아니라 다른 지역에서 왔다고 들었어. 맞아?"

간신히 고개를 끄덕였어. 다시 사냥감이 된 기분이었어. 벙커에 들어온 후 잠시 잊었던 생존의 규칙, *'숨자-피하자-소리 내지 말자'*가 경고등처럼 번쩍였어.

"우리 공통점이 많네. 같은 외지인에 조의 신입인 거."

그쯤 되자 대화가 어느 쪽으로 흘러갈지 알 수 있었어. 왜 다른 조원들이 없을 때 내게 다가온 건지도.

"우리 친하게 지내자. 내 생각에는 우리가 서로 도움이 될 수 있을 것 같아."

그 말과 함께 축구부의 리더는 손을 내밀었어. 키만큼 커다란 손이었어. 확실하고 자신감 넘치는 손.

그 손이 무슨 뜻인지는 분명했어.

풍족해진 상황에 갈등이 사라졌다는 건 내 착각이었어. 이 애들은 권력을 다른 사람 손에 둘 수 없는 부류였어. 이 뜬금없는 친구 제안은 자기들 편에 들어오라는 뜻이었어. 기존 조원이 아닌 내가 가장 쉬운 목표라고 생각했겠지.

상황이 파악되자 답도 나왔어. 명백한 거절은 쓸데없이 적을 만들 거야. 내가 벙커에 있는 건 조 활동을 하려는 게 아니었어. 언니를 만날 때까지 기다릴 뿐 조의 권력 다툼은 내 것이 아니었지. 머릿속에서 이상하게 언니의 목소리처럼 들리는 생존 본능이 말했어. *'좋게 좋게 상황 넘겨.'*

그러나 다음 순간 시호가 생각났어. 내게 미소 아닌 미소를 보여 주던 얼굴, 나의 장점을 인정해 주던 모습, 새총이 쏘아질 때 자기 몸으로 나를 가리던 행동.

이성적인 판단과 달리 나도 모르게 말이 튀어나왔어.

"미안. 내가 원래 낯을 가려서 친구가 되는 데 오래 걸려."

나는 내민 손을 잡지 않았어.

물러나 있던 다른 축구부 애들이 놀란 얼굴로 나를 바라보았어. 축구부의 리더, 김재헌도 예상하지 못한 것 같았어.

얼떨떨한 얼굴로 여전히 손을 내민 그 애를 보면서 깨달았어.

'거절을 당해 본 적 없구나.'

한 번도 자기가 거절당할 거라고 상상해 본 적 없는 사람, 거절이 너무 낯설고 생소한 사람의 얼굴이었어.

거절해? 네가? 나를?

빤히 쳐다보는 얼굴에 그렇게 쓰여 있었지.

그 순간 걔가 어떤 애인지 알 것 같았어.

키 크고 잘생기고 운동 잘하는 애. 어느 무리에서도 높은 서열을 차지하는 애. 학교에서 나는 걔를 알지만 걔는 나를 모르는 그런 애.

또래 집단에서 자기가 잘났다는 걸 모를 수가 없는 입장이었겠지. 여태 자신만만하게 세상을 살았고 망한 세상에서도 그 자신감이 꺾일 일이 없었던 애가 나를 위아래로 훑었어. 이제 보조개가 들어간 사람 좋은 미소는 없었어. 거절의 충격이 사라지자 얼굴에 떠오른 건 놀랍게도 측은함이었어. 가엾고 불쌍한, 구제할 수 없이 딱한 바보를 보는 눈.

걔는 다시 손을 내밀고 동정하는 투로 말했어.

"네가 지금 상황 파악이 안 되는 것 같은데 다시 기회 줄게. 날 믿어. 내 손 잡으면 후회하지 않을 거야. 난 내 사람들 끝까지 책임져."

'내 사람들'이라는 말이 귀에 거슬렸어. 우리 같은 아이들이 쓰는 말이 아니라 어디서 듣고 빌려 온 듯한, 때 묻은 말, 아이보다는 닳고 닳은 어른이 쓸 법한 말이었어.

'내 사람'이라는 건 다른 쪽에 '내 사람이 아닌 사람'이 있어야 가능한 말이잖아. 처음부터 분열과 배척으로 세워진 말이잖아.

눈앞의 자신만만한 축구부 스타를 봤어.

그 애와 일당들은 한 번도 조에 어우러지려 한 적 없었어. 자기들끼리 뭉쳐 벽을 쌓고, '내 사람'과 '내 사람이 아닌 사람'을 구분했지.

이해할 수 없고 받아들일 수도 없었어. 다 같이 서로의 사람이면 안 되는 거야?

머릿속의 생존 본능은 미쳤냐고 비명을 질렀지만 튀어나오려는 성질을 억누를 수 없었어.

나는 눈앞의 축구 소년을 보고 말했어. 거울을 보지 않아도 내 눈꼬리가 올라가고 삼백안의 흰자가 번득일 게 뻔했어.

"너야말로 상황 파악이 안 되는 것 같은데. 난 아무하고나 친구 안 하거든."

건방지게 어디서 사람을 내려다보며 기회를 주네 마네야.

더는 말을 섞지 않고 돌아섰어. 조용하던 축구부 애들이 떠들썩해지는 소리가 들렸어. 침실 문을 닫을 때 보니 김재헌은 여전히 자리에 서서 나를 보고 있었어. 이제는 미소가 사라진 무표정한 얼굴로.

"너, 후회할 거야."

문틈 사이로 흘러들어 온 낮은 목소리는 나만 들은 것 같았어. 난 대답 대신 문을 닫았어.

다음 날 아침이 밝았을 때는 미친 듯이 후회했어.

'내가 무슨 짓을 한 거지?'

어제의 내 행동을 믿을 수 없었어. 한순간 언니의 정신 나간 성질머리가 내게 접신한 게 아니었을까?

잔뜩 긴장했지만 그날 수색하는 동안 특별한 일은 없었어. 축구부는 여전히 자기들끼리 뭉쳤지만 바람잡이인 불독이 불만을 꺼내는 일도 없었지.

평범한 하루였어. 새로 수색한 곳에는 쓸 만한 게 없었지만 우리에게는 지하의 비밀 창고가 있어서 부족분은 창고에서 채울 수 있었어.

다시 문지기에게 A를 받고 씻고 A 배식을 먹고 다 같이 공동 공간으로 돌아왔어. 여태 그랬던 대로 축구부 네 명은 마루 왼쪽을 차지했지. 그러면 다른 조원들은 반대편인 오른쪽에 앉곤 했어.

그리고 그날, 기존 조원 두 명이 축구부가 있는 왼쪽으로 가 그들과 함께 앉았어.

예상 못 했는지 여전히 오른쪽에 앉은 박찬민이 깜짝 놀랐어.

축구부는 나한테만 접근한 게 아니었던 거야. 그리고 나와 달리 다른 애들은 내민 손을 거절하지 않았고.

생각지도 못한 상황에 입술을 깨무는 순간 낮은 웃음소리가 들렸어.

고개를 돌려 보니 김재헌이었어. 가까이서 나를 보고 있었어. 자기가 뒤집은 판세에 내 반응을 구경하며. 어린아이가 장애물 앞에서 우왕좌왕하는 개미를 관찰하듯, 구경거리를 보는 눈으로 나를 보고 있었어.

눈이 마주치자 큰 키와 넓은 어깨를 가진, 육체적으로 상대가 되지 않는 강자가 내 쪽으로 몸을 숙였어. 키가 커서 같은 반 남자애들을 마주 보거나 내려다보는 데 문제없던 내가 그 애 앞에서는 작아 보였어.

마치 친한 친구처럼, 사이좋게 귓속말을 주고받는 것처럼, 김재헌은 웃음기를 띤 채 귓가에 속삭였어.

"내가 말했잖아, 너 후회할 거라고."

아이보다는 성인 남성에 가까운 낮은 목소리의, 그러나 아직 소년 같은 웃음이 섞인 말이 귓속에 울렸어.

벙커에서 언니를 기다리기로 한 열흘 중 일곱 번째 날이 그렇게 저물고 있었어.

8

 대세가 바뀐 순간 조는 깨달았어. 축구부가 단순한 힘겨루기를 하는 게 아니라는 걸.

 벙커에서 조장은 조원을 이끌 뿐만 아니라 조장들끼리 회의를 하며 벙커의 시스템을 운영했어. 조장에게 문제가 있으면 조장을 제외한 조원 전체의 만장일치라는 조건으로 조장을 바꿀 수 있었어. 어른들이 문제 있는 대통령을 탄핵하고 새로 뽑는 것처럼.

 축구부는 조장 자리를 노렸던 거야.

 그날은 밤새 하늘이 찢어진 듯한 폭우가 내렸어. 아침이 되자 굵은 빗줄기는 잦아들었지만 가는 비가 계속됐지.

 처음 노란 하늘에서 노란 비가 내렸을 때는 다들 기겁했어. 빗방울 하나만 닿아도 죽을 것처럼 달아났지. 하지만 비를 맞아도 바로 피부가 녹아내리거나 즉각 치명적인 병에 걸리지 않는다는 걸 알자 서서히 익숙해졌어.

어른들도 이랬을까? 환경이 변하고, 해수면이 올라가고, 계절의 경계가 흐려지며 기후가 바뀌고, 한 해 동안 극단적인 온도가 오가는 것에 이렇게 익숙해졌을까? 당장 죽는 게 아니니까?

옛날 사람들이 산성비에 익숙해진 것처럼 우리도 노란 비에 적응했어. 처음 비가 내릴 때 벙커 지도부는 수색조가 안에서 관리조나 살림조를 돕도록 했어. 하지만 비가 자주 내리고 익숙해지자 조장이 재량껏 판단하게 했지. 우비를 입고 수색을 하든가 아니면 모두 꺼리는 정화조 청소를 하거나.

그날 아침 다른 조는 대부분 수색을 택했어. 수색 대신 내부 일을 도우면 C를 받았거든.

시호는 비가 오면 나가지 않는 조장이었어.

"노란 비가 당장은 아무렇지 않아 보여도 언제 어떤 영향을 줄지 모르잖아."

전에는 조원들이 시호의 결정을 따랐어. 궂은일 하고도 C를 받는 건 싫다고 투덜거리면서도 조장의 결정에 반기를 들지는 않았지.

하지만 이제는 상황이 달랐어. 조장과 대립하는 세력이 있었고 그들은 조장을 꺾을 기회를 놓치지 않았어.

"그럼 앞으로도 비 올 때마다 벙커에 처박히자는 얘기야?"

불독이었어. 축구부의 행동 대장.

"우린 저 비가 뭔지도 몰라. 알지도 못하는 위험 속으로 제 발로 들어갈 수는 없어."

"다른 조는 다 그냥 나가잖아. 장마 때는 비 안 오는 날이 드문데 이럴 거면 네가 살림조로 전향하는 게 낫지 않아?"

대립이 격해지자 처음으로 김재헌이 나섰어.

"내가 보기에는 양쪽 다 일리가 있어. 되도록 비를 피하는 게 좋다는 의견과 앞으로도 비는 계속 올 텐데 그때마다 벙커에 머무를 수는 없다는 의견 둘 다."

김재헌이 입을 열자 분위기가 바뀌었어. 다들 이제 김재헌이 축구부의 실세라는 걸 아는 눈치였지. 김재헌은 사람 좋은 미소를 띠며 말했어.

"그러니까 다수결로 결정하자. 우린 민주주의 사회잖아."

씩 웃는 얼굴이 자신만만했어.

그건 확인 사살이었어. 이제 조에서 누가 가장 힘이 있는지, 누가 다수를 이끄는지 분명히 한 거야.

투표 결과는 6 대 3이었어. 축구부와 거기 합류한 조원 둘은 '나가자'에 손을 들었고 반대는 나와 시호, 박찬민뿐이었지. 차로아는 기권했어.

그렇게 다수가 된 무리가 조의 결정권을 얻었어. 우리는 관리조에게 장화와 우비를 배급받고 다른 조보다 늦게 거리로 나갔어.

부슬비가 내리는 거리에서 나는 차로아를 찾았어.

"넌 시호 편 아니었어?"

배신감을 느꼈어. 대립이 강한 상황에서 빠진다면 박찬민이 빠질 거라 생각했지, 늘 시호를 보조하며 부조장 역할을 하는 차로아가 기권으로 도망칠 줄은 몰랐어.

"편이 어딨어. 이런 세상에서는 그냥 살아남는 게 이기는 거지."

뜻밖의 회의적인 목소리였어. 늘 분위기를 밝게 만들던 차로아의 입에서 그런 말을 들을 줄은 몰랐어.

말문이 막힌 나를 보고 차로아가 설명했어. 잿빛 눈이 처음으로 지쳐 보였어.

"대립이 있을 때 일찍 한쪽 편을 들면 성공했을 때 많은 보상을 받을 수 있어. 하지만 그건 지지 세력이 성공했을 때 일이지. 되도록 대립에서 빠지면서 중립을 지키는 것도 나쁘지는 않아. 어느 쪽이 이기든 생존 확률이 높거든. 스위스 역할을 하는 거지. 거긴 이번 3차 대전도 피해 갔다잖아."

너도 고래 싸움에 새우 등 터지지 말고 최대한 대립에서 몸 빼는 게 좋다고 차로아가 충고했어.

"왜?"

겨우 한 마디를 뱉었어.

우리는 일행과 떨어져 있었어. 선두에는 여느 때처럼 조장이 있었고 박찬민이 불안한 듯 그 옆에 붙었어. 그 뒤로는 축구부와 그들 편으로 넘어간 조원 둘이 있었어. 맨 뒤에는 나와 차로아뿐이었지.

"왜 너랑 저 둘은 시호 편을 들지 않는 거야?"

내가 조에 오래 있었던 건 아니지만 시호는 괜찮은 애였어. 위험한 일에는 앞장섰고 공정했지. 나보다 더 오래 은시호를 안 아이들이 축구부가 도전하자마자 이렇게 빨리 편을 바꾸거나 쉽게 방관자로 물러서는 걸 이해하기 어려웠어.

차로아는 한숨을 쉬더니 내게 되물었어.

"넌 정말 며칠 전 싱크홀을 우리가 처음 발견한 거라고 생각해?"

여기서 왜 싱크홀이 나오는 거지? 차로아는 계속 말했어.

"거긴 원래 다른 조 구역이었어. 새총 사건 후에 시호가 만약의 사태를 피하려고 바꾼 구역이었지. 원래 그 구역 담당했던 조도 거기 싱크홀이 있는 걸 알았을 거야. 하지만 수색을 멈추고 조사하기 귀찮았겠지. 위험한 것도 싫었을 테고. 시호가 다른 구역을 찾자 골칫덩이였던 구역을 넘긴 거야. 자기들이 하기 싫은 일을 우리한테 떠넘긴 거라고."

길 곳곳에는 무지갯빛 기름이 뜬 노란 빗물 웅덩이가 가득했어. 긴 장화를 신고도 아이들은 되도록 웅덩이를 피했어. 가늘던 비가 굵어지면서 빗소리가 커졌어. 빗속에서 차로아의 작은 목소리는 묻히기 쉬워서 온 신경을 기울여야 그 애의 말을 들을 수 있었어.

"좋은 구역 따내는 조장이 능력 있다는 말이 틀린 건 아니야."

 차로아는 말했어. 도시가 오랜 수색으로 비어 간 건 사실이지만 모든 구역의 물건 보유량이 똑같은 건 아니라고. 우리 조는 계속 넉넉한 동네보다는 가난한 지역을 돌았다고 말이야.

 "기존 조원을 빼면서까지 저 넷을 전부 우리 조가 받았다는 것도 결정적이었어."

 차로아는 길바닥을 내려다보며 말했어.

 "쟤네가 권력 추구하는 걸 다른 조장들이 몰랐을 리 없어. 자기 조에 들이기 싫은 애들을 전부 시호한테 몰아준 거야. 그 말은 조장 회의에 시호 아군이 없다는 거고. 조장이 인맥이 없으면 밑에 딸린 조원들도 이래저래 손해 봐."

 차로아 말은 이랬어. 시호는 공정하고 올곧아. 하지만 벙커 전체가 공정하고 올곧은 건 아니었지. 그런 사회에서는 연줄을 만들고 세력을 쌓으며 수단과 방법을 가리지 않고 자기 조원들, '내 사람들'의 이익을 챙길 수 있는 사람이 유리했어. 공정하고 올곧지는 않아도 집단의 이익을 끌어올 수 있는 사람이. 그리고 그런 일에 능숙한 사람이 나타나자 다른 조원 둘은 기꺼이 기회를 잡은 거야.

 "쟤네가 시호를 싫어하는 건 아니고 김재헌을 더 좋아하는 것도 아닐 거야. 어느 쪽이 더 내 생존율을 올려 주냐 판단할 뿐이지."

 차로아는 계속 말했어.

"그러니까 너도 너무 뻣뻣하게 굴지 마. 저쪽은 처음부터 너 끌어들이고 싶은 눈치였는데 요즘 분위기가 묘하더라? 자세한 건 모르겠지만 사서 고생하지 마. 무엇이든 그럴 가치 없으니까."

"시호를 돕는 게 가치가 없는 일이야?"

나는 차로아를 바라봤어. 무슨 관계인지는 모르겠지만 차로아가 조장을 신경 쓰는 것만은 분명했지. 하지만 내가 대답으로 받은 건 처음 보는 차로아의 굳은 얼굴이었어. 그 순간 아차 싶었어. 디디지 말아야 할 곳에 발을 디딘 느낌이었어.

"걔가 남의 도움을 바랄 것 같아?"

차가운 말투였지만 그 속에 내가 짐작하지 못한 상처가 보였어.

"너는 은시호를 몰라."

한 꺼풀 아래 일렁이는 감정을 살피기 전에 차로아는 고개를 돌렸어. 혼자 중얼거리는 작은 목소리가 귀에 들렸어.

"걔가 다른 사람한테 기대 같은 걸 할 거 같냐고."

선두에 선 조장이 멈췄어. 조는 지난번 수색한 데까지 도착했어. 마지막으로 ×자를 그렸던 곳 다음 건물로 들어갔어.

퀴퀴한 냄새가 나는 낡은 상가로 들어가면서 생각했어. 차로아는 내가 시호를 전혀 모른다고 했지만 그 순간 내가 깨달은 건 다른 것이었어.

내가 차로아를 전혀 모른다는 것.

처음 벙커에 들어갔을 때부터 내게 먼저 다가오고 말을 붙인 건 차로아였어. 연기처럼 어느 순간 나타나 벙커 정보를 알려 주곤 했지. 그래서 걔의 존재에 익숙해졌고 익숙함이 착각을 일으킨 거야. 내가 걔를 안다고.

하지만 난 걔에 대해 아무것도 몰랐어. 언제 한번 가볍게 말한 자기 할머니가 미국인이라는 얘기? 그건 차로아라는 사람이 어떤 사람인지 알 수 있는 얘기가 아니었어. 그리고 걔가 지금까지 내게 말한 수많은 얘기 중 자기 얘기는 없었어. 세상이 망하기 전 어떻게 살았는지, 시호랑은 어떻게 아는 사이인지, 무엇을 좋아하고 무엇을 싫어하는지 아무것도 말하지 않았지.

건물 계단을 오르면서 나는 익숙한 모습에서 시선을 뗄 수 없었어. 잿빛 머리에 잿빛 눈, 눈가의 연한 회색 점. 걔를 처음 봤을 때 연기 같다고 생각한 게 떠올랐지. 그리고 생각했어. 연기는 손에 잡히지 않는다고. 연기에는 실체가 없다고.

내가 여태 본 모습 중 걔의 진짜 모습은 얼마나 될까?

긴장감을 풀려고 시시한 농담을 하고, 밝은 말투로 희망적인 얘기를 하고, 새로 들어온 조원을 챙겨 주고, 그런 게 정말 걔의 자연스러운 본성일까? 아니면 차로아는 성격에 맞지도 않는 가장을 하고 어울리지 않는 무리를 하는 걸까.

그날 우리는 낙후된 구도심을 수색했어. 거리 정비가 안 돼서 아직도 길에 전봇대가 있는 동네였지. 오후가 되어도 비는 오다 말다를 계속했고 습기가 가득해서 물속을 걷는 느낌이었어.

축구부 하나가 넘어질 뻔한 걸 김재헌이 잡았어.

"조심해."

축구부 리더는 자기 세력 아이들을 살폈어.

그리고 앞장서서 한 걸음 내딛는 순간 발밑이 무너지면서 김재헌이 땅 밑으로 사라졌어.

"뒤로 물러나!"

뜻밖의 소동에 돌아본 시호가 김재헌이 떨어진 구멍으로 다가가려는 축구부 애들에게 외쳤어. 다른 애들을 위험 지역에서 물린 후 시호는 직접 상황을 살폈어.

낡은 콘크리트 맨홀이 부서진 거였어. 철제 맨홀보다 저렴하지만 오래되면 종종 추락 사고가 생기는 분홍색 맨홀이었지. 김재헌은 하필 부서지기 직전의 맨홀 뚜껑에 발을 내디딘 거야.

바닥 자체가 무너진 건 아니라는 걸 확인한 나는 추가 붕괴는 없다고 판단하고 가까이 다가갔어. 시호는 나를 쏘아보았지만 뒤로 가라고 하지는 않았어.

하수도로 이어진 밑은 생각보다 깊었어. 추락 방지 장치 없이 아래로 떨어진 김재헌이 보였어. 이마에 피가 흘렀지만 추락하다 피부가 긁힌 정도고 큰 부상은 아니었어. 천만다행으로 바닥에 간밤의 폭우로 물이 차 있었던 거야.

"다쳤어?"

시호가 지하를 향해 물었어. 김재헌은 끙 신음 소리를 내며 물에서 서더니 몸을 살펴보고 말했어.

"아니. 뼈 부러진 데는 없고 근육도 멀쩡해."

김재헌은 맨홀 뚜껑이 부서져 하수도로 추락한 사람이 얻을 수 있는 최고의 행운을 누렸어. 다만 행운은 거기까지였어. 보통 맨홀이라면 있어야 할 내부 사다리가 없었어.

시호의 눈이 거리를 훑었어. 철물점을 가리키며 조원들에게 말했어.

"가서 얘 꺼낼 수 있는 거 찾아."

가장 먼저 축구부 애들이 나는 듯이 달려갔어.

이윽고 다들 쓸 만한 걸 가져왔어. 사다리가 있었지만 높이도 안 맞고 구멍에 들어갈 크기가 아니었어. 남은 건 불독이 가져온 튼튼한 밧줄 한 묶음이었어.

시호는 밧줄 끝을 지하로 던졌어. 김재헌이 밧줄로 몸을 묶으면 조원들이 다 같이 잡아당길 생각이었지.

일이 단순한 소동으로 끝날 수 있었던 그때, 땅이 흔들렸어.

지진이었어. 이 나라도 이제 지진 안전지대가 아니라는 건 알았지만 그렇게 큰 지진을 겪은 건 처음이었어. 세상 전체가 흔들렸고 가까이서 와지끈 무언가 부러지는 소리가 들렸어.

"피해!"

시호가 외쳤고 근처의 전봇대가 우리 위로 쓰러졌어.

천운으로 깔린 사람은 없었어. 하지만 자연재해 앞에서 머릿속이 하얗게 비었어. 한낱 인간이 상대할 수 없는 압도적인 힘이었어. 우리 대부분은 제대로 서 있지도 못했고 지진이 멈췄을 때도 혼이 나간 것 같았어.

그날의 결정적인 불행은 무성히 자란 가로수와 엉켜 쓰러진 전봇대였어. 전봇대 가까이서 가지를 뻗으며 자란 가로수가 전봇대와 함께 쓰러졌는데 그것들이 김재헌이 떨어진 맨홀 위를 막았어.

이제 덩치 큰 운동선수는커녕 강아지 한 마리 빼낼 공간도 없었어.

아무도 말을 하지 못했어. 청소년 아홉 명이 전봇대와 가로수를 치울 수는 없었어. 이제 세상에는 문제를 해결해 줄 전문가, 어른이 없었어. 신고를 받고 몇 분 안에 출동해 우리를 구해 줄 소방원이 없는 세상이었지.

근처 상가에서 간판이 떨어졌고 긴장한 누군가 비명을 질렀어. 그 소리에 다들 정신이 들었어. 땅에 떨어진 간판이 끝나지 않은 위험을 일깨웠지.

"여진이 있을 거야."

차로아가 말했어.

늦은 시간이었어. 우리는 비밀 창고에서 부족한 수확량을 채우고 벙커로 돌아가던 길이었어. 햇빛은 곧 사라질 거고 저

번에 조사한 싱크홀이 멀지 않았어.

'추가 붕괴가 있을지도 몰라.'

모두의 머릿속에 같은 생각이 들었어.

아무도 말을 하지 않고 무거운 침묵이 퍼지는 걸 시호가 끊었어.

"일단 벙커로 돌아가자."

모두 조장을 바라봤어.

"당장은 해결할 방법이 없고 날도 저물고 있어. 벙커로 돌아가서 두뇌조에게 방법을 묻거나 관리조에게 치울 만한 도구가 있는지 물어보는 게 나아. 정 안 되면 내일 날 밝았을 때 방어조랑 같이 와서 치워 볼 수도 있어."

시호의 말에 반발하는 사람은 없었어. 대장을 잃고 남은 축구부 애들은 불독을 봤고 불독은 고개를 끄덕였어.

떠나기 전 불독이 맨홀 틈 사이로 김재헌에게 상황을 알렸어. 일단 벙커로 돌아가고 내일 날이 밝자마자 필요한 도구와 인력을 데리고 돌아오겠다고 말했지.

벙커로 복귀하는 길은 조용했어.

'내일이면 정말 구할 수 있을까?'

두뇌조라 해도 망한 세상에서 간신히 구한 종이 의학책 몇 권, 시설 관리 매뉴얼 몇 권 읽은 애들이었어. 아니면 기본 생필품을 모으는 관리조에 이런 상황을 해결할 장비가 있을까? 방어조 애들이 수색원 하나 구하기 위해 벙커를 비우려 할까?

설령 나선다 해도 별다른 도구 없이 우리 같은 애들 힘만으로 나무와 전봇대를 치울 수 있을까?

지진의 여파 때문에 낡은 담에서 타일이 떨어졌어. 지난번 봤던 싱크홀 거리가 떠올랐어. 밤중에 추가 붕괴가 일어나서 김재헌이 있는 거리가 무너지면 어떡하지.

부정하고 싶었던 생각이 떠올랐어.

'지금 쟤를 두고 가는 건 포기하는 거야. 새총에 다친 그 애처럼, 구할 가능성이 낮은 사람을 포기하는 거야.'

그 순간 누군가의 목소리가 기다렸다는 것처럼 머릿속에 울렸어.

'약속해 줄래? 언젠가 너도 도움이 필요한 사람을 만나면 친절을 베풀겠다고.'

입술을 깨물었어. 왜 하필 지금 생각나는 거야. 내가 도울 수 있는 상황도 아닌데.

이상하게 언니의 목소리처럼 들리는 내면의 생존 본능이 '건방 떨지 말고 네 생존에나 신경 쓰라'고 하는 것 같았지만 잊고 있었던 편지의 기억이 끊임없이 튀어나왔어. 언니가 아팠을 때 걔가 준비한 물건이 우리에게 도움이 되었던 것과 아픈 언니를 보며 언니만 나으면 반드시 약속을 지키겠다고 맹세했던 것까지.

'내 목숨보다 더 길게 이어질 실험을 하고 싶어. 어쩌면 그렇게 세상이 바뀔지도 모르잖아?'

발이 멈췄어.

"왜 그래?"

시호가 돌아보며 물었어.

주저하며 입을 열었어.

"누구 하나는 남아야 하지 않을까? 밤에 무슨 일이 일어날지도 모르는데 쟤를 혼자 두기는 그렇잖아."

다른 조원들이 나를 쳐다봤어.

"왜? 남아서 뭘 할 수 있다고?"

조장이 진심으로 물었어. 이해할 수 없다는 듯. 사실 내가 이해가 안 되긴 나도 마찬가지였어.

차로아가 습관처럼 달래는 어조로 끼어들었어.

"조장 말이 맞아. 남아도 할 수 있는 게 없잖아. 쟤를 꺼낼 수 있는 것도 아닌데 캄캄한 밤에 밖에 남았다가 무슨 일 생기면 피해만 더 커질 뿐이야."

나도 알았어. 남는다고 해도 할 수 있는 일은 없고 잘못되면 피해자만 는다는 거. 하지만 여전히 발이 떨어지지 않았어. 뒤에서 뭔가 잡아당기는 느낌이 들었어.

시호의 조약돌 같은 눈이 내게 향했어.

"여기 남고 싶은 거야?"

대답할 수 없었어.

하고 싶은 것과는 달랐어. 고를 수 있다면 나도 다른 사람들처럼 벙커로 가는 게 좋았지. 하지만 '원한다'와는 다른 감각이 나를 붙잡았어. '해야만 한다' 혹은 '그냥 떠날 수 없다'에 가까운 마음이었어.

'예상치 못한 순간에 나타나는 너무 이상한 친절.'

편지가 다시 떠올랐고 나는 주먹을 움켜쥐었어. 이게 친절인지는 모르겠지만 적어도 '너무 이상한'은 맞겠지.

"난 여기 남을게."

축구부 사이에서 묘한 소리가 터져 나왔지만 그쪽을 보지 않았어. 조장의 눈에만 집중했어.

"너희가 내일 아침 다시 올 때까지 김재헌 옆에 있을게."

*

조장은 조원 하나가 더 밖에 남는 걸 좋아하지 않았어. 난 내가 임시 조원이라는 걸 상기시켰지. 언니를 만나기 위해 열흘간 있는 '임시' 조원.

난 네 진짜 조원이 아니라는 말에 시호의 얼굴에 상처 같은 게 떠올랐지만 금세 평소의 무표정으로 돌아왔어. 내 착각이었을 거야. 시호는 오랜 조원들이 축구부 편을 들었을 때도 표정이 변하지 않았으니까.

그 말 이후 시호는 더 이상 설득하지 않았어. 조장이 결정을 내리자 차로아도 별말 없었지. 의외의 반응을 보인 건 축구부의 행동 대장 불독이었어.

"재헌이가 널 필요로 한다고 생각하면 착각이야."

가늘고 사나운 눈이 나를 노려봤어.

조장과 다른 아이들이 다시 벙커로 향하는데도 떠나지 않아서 처음에 난 개가 나처럼 남고 싶은 건가 생각했어. 하지만 아니었지.

"남아 봤자 넌 아무 도움도 안 되고 방해만 될 뿐이야. 네가 다치기라도 하면 재헌이는 불편하기만 할 거라고."

"상관없어. 김재헌 마음에 들라고 남는 게 아니라 내가 떠나는 게 불편해서 남는 거니까."

진심이었어. 하지만 내 말은 이상하게도 불독을 더 화나게 만든 것 같았어.

불독은 할 말이 더 있는 것 같았지만 축구부 애들이 움직이지 않는 불독을 기다리자 뒤돌아 벙커로 향했어.

나는 잠시 그들의 뒷모습을 바라보다가 몸을 돌려 반대편으로 걸었어.

여전히 내가 잘한 건지 알 수 없었어.

문제를 해결할 수 있는 것도 아닌데 내가 남는 게 의미가 있을까?

숫자로 보면 답은 뻔했지. 일 더하기 일은 이. 그냥 어둠 속에 있는 사람이 늘어났음. 하지만 숫자가 모든 것을 설명하는 건 어른들의 진리 아니었나? 그들의 세계는 결국 망했잖아.

'넌 그냥 멍청한 짓, 손해 보는 짓, 누구의 이득도 되지 않는

헛수고를 하는 거야.'

회의적인 목소리가 머릿속에 떠올랐어.

하지만 잠시 후 다른 생각이 들었어.

그런데 살면서 꼭 똑똑한 짓만 해야 하나? 애초에 절대 손해 보지 않고 이득만 보는 삶이 존재할 수 있나? 가능하다 해도 그런 인생이 정말 대단하고 중요한 거야?

그날따라 해는 더욱 빠르게 넘어가는 것 같았고 김재헌이 갇힌 거리에 도착했을 때는 사방이 어두워졌어. 인간의 문명이 멈춘 세상은 곧 칠흑처럼 캄캄해졌지.

나는 부서진 맨홀로 다가가 손전등을 쓰러진 가로수와 전봇대 사이로 비췄어.

"어때, 거긴 지낼 만해?"

땅 밑 어두운 수도관 속에서 이마에 피가 묻은 얼굴이 놀라 나를 올려다보았어. 갑작스러운 빛에 눈을 깜빡이며.

9

 예상대로 내가 남는다고 할 수 있는 건 없었어. 나는 가로수도 전봇대도 옮길 수 없었고 김재헌을 땅 위로 순간 이동시킬 수도 없었지.
 "왜 남은 거야?"
 김재헌은 내가 수학 시험 후반부 문제를 볼 때 같은 얼굴이었어. '도저히 이해가 안 감.'
 "너무 이상한 친절을 베풀려고."
 이제 김재헌의 얼굴은 수학 문제가 아랍어로 나온 걸 본 것 같았어.
 "지금이라도 안 늦었으니까 벙커로 돌아가."
 수도관 속에서 김재헌이 말했어.
 "밤에 벙커 밖에 있는 건 위험해. 들개가 있을 수도 있고 무슨 일이 일어날지 누가 알겠어. 이 상황에서는 너 위험해져도 도울 수 없어."

"지금 날 걱정하는 거야?"

맨홀 뚜껑 부서져서 땅 밑으로 추락한 애가?

"너 같으면 걱정 안 되겠냐. 여자애가 나 때문에 길에서 밤 샌다는데?"

땅속에서 투덜거리는 소리가 들렸어.

김재헌이 내면의 기사도에 괴로워하도록 두고 나는 쭈그렸던 몸을 일으켰어. 기왕 남은 거 조금이라도 생산적인 일을 하고 싶었어.

"도움 될 거 있나 주변 둘러보고 올게."

처음 김재헌이 맨홀 속에 빠졌을 때는 사다리나 밧줄 같은 것만 찾았어. 상황이 이렇게 된 이상 다른 걸 찾아야 했지.

"류미아."

"왜? 필요한 거 있어?"

작은 틈 사이로 보이는 김재헌의 얼굴은 진지했어. 걱정 반 체념 반으로 내가 정말 남을 생각이라는 걸 받아들인 것 같았지.

"조심해."

"알았어."

손전등을 들고 떠났어. 축구부의 리더가 아주 나쁜 애는 아닌 것 같다고 생각하며.

꽤 오래 주변을 뒤졌어. 전봇대와 가로수를 치울 수 있는 건 없었지만 혹시 몰라 찾은 걸 맨홀 근처에 뒀어. 튼튼한 밧줄, 지렛대, 톱 등등을.

이마의 상처를 치료할 소독약과 반창고를 비닐봉지에 넣고 밧줄에 묶어 틈 사이로 보내기도 했어.

그다음에는 할 일이 없었어.

밤이 깊었고 길에서는 잠을 잘 수 없었어. 허리까지 물이 출렁이는 수도관에 있는 김재헌도 마찬가지였지.

누가 먼저랄 것 없이 대화가 시작됐어.

나는 언니 얘기를 했어. 싸우고 헤어졌는데 목격자가 있어서 곧 만날 것 같다고 했지.

김재헌은 자기랑 같이 있는 애들 얘기를 했어. 축구 아카데미에서 합숙을 하던 사이인데 세상이 망한 뒤 예전에 벙커 얘기를 들었던 기억이 나서 같이 여기까지 왔다고 했지.

"처음 왔을 때는 텃세가 심했어. 다른 지역 사람은 뭘 해도 도둑놈처럼 보거나 문제아 취급했지."

위험한 일은 타지 사람인 자기들에게만 시키거나 무슨 말을 해도 의견을 받아 주지 않았다고 했어.

"전 조에서 싱크홀 사고가 났을 때도 난 계속 바닥에 금이 가는 게 보였어. 여기서 벗어나야 한다고 말했는데 조장이 듣지 않았어. 조장은 내가 아니라 자기라고 하더라. 결국 거리가 무너졌을 때 계속 신경 쓰면서 달릴 준비가 되어 있던 우리만 살아남았어."

망한 세상의 캄캄한 길에서 하는 밤샘 대화는 어느 순간 삼천포로 빠졌어. 정신을 차려 보니 나는 우리 언니가 얼마나 잘났는지 자랑하고 걔는 자기 아카데미 출신의 프로 선수들 이름을 늘어놓고 있었어.

바보 같은 대화에 머쓱해져 둘 다 입을 다물었어.

침묵이 찾아왔지만 두렵거나 차가운 느낌은 아니었어.

문득 곁에 사람이 없는 침묵과 곁에 사람이 있는 침묵은 다르다는 생각이 들었어.

어둠 속에 사람 둘.

숫자로는 캄캄한 곳에 있는 사람 머릿수만 더 늘어난 거였지. 하지만 단순히 숫자로만 판단되지 않는 게 있다고, 뻔한 손익 계산에는 잡히지 않는 무언가가 세상에 있다고 나는 생각했어. 혼자 있을 때의 어둠과 침묵, 혼자가 아닐 때의 어둠과 침묵은 분명히 다르다고. 그리고 사람은 머리가 아니라 심장으로 그 차이를 느낄 수 있다고.

어느 순간 깜빡 잠이 들었다가 소스라치며 깼어. 폭우가 다시 쏟아지고 있었어.

"류미아!"

날카로운 외침에 손전등을 켜고 김재헌을 살폈어. 수도관에 무섭게 물이 차고 있었어.

머리가 날아가는 느낌이었어. 물이 불어나는 게 정상적인

속도가 아니었어. 근처의 다른 관이 터진 것 같았어.

'이대로라면 날이 밝기 전에 김재헌이 익사할 거야!'

혹시나 싶어 찾아 둔 톱을 들고 가로수에 달려들었어.

해 본 적 없는 톱질에 나무는 쉽게 잘리지 않았어. 겉면에 생채기만 생길 뿐이었고 나무를 해결해도 전봇대가 있었어.

'이래서는 못 구해!'

심장이 터질 것 같았어. 사람이 죽을 것 같은데, 근처에 있는 건 나뿐인데 내게 구할 능력이 없다는 게 견딜 수 없었어.

손전등을 들고 미친 듯이 주변을 살폈어.

'뭔가 도움이 될 것, 기적이 필요해!'

기후가 망가진 세상에서 내리는 정신 나간 빗줄기가 살갗을 두들겼고 한 겹짜리 우비는 쓸모없었어. 우비 속으로 빗물이 흘러들었고 퍼붓는 비를 뚫고 손전등의 창백한 빛이 주변을 사납게 휘갈겼어.

사방을 번쩍이던 손전등 빛이 한 곳에 멈췄어.

왜 이 생각을 못 했지?

즉시 김재헌에게 달려갔어. 물이 이제 가슴까지 찼어. 틈 사이로 손가락을 넣어 방향을 가리켰어.

"이쪽으로 20미터쯤 가면 다른 맨홀이 있어! 거길 열고 나오자!"

갑작스러운 사고에 다들 당황했던 거야. 맨홀에 빠진 애도, 다른 애들도 놀란 머리로는 떨어진 구멍에서 사람을 꺼내는 것만 생각할 수 있었어. 그러다 지진이 일어나고 구멍이 막히자 충격으로 더 멍해졌고.

하지만 세상에 맨홀이 거기 하나만 있는 건 아니었어. 들어간 구멍이 막히면 다른 구멍으로 나오면 돼.

김재헌은 알았다고 말한 뒤 벽을 따라 이동했어. 개보다 작고 가벼운 사람이었다면 물살에 휩쓸렸을 거야.

나는 찾아 둔 지렛대를 잡고 다른 맨홀로 달려갔어.

근처에 있는 맨홀은 콘크리트가 아니라 검은 철제였어. 무겁다는 건 알았지만 달리 방법이 없었어. 해내야만 해. 내가 못 하면 사람이 죽을 거야.

한 번도 이런 일을 해 본 적 없었지만 몸이 알아서 움직였어. 빗물받이 구멍에 지렛대의 구부러진 쪽을 넣고 긴 쪽에 몸의 무게를 실었어. 하지만 뚜껑은 꼼짝도 하지 않았어. 무게가 무겁기도 했지만 뚜껑 자체가 땅에 꽉 붙은 것 같았어.

'오래되어서 녹이 슬었을지도 몰라!'

맨홀 가장자리가 밀폐된 느낌이었어.

'무작정 들어 올리려 해서는 안 될 거야.'

본능처럼 지렛대를 좌우로 움직였어. 뚜껑을 흔들어서 가장자리에 틈을 내려고. 죽기 살기로 덤벼 뚜껑을 흔들던 어느 순간 딱 붙은 느낌이 사라졌어.

그러는 사이 맨홀 구멍 사이로 손전등 빛과 빗물이 떨어지는 걸 보고 김재헌이 아래에 도착했어.

"여긴 사다리가 있어!"

땅속에서 김재헌이 외쳤어.

좋아. 이제 내가 뚜껑을 열기만 하면 돼.

물이 목까지 차올라서 김재헌은 사다리에 올랐어. 물이 그렇게 무서운 건 처음이었어. 빠르게 차오르는 물은 공포 그 자체였어.

맨홀 뚜껑을 사이에 두고 나는 지렛대로 위에서 들어 올리고 아래에서는 김재헌이 뚜껑을 머리와 어깨로 밀어 올리려 했어. 다른 맨홀을 찾아 떠날 시간은 없었어. 땅 밑은 김재헌의 키 이상 물이 찼고 잠수해서 길을 찾으려다가는 급류에 휩쓸려 죽을 거였어. 물이 불어나는 기세가 심상치 않아서 김재헌은 사다리에 올라도 안전하지 않았어.

비는 망한 세상을 한 번 더 망하게 할 것처럼 퍼부었고 굵은 비가 빽빽하게 쏟아져서 숨 쉴 공간도 앗아 가는 느낌이었어. 팔에 너무 힘을 줘서 근육이 터질 것 같았어. 몸이 뜨거웠고 빗물과 땀으로 우비가 피부에 달라붙었어.

아무리 힘을 줘도 맨홀 뚜껑은 약간 들썩일 뿐이었어. 두꺼운 철제를 훅 들어 올리기엔 힘이 부족했어.

어느 순간 김재헌이 작은 목소리로 '숨을 못 쉬겠다'고 말했어. 정신이 번쩍 들었어. 김재헌이 땅 밑에서 어떤 상태인지 깨달았어. 위는 빗물 구멍으로 비가 쏟아지는 두꺼운 철제 맨홀이었고 아래는 수도관을 꽉 채운 깊은 물이었어. 환기가 될 만한 상황이 아니었고 산소가 부족했어. 걔는 땅속 좁은 통로에서 질식하고 있었던 거야.

사람이 내 앞에서 죽어 가는 느낌에 무릎이 흔들렸어. 격하게 힘을 쓰느라 땀이 죽죽 흐르는데도 뼛속까지 한기가 들었어.

아래에서 미는 김재헌의 힘이 사라졌어.

'죽어 가고 있어.'

내 발밑에서, 땅속에서, 내가 아는 애, 내가 얘기해 본 애, 어둠 속에서 침묵을 나눴던 애가 죽어 가고 있었어.

눈앞에 번쩍 번개가 치는 것 같았어.

'죽게 놔둘 수는 없어.'

오직 그 생각뿐이었어. 한순간 몸을 두들기는 미친 비도 느껴지지 않았어. 빗소리도 들리지 않았고 밤의 어둠마저 사라지는 느낌이었어. 감각이 멀어지는 가운데 눈앞이 하얗게 번쩍였고 어느 순간 두통이 강해지며 내가 내 몸 밖으로 튕겨 나가는 느낌이 들었어. 낡은 육체를 벗고 허공의 번개가 되는 느낌, 날아오르는 느낌, 눈알이 노랗게 빛나는 느낌.

'새로운 세계에서 새로운 존재로 다시 태어나는 거야.'

잊은 꿈의 속삭임이 천둥처럼 들려오는 느낌.

시야가 돌아오고 정신이 다시 깨어났을 때 묵중한 맨홀 뚜껑은 열려 있었어.

빗소리가 다시 고막을 채웠고 엄청난 고통이 느껴졌어. 손바닥이 타는 것 같았고 어깨는 망가진 것 같았어. 하지만 무슨 일이 일어났나 생각할 시간이 없었어. 산소가 부족해 실신 직전인 김재헌을 꺼내야 했어. 간신히 걔를 땅 위로 끌어 올리자 힘이 빠진 팔다리가 부들거리며 무릎이 아스팔트 바닥에 부딪혔어. 더는 손가락 까딱할 힘도 없었어. 하지만 김재헌이 살아 있는지 확인해야 했어. 기듯이 김재헌에게 다가갔어. 김재헌의 가슴에서 심장이 뛰는 게 느껴졌어.

그 순간 몸의 힘이 풀렸어. 옆으로 쓰러져 길에 누웠어. 숨 쉬는 것 말고는 아무것도 할 수 없었어. 비는 계속 오늘이 지구 최후의 날인 것처럼 내렸어.

10

 다시 정신이 들었을 때는 김재헌이 나를 내려다보고 있었어. 눈이 마주치자 걔가 말했어.
 "너 죽은 줄 알았어."
 그건 좀 전의 내가 걔를 보고 할 소리였어.
 몸을 일으키려 하자 온몸에 통증이 밀려왔어. 어깨는 말할 것도 없고 생전 고통을 느껴 본 적 없는 팔뚝과 예상치 못한 허리까지 욱신거렸어. 절박한 상황에서 가진 힘 이상을 터뜨린 대가인 것 같았지.
 "괜찮아?"
 김재헌이 부축하며 물었어. 맨홀 아래에서 질식할 뻔한 사람치고 꽤 괜찮아 보였어.
 "죽을 것 같지는 않아."
 적어도 땅 위에 있고 들이쉴 산소도 충분했으니까.

빗줄기는 가늘어졌고 짙었던 밤도 묽어지고 있었어.

김재헌의 도움을 받아 일어났어. 벙커로 가서 치료를 받고 쉬어야 했어.

우비는 제 기능을 잃은 지 오래였어. 둘 다 물에 빠진 쥐새끼처럼 젖어서 텅 빈 거리를 걸었어. 서서히 밤이 물러나고 있었어.

문득 내려다보니 김재헌과 나는 손을 잡고 있었어.

'언제 잡았지?'

기억이 나지 않았어. 하지만 누가 먼저랄 것 없이 손을 잡고 걸었어. 이 미친 밤, 미친 비, 미친 맨홀을 함께 겪은 두 사람이.

옆에서 걷는 김재헌을 봤어. 꼴이 말이 아니었어. 우비는 찢어졌고 원래 메고 있었을 가방은 잃어버렸고 맨홀에 추락하면서 다친 이마에는 내가 분식집 서랍에서 발견한 오래된 캐릭터 반창고가 붙어 있었어. 하트와 리본이 가득한 분홍색 아기 토끼 반창고가 이마에 두 개 나란히 붙어 있었지.

시선을 느낀 김재헌이 돌아봤어.

"왜? 못 걷겠어? 업어 줄까?"

밝아 오는 새벽빛이 조심스러운 손길처럼 개의 얼굴에 닿았어. 보조개 웃음이 없으면 싸늘한 인상이라 생각했는데 그 순간은 그렇지 않았어. 다른 사람에 대한 걱정이 어린 얼굴은 짐짓 사람 좋은 웃음을 덮어쓰지 않아도 차갑지 않았어.

나 역시 개처럼 꼴이 말이 아니었을 거야. 비에 두들겨 맞듯

흠뻑 젖어서 짧게 자른 머리카락이 얼굴에 달라붙어 있었지. 옷은 언제 어디서 묻었는지 알 수 없는 진흙투성이에 손바닥에는 지렛대를 잡은 붉은 자국이 멍으로 변하고 있었어.

하지만 둘 다 살아 있었어.

세상이 망한 후 처음으로 묘한 승리감을 느꼈어.

뒤통수에 달라붙은 방죽의 웃음소리를 마침내 집어던진 느낌, 악의로 가득 차 기다리던 새총의 기억을 걷어 낸 느낌.

'너무 이상한 친절'을 베푼 걸 절대 후회하지 않는 느낌.

비에 속옷까지 젖었어도 견딜 만했어. 온몸이 욱신거리는데도 무언가 가벼운 느낌이 들었어.

날아갈 것 같은 기분으로 김재헌의 커다란 손을 장난스레 위아래로 흔들었어. 어깨와 팔이 통증을 호소했지만 참을 수 있었어.

김재헌의 눈이 잡은 손으로 향했어. 우리가 손을 잡은 걸 그때 깨달은 것 같았어.

둘 다 알지도 못하는 새 잡은 손이었어. 한 명이 비틀거리면 바로 붙잡아 줄 수 있게 잡은 손.

잡은 손을 흔들며 나는 말했어.

"내 손 잡으면 후회하지 않을 거야."

김재헌이 처음 손을 내밀며 했던 말, 우월하다는 자신감과 내려다보는 시혜로 베푼 말이었어.

기억하는지 김재헌의 눈이 커졌고 나는 여전히 손을 잡은 채로 덧붙였어.

"그런 거창한 말 없이 손잡는 것도 괜찮지 않아?"

축구부의 대장은 나를 처음 본 사람처럼 바라봤어.

그 앞에서 나는 열병에서 깨어난 후 처음으로 활짝 웃었어. 망한 세상의 밝아 오는 하늘 아래서 날아갈 것 같은 상쾌함으로.

*

벙커에 도착하자 조원들은 귀신이라도 본 것처럼 놀랐어. 날이 밝는데 김재헌을 꺼낼 방법을 못 찾아서 다들 어쩔 줄 몰라 하고 있었어. 두뇌조에서는 딱히 해결책이 안 나왔고 관리조도 쓸 만한 장비가 없었어. 방어조는 계속된 폭우에 벙커 출입구가 침수되는 걸 막느라 인력 여유가 없었어.

조원들은 아침이 되어도 방법을 찾지 못해 사색이었어. 그때 나랑 김재헌이 벙커로 돌아온 거야. 물에 빠진 쥐새끼 몰골로.

가장 놀라웠던 건 불독의 반응이었어. 침착하게 방법을 찾던 애가 김재헌을 보자 가느다란 눈을 깜빡이더니 눈물을 터뜨렸어. 억눌렀던 감정이 터진 것처럼 몸을 부들부들 떨면서 오열을 쏟아 냈지.

김재헌은 별말 없이 꺽꺽 우는 불독의 어깨를 툭 쳤어. 다른 축구부 애들도 팔로 얼굴을 가리고 왕왕 울었어. 하나같이 덩치 크고 사나운 인상들이었는데 의외였어.

'세상이 망한 뒤 서로밖에 없었던 거야.'

지난밤 김재헌에게 들은 얘기가 생각났어. 축구 아카데미에서 합숙을 하다가 세상이 망했고 벙커 얘기가 생각나 함께 여기까지 왔다는 얘기. 타지인을 향한 텃세를 견뎌 왔다는 얘기.

뜨거운 눈물의 재회를 진정시킨 건 시호였어.

"둘 다 의무실로 가야 해."

불독은 붙잡고 있던 김재헌을 놔주며 팔뚝으로 눈물을 닦았어.

시호가 우리 둘을 의무실로 데려갔어. 의무실에서 조장은 오늘 우리 몫까지 물건을 가져올 거라 말했어. 그 말을 하자 의료인 역할을 하는 두뇌조 애들이 더 잘 챙겨 주는 것 같았어.

김재헌은 지쳤지만 천만다행으로 처음 떨어질 때 긁힌 상처 말고는 크게 다친 곳이 없었고 나는 손바닥이 까지고 온몸이 욱신거렸지만 심각한 부상은 없었어. 적어도 망한 세상에서 최고의 의학 전문가 행세를 하는 내 또래 아이의 판단으로는 그랬어.

"잘 먹고 푹 쉬고 한동안 크게 힘을 쓰지 않으면 괜찮을 거야."

어린 의사는 우리에게 휴식을 권했고 둘 다 사양하지 않았어. 의무실의 간이침대에 누워서 다른 조원들이 우리 몫까지 수색을 하는 동안 기꺼이 잠에 빠졌어.

잠이 깼을 때는 온몸이 욱신거렸어.
주변을 둘러보니 의무실 침대에 있는 건 나와 김재헌뿐이었어. 새총에 얼굴 뼈가 부서진 애는 없었어.
'결국 벙커에서 걔를 내보냈구나.'
딱히 치료할 방법도 없고 걔가 나을 때까지 먹여 살리는 것도 손해라고 판단했겠지. 짐작한 일이지만 막상 눈으로 확인하니 속이 아팠어.
나보다 먼저 깨어난 김재헌이 내가 자는 동안 들은 말을 전했어.
"의사가 일어나면 조원들한테 돌아가도 된다 했어. 내일 저녁에 둘 다 한 번 더 오라더라."
들었다는 의미로 고개를 끄덕였어. 아직 침대에서 일어날 기분이 아니었어.
의무실은 가림막으로 환자가 눕는 간이침대와 의학 담당 두뇌조의 책상이 나뉘어 있었어.
우리만 있는 안쪽 침대에서 김재헌이 조용히 말했어.
"너 아니었으면 아침이 되기 전에 죽었을 거야. 목숨값은 꼭 갚을게."
너무 진지한 말투라 어색했어.
"됐어. 그렇게 물이 불어날 줄 몰랐고 그냥 예전에 한 약속 때문에 남은 거였어."

"네가 말한 '너무 이상한 친절' 얘기야?"

김재헌은 궁금해했고 나는 처음 집을 나왔을 때 낯선 집에서 발견한 물품과 편지를 말했어. 언니가 아팠을 때 그 물품 덕에 살아남았고 걔가 원한 대로 타인에게 친절을 베풀겠다고 맹세한 얘기를. 설명 끝에 덧붙였어.

"그러니까 너도 정 뭔가 하고 싶으면 나중에 도움이 필요한 다른 사람을 도와주면 돼."

"그건 싫은데."

뜻밖의 말에 고개를 돌려 김재헌을 봤어. 이제는 제대로 된 반창고를 붙인 김재헌은 나를 보며 말했어.

"내가 빚진 건 넌데 왜 다른 놈을 도와? 난 너한테 갚을 거야."

당황했어. 내가 편지를 읽었을 때는 이런 느낌이 아니었어. 걔에게 친절을 받은 내가 다른 애에게 친절을 베풀고, 친절을 받은 애가 또 다른 애에게 친절을 베풀고. 그런 식으로 세상에 친절이 퍼질 거라는 얘기를 덥석 받아들였지. 하지만 김재헌은 자기 생각이 뚜렷했어.

"다른 놈한텐 관심 없어. 언젠가 네가 날 구한 걸 절대 후회하지 않게 할 거야."

언제는 자기 손 안 잡은 거 후회하게 될 거라더니……. 하지만 단호한 얼굴은 다른 말을 해도 씨알도 안 먹힐 느낌이었어.

"그래, 네 맘대로 해라."

의무실에 더 남을 이유가 없어서 몸을 일으켰어. 슬슬 조원들이 돌아와 저녁 배급을 받을 시간이었지. 자고 일어나니까 배가 고팠어.

"나한테 시킬 거 없어? 필요한 거 있으면 다 구해다 줄게."

식당으로 가는 내내 김재헌이 물었어. '넌 뭐 좋아해? 음식이나 물건이나 아무거나. 좋아하는 색깔은 뭐야? 갖고 싶은 거 있어? 누구 귀찮거나 맘에 안 드는 놈 있어?'

"시킬 거 없고 필요한 것도 없어. 그리고 지금 귀찮은 놈은 너야."

파리를 쫓듯 휘휘 손을 내저었어. 수색을 끝낸 수색조들이 식당으로 들어왔지만 우리 조는 보이지 않았어.

김재헌은 내 거부가 섭섭한 눈치였어.

"뭐든 말해 봐. 나 능력 있어."

쉽게 물러설 느낌이 아니었어. 그때 조장을 선두로 우리 조가 들어오는 게 보였어. 식당 한쪽에 서 있는 우리를 은시호가 알아봤어. 의무실을 나와 멀쩡하게 서 있는 걸 보고 안심한 느낌이었지.

은시호에게 가면서 말했어.

"정 그러면 조 분위기나 엉망으로 만들지 마. 네가 전 조장이랑 갈등 있었던 건 알겠는데 시호는 외지인이라고 차별하는 애 아니야. 시호한테 아쉬운 점이나 불만이 있으면 솔직하게 말해. 지금처럼 편 가르며 갈등 일으키지 말고."

비밀 창고 덕에 조는 수색에 빠진 나랑 김재헌 몫을 채우면서도 A를 받을 수 있었어. 배식을 받자 자연스럽게 축구부는 자기들 옆에 김재헌의 자리를 마련했어. 나는 조장 옆에 껌딱지처럼 붙어 있는 박찬민에게 갔어. 옆에 앉자 박찬민의 얼굴이 환해졌어. 내가 김재헌을 따라 축구부 편으로 갈 거라 생각한 모양이었어. 식사 내내 김재헌의 시선이 느껴졌지만 눈을 마주치지 않았어.

벙커 식사가 늘 그렇듯 아무도 말을 하지 않는 조용한 식사가 끝나고 다 같이 공동 공간으로 돌아왔어. 축구부 세력은 왼쪽에 앉고 시호 편은 오른쪽에 앉는 마루에.

나는 편 가르는 느낌이 싫어서 지금까지는 바로 침실로 들어갔지만 그날은 오른쪽에 앉았어. 원래 조원 두 명이 축구부로 떠난 뒤 박찬민이 불안해하는 게 안쓰러웠거든.

그때 예상하지 못한 일이 일어났어. 김재헌이 늘 앉던 왼쪽이 아니라 나를 따라와 오른쪽 내 옆에 앉았어. 조원들이 당황하는 게 느껴졌어.

잠시 후 불독이 한숨을 쉬더니 다른 축구부 애들과 함께 김재헌 쪽으로 다가와 앉았어. 이제는 조원들이 다 함께 앉았어. 보이지 않게 그어진 선이 축구부 대장의 탈선으로 사라진 거야.

어수선했던 자리는 시간이 지나고 조원들이 하나둘 침실로 들어가면서 조용해졌어.

나는 의무실에서 자서 졸리지 않았어. 김재헌도 마찬가지였지. 우리 둘을 제외하면 마지막까지 남아 있던 불독이 나를 보더니 또 한숨을 내쉬고 자러 들어갔어.

조원들이 모두 사라지자 김재헌에게 몸을 돌렸어. 혹시 깨어서 듣는 애가 있을까 목소리를 낮춰 말했지.

"야, 너 왜 갑자기 여기 앉은 거야."

"네가 편 가르지 말라며."

"뭐야, 내가 시키면 시키는 대로 다 할 거야? 왜 갑자기 자아가 없어졌어. 적응 안 되게."

진심이었어. 자기 잘난 거 알고 잘난 맛에 살던 애가 갑자기 말 한마디에 굽히는 걸 어떻게 받아들여야 할지 몰랐어.

"맘에 안 들어?"

"그건 아닌데 그냥 조 분위기 안 망치면서 네 성격대로 사는 법이 있을 거 아니야. 졸졸 나 따라다니는 게 아니라……. 아무튼 다들 편 나누지 않고 앉는 건 좋긴 한데."

김재헌이 씩 웃었어. 건방진 미소에 어쩐지 주먹이 근질거렸어. 왜 쟤가 웃는 것만 보면 얄밉지?

한동안 김재헌이랑 이런저런 얘기를 하다가 조금씩 눈이 감겼어. 인사하고 슬슬 자러 들어가려는데 김재헌이 나를 불렀어.

돌아보는데 순간 기시감이 들었어.

이번에는 뒤에서 모른 척 구경하는 축구부 애들은 없었지만 김재헌이 처음 내게 말을 붙였을 때와 같았지.

시간을 되돌린 것처럼 눈앞에서 축구부의 대장은 다시 내게 손을 내밀었어.

"우리 진짜 친구가 될 수 있을까?"

김재헌의 얼굴을 봤어. 처음 손을 내밀었을 때와는 달랐어. 여전히 키만큼 큰 손, 뻔뻔할 만큼 잘생긴 얼굴이었지만 이제는 자기 제안이 거절당할 거라 생각하지 않던 오만한 소년이 아니었어. 햇빛에 그을린 뺨에는 자세히 보지 않으면 알아채지 못할 붉은 기가 올라왔고 손은 살짝 떨고 있었어.

우위에 선 입장에서 아랫사람에게 호의를 베푸는 게 아니었어. 편을 가르고 세력을 늘리는 게 아니라 진짜 우정을 요청하는 손이었어. 긴장하고 거절당할까 걱정하면서도 친구를 찾는 소년.

손을 내민 마음과 태도가 다른 것처럼 이번에는 내 반응도 달랐어.

"잘 부탁해, 친구."

나는 김재헌의 손을 잡았어.

커다란 손은 깜짝 놀랄 만큼 뜨거웠어. 내가 손을 잡자 긴장했던 얼굴이 풀렸어.

"너랑 친구 하기 진짜 힘들다."

김재헌이 장난스레 말했고 나는 친구가 된 기념으로 망설이지 않고 주먹으로 김재헌의 옆구리를 쳤어.

 김재헌은 허리를 굽히며 엄살을 부렸고 그러면서 웃었어. 건방진 미소도, 사람 좋은 척하는 미소도 아니었어. 보조개가 쏙 들어가면서 그렇게 덩치 큰 애가 아이처럼 환하게 웃는 걸 보며 처음으로 이런 생각이 들었어. 덩치는 문짝만 한 게 뺨에 단 조그만 보조개가 어울린다고, 어쩌면 조금은 귀엽다고 말이야.

11

 벙커에서 보내기로 한 마지막 날, 열흘째 되는 날에는 아침부터 비가 내렸어.

 언니를 목격한 조에서 그 후로도 몇 번 더 언니를 봤고 남겨둔 음식 꾸러미와 쪽지도 사라졌다지만 언니는 벙커에 나타나지 않았어.

 '나를 만날 생각이 없는 건가?'

 시호를 봤어. 오늘이 우리가 약속한 마지막 날이라는 걸 아는지 모르는지 알 수 없는 얼굴이었어.

 '오늘 언니가 벙커로 오지 않으면 나가서 언니를 찾자.'

 그날은 비가 오기도 했고 나와 김재헌이 회복 중이라 우리 조는 수색을 나가지 않았어. 시호가 조장으로서 판단을 내렸고 반대하는 사람은 없었어.

 우리는 살림조를 도와 내부 일을 했어. 그날따라 벙커 곳곳의 전등이 깜빡이는 등 일거리가 많았어.

"무슨 생각 해?"

옆에서 김재헌이 물었어. 걔는 목숨 빚을 갚아야 한다며 계속 나를 따라다녔어.

우리는 몇 명씩 나뉘어서 화장실 청소 중이었어. 살림조는 수색조가 남으면 제일 싫어하는 일을 떠넘겼거든.

나는 김재헌에게 오늘이 헤어진 언니를 벙커에서 기다리기로 한 마지막 날이라고 말했어. 맨홀에 갇혔던 밤에 말해서 걔도 내 상황을 알았어.

"도시에 있는데도 왜 나한테 연락을 안 하는지 언니 속을 모르겠어."

"목격자들이랑 얘기해 봤어?"

고개를 저었어. 시호를 통해 조장 회의에서 나온 소식을 들었을 뿐이었어.

"만나서 얘기하자. 어떤 상황이었고 어떤 모습이었는지 직접 듣는 게 낫잖아."

"지금 당장?"

"지금 당장."

김재헌은 같이 화장실을 청소하던 축구부 아이들에게 고개를 돌렸어.

아닌 척 우리 얘기를 듣고 있던 불독이 고개를 끄덕였어.

"누가 우리 찾으면 쟤네가 커버해 줄 거야."

김재헌은 내 손을 잡고 밖으로 향했어.

운 좋게 언니를 목격한 조의 조장도 벙커에 남아 있었어. 걔는 자기 조 공동 공간에 혼자 있었어.

"뭐야?"

갑자기 들이닥친 우리를 보고 걔가 신경질적으로 물었어.

내가 누구인지, 왜 찾아왔는지 말해도 표정은 그대로였어. 내 부탁에 언니를 어디서 어떻게 만났는지 말해 줬지만 관심 없어 보였지.

"그 애가 왜 벙커로 안 오는지 내가 어떻게 알아. 그래도 먹을 건 꼬박꼬박 가져가더라."

그러더니 우리 둘을 보며 물었어.

"너희 조장 허락은 받은 거야? 아직 일해야 할 시간 아닌가?"

"너도 아직 일해야 할 시간 아니야?"

김재헌이 지적하자 걔 얼굴이 심술궂어졌어.

"내가 너희랑 똑같다고 생각해? 난 조장이야."

좋은 인상을 주는 애는 아니었어.

"가자."

김재헌에게 말했어. 목격자는 별 도움이 안 되는 애였어. 그래도 어디서 언니를 봤는지 들어 다행이었어. 벙커를 나가면 그 일대를 뒤져 봐야겠다고 생각했지.

하지만 김재헌은 나를 따라오지 않았어. 이상한 집중력으로 조장을 봤어. 조장은 시선에 불편해하더니 고개를 돌렸어.

다음 순간 김재헌이 순식간에 개를 끌고 방으로 들어갔어.

나는 잠시 눈을 깜빡이다 따라 들어갔어. 대체 무슨 일이 일어나고 있는 거야?

안에 들어가니 김재헌은 이층 침대 아래쪽에 조장을 구겨 넣고 그 앞에 섰어. 커다란 애가 그러고 있으니 탈출로가 꽉 막힌 느낌이었어.

"너 지금 뭐 해?"

갑작스러운 상황에 놀라서 물었어. 조장도 놀란 눈치였어.

"기분이 이상해."

김재헌이 이마를 찌푸리며 말했어.

"뭐?"

김재헌은 조장을 뚫어지게 쳐다보며 대답했어.

"축구에서 상대 팀이 반칙했는데 AI 심판이 못 잡고 그냥 넘어갈 때 같은 느낌이 나."

그러더니 두 팔로 이층 침대 난간을 잡고 상체를 숙였어. 아래층 침대에 앉은 조장이 저절로 몸을 굽히며 방어적인 자세를 취했어. 김재헌은 시선을 떼지 않은 채 물었어.

"솔직히 말해. 진짜 얘 가족을 봤어?"

누가 내 머리를 한 대 친 것 같았어. 조장이 대답을 하기도 전에 표정을 본 순간 깨달았어.

'거짓말이었구나.'

저 애는 우리 언니를 본 적이 없었어. 당황한 얼굴이 말 대신 진실을 전하고 있었어.

"왜 그랬어?"

저절로 입이 떨어졌어. 이해할 수 없었어. 왜 그런 거짓말을 했지?

조장은 김재헌의 눈치를 보더니 침을 삼켰어. 이내 작은 소리로 실토했어.

"은시호가 조장 회의에서 말했어. 자기 조 신입 가족이 도시를 떠돌고 있으니 보면 벙커로 데려와 달라고. 굶었을 테니까 개한테 먹을 거나 필요한 걸 지원해 달라고 했어. 지원 물품은 자기가 개인적으로 보상하겠다고 했지. 난 그 말을 듣고 생각했어. 만약 내가 봤다고 하면, 그 여자애를 위해서 먹을 걸 남겨 뒀다고 하면……."

"언니에게 먹을 걸 줬다는 거짓말로 시호한테서 물품을 뜯어냈구나."

아래층 침대에 앉은 애는 부정하지 않았어.

온몸이 마비되는 것 같았어.

언니랑 헤어진 게 열흘 전이었어. 목격담이 거짓이라면 언니는 진작 이 도시를 떠났을 수도 있었어.

'다시는 언니를 못 볼지도 몰라. 저 애 때문에. 먹을 것 좀 뜯어내려고 남의 가족을 가지고 거짓말한 애 때문에.'

나도 모르게 거짓말쟁이에게 다가갔어. 김재헌은 내가 가까이 가자 비켜 줬고 다음 순간 난 조장의 멱살을 잡아끌었어.

이층 침대에 걔 머리가 부딪쳤지만 눈에 들어오지 않았어. 어떻게 사람이 그럴 수 있지? 넌 굶는 것도 아니었잖아.

속에서 폭풍이 몰아치는 상태로 내게 멱살 잡힌 애를 봤어. 얼굴에 후회나 반성의 기미는 없었어.

'*재수 없게 걸렸네.*'

귀에 대고 속삭이는 것처럼 걔의 마음이 내게 흘러오는 것 같았어. 내가 미쳐 가는 걸까?

너무 놀라서 꼼짝할 수도 없는 그때 옆에서 침착한 목소리가 들렸어.

"내가 팰까?"

갑자기 뇌가 멈추는 느낌이었어.

가까스로 거짓말한 애에게서 시선을 떼고 옆을 봤어.

축구부의 대장은 내게 멱살 잡힌 조장을 가리키며 말했어.

"네가 때리는 것보다 내가 때리는 게 더 아플 거야."

그 순간 멱살을 잡힌 애가 움찔했어.

'*좆됐다.*'

다시 한번 머릿속에 걔의 마음처럼 들리는 소리가 울렸어.

내 손에 멱살이 잡힌 애에게서는 이제 두려움이 흘러나왔고 김재헌은 옆에서 가볍게 손목을 돌리며 거짓말쟁이의 전신을 위아래로 훑었어. 어디를 어떻게 팰까 견적 내는 것처럼.

그 순간 손에서 힘이 빠졌어. 터질 것 같던 마음도 가라앉았어. 모든 것이 너무 어이없어서 오히려 기운이 사라졌어.

"됐어. 네가 패면 그때부턴 애들 다툼이 아니라 사건이야."

만약 김재헌이 나를 말렸으면 더 화가 났을 거야. 언니처럼 더러운 성질머리가 터졌겠지. 하지만 나 대신 자기가 팰까 묻는 애 앞에서는 오히려 침착해졌어.

"지금 얘를 때린다 해도 달라지는 건 없잖아."

중요한 건 언니를 쫓아가는 거였어.

난 김재헌을 데리고 그곳을 떠났어. 난 떠나도 김재헌은 벙커에 계속 있을 거잖아. 다른 조 조장을 건드리는 게 내 친구한테 좋을 리 없었어.

우리 조 공동 공간에 돌아오고 얼마 지나지 않아 일을 마치고 다른 애들이 들어왔어.

"지금 뭐 하는 거야?"

시호가 물었을 때 난 가방에 개인 물품을 챙기고 있었어.

"벙커를 나가려고."

시호는 오늘이 내가 벙커에 남기로 한 마지막 날이라는 걸 기억하고 있었어. 아직 도시에서 언니가 목격되고 있으니 좀 더 기다려 보라고 했어. 언니를 목격한 조장을 설득해서 수색 구역을 바꾸려 한다고도 말했지.

"그거 거짓말이야."

시호에게 말했어. 처음으로 시호의 표정 없는 얼굴이 흔들렸어. 그 모습을 보며 계속 말했어.

"우리 언니 봤다는 말, 언니 위해서 먹을 거 남겨 놨다는 말, 다 거짓말이라고. 목격했다는 애 만나고 왔어. 너한테 먹을 거 얻으려고 거짓말했다고 하더라. 언니는 진작 떠난 거야. 내가 여기 있는 내내 언니랑 멀어진 거야. 너랑 처음 만난 그날 벌써 우리 언니는 이 도시를 떠났다고."

말을 할수록 원망조가 되었어. 시호 잘못이 아니라는 걸 아는데도. 벙커에 남아서 기다려 보기로 한 건 내 선택이며 거짓말한 게 시호가 아니라는 걸 알면서도. 왜냐면 난 은시호를 믿었거든. 그 애의 확고함, 차분함 같은 것을 높이 평가했지. 짙은 눈동자의 은시호가 정말 내 문제를 해결해 줄지 모른다고 나도 모르게 의지했어.

시호는 내 감정을 느꼈을 거야. 하지만 걔가 뭔가 말하려 입을 열었을 때 천장의 전등이 깜빡이더니 뭔가 터지는 것처럼 퍽 소리가 나고 꺼졌어.

스위치 가까이 있던 조원이 스위치를 다시 눌렀지만 불은 들어오지 않았어.

복도의 불도 전부 나가서 벙커는 깜깜했어. 오전부터 계속 전등이 깜박이더니 시설에 문제가 생긴 게 분명했어.

가장 먼저 시호가 손전등을 켰어.

"다들 진정해."

시호는 어느새 침착한 조장의 모습이었어. 조원들이 모두

자리에 있는지 빠르게 확인한 뒤 상황 파악을 위해 두뇌조 설비실에 가겠다고 했어.

하지만 상황 파악을 하러 설비실까지 갈 필요는 없었어. 천장에 금이 가기 시작했어. 공동 공간 천장만이 아니라 복도와 벽까지 벙커 전체가 갈라지고 있었어.

"무너진다!"

아이들의 비명이 터졌어.

머리 위에서 뚝뚝 끊어지는 소리가 나더니 천장이 움직였어. 움직이는 천장이라니. 아직도 잊을 수가 없어. 살면서 두 번 다시 보고 싶지 않은 광경이었어. 천장이 기울어지면서 부서진 시멘트 가루가 떨어졌어.

"출구로 달려!"

조장이 외쳤어.

어둠 속에서 누가 먼저랄 것 없이 뛰기 시작했어. 곳곳에서 손전등 불빛이 번쩍였어.

다른 조 사람들도 복도로 뛰쳐나왔어. 복도는 금세 수많은 수색조, 살림조, 관리조 아이들로 꽉 찼어.

뒤늦게 비상벨이 울렸어. 날카로운 소리가 벙커 전체에 귀를 찢을 것처럼 퍼졌어. 유사시를 대비한 비상등이 어둠 속에서 켜졌지만 얼마 지나지 않아 꺼졌어.

복도에 사람이 너무 많아서 아무도 달릴 수 없었어. 무거운 진동이 울렸고 천장이 다시 뒤틀리더니 큰 소리와 함께 내려

앉아 콘크리트 더미가 우수수 쏟아졌어.

곳곳에서 비명과 울음이 터졌어.

얼마 지나지 않아 머리 위에서 물이 쏟아졌어. 천장이 무너지면서 수도관이 끊긴 것 같았어.

생지옥이 따로 없었어. 창백한 손전등 빛이 여기저기 번쩍이고 머리 위에서는 물이 쏟아졌어. 부서진 콘크리트 조각에 맞았지만 아프지 않았어. 어떻게든 탈출해야 한다는 생각뿐이었어.

아비규환의 상황에서 간신히 복도를 빠져나왔어. 주변에 다른 조원은 보이지 않았어. 출구로 이어진 문간에서는 고장 난 소독 시스템이 위아래로 날뛰었어. 위에서는 독한 소독약 냄새가 나는 물줄기가 폭포처럼 쏟아졌고 아래에서는 뜨거운 바람이 찜통처럼 불었어.

평소 에너지 절약을 위해서라며 아껴 둔 승강기는 움직이지 않았고 많은 아이가 좁은 계단으로 몰렸어. 내가 계단에 막 다가갔을 때 벙커 전체가 흔들렸어. 지금까지 중 가장 강한 진동이 울렸고 무언가 나를 덮쳤어.

잠시 기절했다 깨어났을 때는 바닥에 깔려서 꼼짝할 수 없었어. 공포에 질린 아이들이 내 존재도 모른 채 나를 밟고 지나갔어. 그대로 압사할 것 같았어. 손전등의 불빛이 내 얼굴로 쏟아질 때까지.

"류미아!"

나를 발견한 건 김재헌이었어. 다른 모든 애들이 미친 듯이 벙커를 빠져나가려는 상황에서 걔는 몸을 돌려 안쪽으로 들어왔어.

내 위로 쓰러진 건 관리조의 철제 선반이었어. 김재헌은 물건을 치우고 선반 사이로 나를 빼냈어. 그리고 넘어지지 않도록 나를 꼭 잡았어.

사람이 통조림처럼 가득 찬 공간에서 모두 어떻게든 앞으로 나가려고 했고 그게 더 출구를 꽉 막히게 만들었어.

하지만 문제는 단순히 우리가 집단 패닉에 빠진 것만은 아니었어. 복도는 너무 좁았고 지상으로 올라가는 출구는 많은 인원을 대비해 설계된 공간이 아니었어. 벙커에는 제대로 된 대피로가 없었고 어떤 상황에서도 움직여야 하는 비상 시설은 작동하지 않았어. 여러 번 군중에 깔릴 뻔할 위기를 김재헌 덕에 벗어났어. 걔는 나를 단단히 감싸고 큰 키와 덩치로 버텼어.

마침내 지옥 같은 계단을 올라 벙커에서 빠져나왔을 때 등 뒤에서 세상이 무너졌어. 벙커가 있던 땅 자체가 싱크홀로 가라앉았어.

무너지는 땅은 엄청난 먼지 폭풍을 일으켰고 몸이 붕 떠서 날아갔어.

'기절하면 안 돼. 기절하면 안 돼.'

날아간 몸이 어딘지도 모를 벽에 부딪혀 떨어졌을 때 그 생각을 했던 기억이 나. '지금 기절하면 내가 언제 어떻게 죽는

지도 모른 채 죽을 거야!'

언제 어떻게 죽는지 아는 게 중요한 건 아니었지. 하지만 제정신이 아닌 그때는 그게 엄청나게 중요하게 느껴졌어.

기절하지 않은 덕에 간신히 몸을 틀어 얼굴을 가렸어. 폭풍 속에서 유리 조각과 건물 파편이 사방으로 튀었어.

얼마나 오래 그러고 있었을까. 먼지 폭풍이 마침내 가라앉았어. 발소리에 고개를 돌렸을 때 내가 미쳤다고 확신했어.

"너 괜찮아?"

언니가 눈앞에 있었어. 쏟아진 먼지에 머리카락은 물론 속눈썹까지 허옇게 된 채로.

무너진 세상에서 나는 언니를 바라봤고 언니는 우리가 헤어진 적 없었던 것처럼 달려와 내 상태를 살폈어.

"일어날 수 있겠어? 어디 봐 봐. 다쳤어?"

"……기절하면 안 돼."

속으로 되뇌던 말이 튀어나왔어.

언니의 표정이 심각해졌어.

"너 머리 부딪혔어?"

그쯤 되자 정신이 돌아오기 시작했어.

"진짜 언니야?"

"너한테 가짜 언니도 있냐?"

언니는 습관처럼 받아쳤어. 생각하기도 전에 조건 반사처럼 비꼬는 말이 튀어나오는 것 같았지. 어떤 상황이건 일단 동생에게는 심술궂게 말하는 게 언니의 기본 대처인가 봐.

언니 도움을 받아 벽에 기대어 앉았어. 하고 싶은 말이 많았는데 머리가 돌아가지 않아 생각이랑 입이 연결되지 않았어.

언니는 내 상처를 살폈어. 자잘한 파편에 피가 났지만 큰 부상은 없었어. 부딪힌 등부터 시작해서 몸 곳곳에 통증이 있었지만 뼈가 부러진 것 같지는 않았어.

"걸을 수 있으면 일어나. 땅이 더 무너질지도 몰라."

얌전히 언니 말을 따랐어. 일어서자 좀 더 정신이 들었어. 고개를 돌려 주변을 살폈어. 분명 김재헌이랑 같이 있었는데······.

멀지 않은 곳에서 마찬가지로 주변을 살피던 김재헌을 발견했어. 눈이 마주치자 개가 내 쪽으로 다가왔어. 김재헌도 상처투성이였지만 적어도 자기 발로 걸을 수 있었어.

우리 둘 다 미친 듯이 운이 좋았어. 무너지기 전에 벙커를 빠져나왔고 먼지 폭풍에 날아간 덕에 오히려 싱크홀에 휘말리지 않고 벗어날 수 있었지. 그러고도 천운으로 큰 부상 없이 제 발로 설 수 있었고.

가까이 다가온 김재헌이 나를 끌어안았어. 나도 마주 안았어. 우리 둘 다 벙커에서 죽지 않고 살았다는 걸 확인하고 싶은 심정이었어.

우리가 생존자의 감정을 나누고 있을 때 옆에서 언니가 말했어.

"미안한데 지금 이럴 상황이 아니거든? 더 무너지기 전에 여길 좀 벗어나는 게 어때."

우리 셋은 함께 거리를 벗어났어. 언니는 이곳 지리를 잘 아는 것처럼 앞장섰어.
"이 정도 붕괴면 도시 전체가 위험할 거야. 산으로 가는 게 나아."
등산로를 따라 걷다가 안전하다 싶은 곳에서 언니가 걸음을 멈췄어. 산 중턱에서 우리는 도시를 돌아봤어.
벙커가 있던 자리를 한 눈에 알 수 있었어. 모든 것을 땅속으로 삼킨 블랙홀 같았어.
멸망한 세상에서 우리가 모은 모든 것이 땅으로 빨려 들어갔어. 살아남은 아이들이 도시를 빈털터리로 만들며 끌어모은 모든 것이 사라졌어.
그것이 구세계의 마지막이었어. 전염병으로 어른이 죽은 세상의 유일한 벙커는 싱크홀에 삼켜졌어. 처음부터 적합하지 않았던 부지에 지은 벙커, 눈먼 나랏돈 빼먹으며 날림 공사로 지은, 온갖 부정부패로 얼룩진 '단군 이래 최대의 한국형 뉴딜 사업'.
지진과 전쟁, 노란 비로 약해진 지반에서 어른들이 시작하고 아이들이 쌓아 올린 바벨탑은 그렇게 구세계 최후의 멸망으로 무너졌어. 우리에게 남아 있던 마지막 희망과 함께.

12

언니는 처음부터 내가 끌려가는 걸 봤다고 했어.

"싸한 느낌이 들어서 내다보니까 네가 이상한 애들한테 끌려가는 거야."

틈을 봐 나를 빼내려고 따라갔는데 내가 지하로 들어갔다고 했지.

"그때 벙커 얘기가 생각났어."

언니는 생존자들이 벙커에 사회를 꾸렸다는 걸 눈치채고 그때부터 어떤 사회인지 지켜봤어. 수색조가 아침마다 벙커에서 나오고 저녁에는 도시 곳곳에서 찾은 물건을 검사받는 모습, 방어조가 출입구를 지키고 있는 모습을.

건물 곳곳에 있는 × 표시의 의미를 파악하고 표시가 없는 건물에서 먹을 것과 필요한 것을 찾은 뒤 잠은 이미 수색조가 거쳐 간 곳, × 표시가 된 건물에서 잤다고 했어.

그리고 높은 건물에 올라 망원경으로 벙커를 계속 살폈다고 했어. 이 도시의 지도를 구해서 지리도 파악했지.

"왜 나 찾으러 안 왔어?"

언니가 망설이다 말했어.

"네가 잘 지내는 것 같아서."

언니는 내가 조원들과 있는 모습을 봤는데 내 표정으로 보나 아이들과 말하는 걸로 보나 벙커에 자리를 잡고 잘 지내는 것처럼 보였다고 했어.

"잘 살고 있는데 내가 찾아가는 걸 네가 원할까 싶었어."

믿을 수 없었어. 하지만 언니 얼굴을 보니 진심으로 하는 말이었어. 언니는 우리가 싸우고 내가 우는 모습 보이기 싫어 자리를 떠난 걸 심각하게 생각했어.

"그렇게 나가서 네가 날 다시 안 볼 생각인가 싶었지. 너도 나 안 찾고 걔네랑 다녔잖아."

난 혼자 무작정 도시를 돌아다니는 것보다 기다리면 언니가 수색조에 발견될 거라는 말을 듣고 벙커에 남았다는 얘기를 했어. 내 말을 듣고 언니는 어깨를 으쓱했어.

"어쨌든 난 벙커에서 지낼 생각은 없었어. 단체 생활이라면 지금까지 학교 다닌 걸로 충분해."

언니의 목표는 언제나 남쪽의 할머니 댁이었어. 하지만 무사히 도착할 수 있을지도 모르고 도착해도 거기가 천국이 아닐 수도 있다는 걸 알았지. 그런 상황에서 내가 따뜻한 물이 나오고 안정적으로 식사를 할 수 있는 벙커를 나와 같이 떠날 거라고 확신하지 못한 거야.

나한테 여기 남을 건지, 아니면 계속 할머니 댁으로 갈 건지 물어보려 했지만 내가 벙커에 남을 수도 있다는 생각이 들자 도저히 물어볼 수 없었다고 했어. 언니가 그렇게 약한 모습을 나에게 솔직하게 드러내는 게 생소했어. 떨어져 지내는 동안 언니가 조금 변했다는 생각이 들었어.

언니 말로는 내일은 나한테 꼭 물어보자, 그렇게 하루하루 미루다가 도시 곳곳에 싱크홀이 생기고 지진이 일어나는 걸 보고 불안해졌다고 했어.

"오늘도 건물 옥상에서 벙커를 지켜보는데 땅이 들썩거리는 거야. 그러더니 곳곳의 출입구에서 애들이 뛰쳐나오는 게 보였어."

상황이 심상치 않은 걸 깨닫고 벙커로 달려왔다고 했어. 땅이 완전히 무너지자 주변에서 나를 찾아다니다 발견했다고 했지.

언니랑 내가 그간의 사정을 얘기하는 동안 점점 더 많은 아이가 산에 도착했어. 다들 도시에서는 바닥에 금이 가고 건물이 흔들려서 불안했던 거야.

우리 자매가 대화하는 동안 자리를 비켜 줬던 김재헌이 돌아와 다른 생존자에게 들은 얘기를 전했어.

"두뇌조는 한 명도 못 빠져나왔대."

두뇌조는 벙커 밖에 나갈 일이 없어서 출입구와 먼 중앙에 있었어. 천장이 무너지고 복도와 출입구가 사람으로 꽉 막힌 상태에서 가장 안쪽 구역에 있던 애들은 빠져나오지 못한 거야.

미리 알았어야 했다고, 시간이 흐른 뒤에 생각했어. 지금 와 돌이켜 보면 얼마나 많은 전조가 있었는지. 그 당시 G시 곳곳에는 크고 작은 싱크홀이 생겼어. 아무리 전에도 비슷한 일이 있었다 해도 그 정도 빈도, 그 정도 규모의 붕괴는 심상치 않았어. 땅은 전쟁에 이어 지진까지 겪었고 연이어 쏟아진 노란 비가 약해진 땅에 어떤 영향을 끼쳤는지 알 수 없었지. 애초에 조사에서 적합하지 않다는 결과가 난 땅에 지은 벙커가 안전할 리 없었어. 게다가 벙커 자체도 문제가 많았어. 애들 눈으로 봐도 제대로 된 시설이 아니었지. 폭우가 쏟아질 때 출입구에 물 빠지는 시스템 하나 없을 정도로 엉망이었어. 그리고 그날 오전부터 깜빡이던 전등…….

우리는 파멸의 조짐을 무시했던 거야. 심각한 일은 일어나지 않을 거라고, 오늘도 어제와 같고 내일도 오늘과 같을 거라고, 지금 삶의 방식대로 계속 살 수 있을 거라고 다 같이 눈과 귀를 막았던 거야.

기후가 변하고 환경이 파괴되는 조짐을 봤지만 변화 없이 살아간 어른들처럼, 종말이 피할 수 없이 닥쳐올 때까지 살던 대로 계속 살아간 사람들처럼.

있잖아, 너는 그래서는 안 돼.

네 삶에 파멸의 기운이 흐르기 시작하면. 전조, 징조, 조짐, 예감, 어떤 것이건 인간이 지금처럼 살 수 없다는 신호가 나타나면 알아볼 수 있어야 해.

눈을 뜨고 있어야 해.

어른들처럼, 나처럼, 그냥 무심히 지나치면 안 돼. 네 주변에서, 네 삶에서 무슨 일이 일어나고 있는지 알아야 해.

오늘도 어제와 똑같을 거라고, 내일도 오늘과 똑같을 거라고, 생각 없이 일상에 파묻히면 안 돼. 눈을 뜨고 귀를 열어 세상을 마주해야 해.

어느새 날이 어두워져서 손전등 불빛이 드문드문 산을 비췄어.

산으로 올라온 아이들은 가까운 사람의 이름을 외쳤어. 즉시 응답하는 이름이 있는가 하면 대답이 없어 결국 부르는 사람도 침묵하게 되는 이름이 있었어. 시간이 흐를수록 대답하지 않는 이름이 많아졌어.

김재헌은 축구부 애들을 찾았어. 죽은 사람은 없었지만 한 명이 다리를 다쳤어. 붕대나 약 같은 게 없어서 김재헌은 급한 대로 나무를 꺾어 부목을 만들었어.

그 모습을 지켜보는데 언니가 옆에서 말했어.

"떠나야 해."

언니를 돌아봤어. 우리가 막 집 밖에 나왔을 때처럼 팽팽한 고무줄 같았어. 머리부터 발끝까지 긴장한 채 언제든 튕겨 나갈 준비가 된 모습.

"이 도시는 벙커가 쓸어 가서 쓸 만한 게 없어. 땅도 약해져서 언제 또 붕괴가 일어날지 몰라. 먹을 것도 없고 쉴 곳도 없는 곳에 사람만 있는 게 좋을 리 없어. 최대한 빨리 떠나야 해."

언니는 단호했어. 벙커가 멀쩡했을 때는 몰라도 이런 상황에서는 나를 여기 둘 수 없다고 했어.

언니 말이 맞았어. 먹을 것도 없고 안전하지도 않은 곳에 사람만 많은 게 좋을 상황이 아니라는 거 나도 알았어. 하지만 머리로는 알아도 발이 쉽게 떨어지지 않았어.

나도 모르게 주변을 둘러봤어. 어두워지는 산속에서 손전등을 가진 아이들이 어둠을 뚫고 빛을 내고 있었지. 그 속에서 시호를 발견했어. 눈이 마주친 순간 시호가 내 쪽으로 걸어왔어. 옆에는 차로아가 있었어.

"언니 찾은 거야?"

시호가 우리 둘을 보고 물었어.

나는 고개를 끄덕였어.

"다행이다."

조장은 진심으로 말했어. 그리고 다시 입을 열었어.

"미안해."

문명 최후의 보루가 무너진 상황에서 은시호는 내게 그 말을 했어. 미안하다고. 거짓말로 목격했다고 할 줄은 몰랐다고, 자기가 더 신중했어야 했다고.

시호를 원망하는 마음은 들지 않았어. 이미 언니를 찾은 뒤였고 빠져나오지 못한 아이들의 죽음 앞에서 사사로운 원망을 품을 수 없었어.

옆에서는 언니가 여전히 경계하는 눈빛으로 시호와 차로아를 살폈어. 팔짱을 끼고 뒤로 물러난 모습이 대화에 낄 생각 없다는 게 분명했지.

"넌 앞으로 어떻게 할 거야?"

시호에게 물었어. 시호의 짙은 눈동자가 내게 향했어.

"다시 시작해야지. 처음부터."

그 애는 말했어. 사람들을 모으고 부상자를 돌보는 일을, 질서를 유지하고 먹을 것과 마실 것을 구하고 안전한 곳을 찾아가는 일을 하겠다고.

자기 혼자 살아남는 것이 아니라 모든 생존자의 삶을 생각하고 있었어.

'시야 자체가 다르구나.'

난 항상 나 아니면 가족인 언니만 생각했어. 때때로 다른 사람을 생각할 때도 있었지만 사회를 생각한 적은 없었어. 하지만 은시호는 달랐어. 걔의 마음속은 훨씬 더 크고 넓었어.

"이번에는 다르게 할 거야."

시호가 말했어.

"벙커에 문제가 있었다는 거 나도 알아. 조장들은 자기 역할을 책임 대신 특권으로 받아들였고 타지 사람을 차별하고 같은 동네, 같은 학교 등 끼리끼리 뭉쳐 패를 만들었지. 모든 것이 처음 우리가 생각한 것처럼 공평하지 않았고 무엇보다 우린 약자를 쳐 냈어."

눈이 마주치는 순간 걔가 무슨 생각을 하는지 알 수 있었어.

새총에 다친 애, 역할을 못 하게 되자 벙커에서 내쳐진 애를 생각하고 있었어.

은시호는 입술을 깨물더니 말했어.

"다시 세울 사회는 사람을 부품처럼 쓰다 버리지 않을 거야. 내가 그렇게 두지 않을 거야."

모든 게 땅 밑으로 사라진 폐허 속에서 시호는 의지와 신념으로 새로운 미래를 준비하고 있었어.

"너는 어떻게 할 거야?"

시호가 물었어.

나는 뒤를 돌아 언니를 봤어. 꽉 닫힌 얼굴. 긴장한 어깨. 주변에 점점 늘어나는 생존자를 경계하는 눈빛.

언젠가는 정말 시호가 생각하는 사회가 만들어질 수도 있겠지. 하지만 시호가 원하는 세상은 하루아침에 만들어지지 않을 거야. 아직 그런 사회가 만들어지지 않은, 다치고 굶주린 생존자가 가득한 이곳은 위험했어.

오래 생각할 필요 없었어. 결정은 이미 내려져 있었어. 은시호가 만들 세상이 궁금했지만 난 그 세상에 있지 않을 거야. 그 세상에 언니가 없다면.

"언니랑 나는 떠날 거야."

긴장했던 언니의 몸이 살짝 풀리는 게 느껴졌어.

시호는 잠시 나를 바라보다가 내 대답을 받아들였어. 한순간 단단한 눈에 아쉬움이 스쳤어.

"떠날 거면 빨리 가는 게 좋을 거야."

시호의 한 발짝 뒤에서 대화를 지켜보던 차로아가 말했어.

"지금은 벙커가 무너진 충격으로 조용하지만 정신 차리고 자기 앞날을 걱정하기 시작하면 상황이 불안해질 거야. 생존자들이 규율 없이 무작정 벙커에 몰렸던 초기에도 상황이 아름답지는 않았어."

언니가 내 손을 잡았어. 빨리 이곳을 떠나고 싶어 하는 걸 알 수 있었어.

나는 거기서 은시호, 차로아와 작별했어.

멀리서 누군가 시호의 이름을 불렀고 조장은 내게 마지막 인사를 한 뒤 그쪽으로 향했어. 차로아 역시 작별 인사를 남기고 항상 그랬던 것처럼 시호 뒤를 따라갔지.

두 사람의 뒷모습을 보며 그런 생각이 들었어.

차로아는 모두를 생각하는 사람에게 단 하나의 특별한 존재가 되길 바란 건 아니었을까. 그런 날이 오지 않을 거라는 걸 누구보다 잘 알면서 계속 주위를 맴돌며 도움이 되길 바란 건 아닐까. 언젠가는 앞에서 걸어가는 사람이 자기를 봐 줄지도 모른다고 바라며.

"이제 떠나는 거야?"

옆에서 언니가 말했어.

"잠깐만 더 기다려 줘."

나는 김재헌에게 향했어.

처음 만났을 때처럼 축구부 넷이 똘똘 뭉쳐 있는 게 보였어. 지금까지 온갖 일을 함께 겪은 애들. 앞으로도 함께 세상을 버텨 나갈 각오가 된 애들이었지.

나를 보고 김재헌이 내 쪽으로 왔어. 나머지는 다친 애 주변을 경호원처럼 지켰어.

"난 언니랑 여길 떠날 거야."

김재헌은 잠시 말이 없다가 잘 생각했다고 했어.

"그게 좋을 거야. 먹을 것도 마실 것도 없는 곳에서는 움직일 수 있다면 빨리 떠나는 게 좋아."

김재헌은 떠날 수 없었어. 다리 다친 애를 뼈가 붙기 전에 이동시킬 수는 없었지.

잠시 둘 다 말이 없었어. 무슨 말을 해야 할지 몰랐지만 쉽게 헤어질 수 없었어.

우리는 정해진 이별을 미루며 얘기를 나눴어. 나는 김재헌에게 벙커를 빠져나올 때 구해 줘서 고맙다고 했고 김재헌은 빚을 갚은 거라고 했지.

"말했잖아. 언젠가 네가 날 구한 걸 절대 후회하지 않게 할 거라고."

김재헌은 말끝에 웃어 보이려 했지만 성공하지 못했어. 우리 둘 다 웃음이 나지 않았어.

결국 작별 인사를 하고 돌아서려는데 김재헌이 내 이름을 불렀어.

"류미아."

돌아보니 김재헌이 손을 내밀고 있었어. 처음 내가 걔의 존재를 깨달았을 때처럼, 그리고 우리가 진짜 친구가 되었을 때처럼.

나는 그 손을 잡았어. 둘 다 아무 말도 하지 않았어.

내 손을 잡은 김재헌의 손에 잠시 힘이 들어갔어. 놓고 싶지 않은 것처럼. 그러나 영원히 그러고 있을 수는 없었어. 잠시 후 손이 떨어졌어.

뒤돌아서 나는 언니에게로, 김재헌은 축구부 애들에게로 걸어갔어.

쟤를 다시 만나지 못하겠구나, 그런 예감이 들었어.

어둠 속에서 손전등 하나만 가지고 산을 내려가는 건 쉽지 않았지만 언니는 생존자들 틈에서 밤을 보내고 싶어 하지 않았어. 비틀비틀 산길을 내려가는데 뒤에서 목소리가 들렸어.

"미아야!"

박찬민이었어. 터진 수도관에서 쏟아진 물을 맞았는지 흠뻑 젖어 있었어.

"시호한테 들었어. 너 떠난다며!"

키 작은 아이는 언니를 보더니 가족을 찾은 걸 축하했고 내가 생존을 확인하지 못한 다른 조원들 얘기도 했어. 시호를 중심으로 다시 아이들이 모인다고 했어. 놀랍게도 축구부도 합류했다고.

속사포처럼 말을 쏟아 내던 박찬민은 불쑥 손을 내밀었어.

"이거 가져가."

과일 맛 사탕 한 줌이었어.

"주머니에 그거밖에 없더라."

그 순간 말문이 막혔어. 쓸 만한 모든 것이 땅속으로 가라앉은 세상에서 걔는 자기가 가진 걸 나에게 주고 있었어. 앞으로 같은 무리에 있을 것도 아니고 다시 볼 일 없이 떠나는 사람에게.

이유를 묻는 내 눈빛을 알아챘는지 박찬민은 말했어.

"우린 친구잖아."

당연한 것처럼, 망설임 없는 목소리로.

나는 박찬민을 가깝게 생각하지 않았어. 벙커에서 지내는 동안 내가 특별하게 여긴 애들은 다른 사람이었어. 하지만 박찬민은 나를 친구로 여겼고 떠나는 내게 자기가 가진 것을 주었어.

"고마워."

울컥 목이 메었어.

"조심히 가."

박찬민이 손을 흔들었어. 그리고 자기 손전등 불빛이 닿는 데까지 언니랑 내가 가는 어두운 산길을 비춰 줬어.

언니랑 나는 그렇게 산을 내려와 G시를 빠져나왔어.

언니가 챙긴 지도를 보며 도시의 경계를 넘었을 때 마음이 이상하게 쓰라렸어.

어떤 알 수 없는 가능성을 두고 가는 기분이었고 자꾸 눈물이 흐르려 했어.

그 도시, 그 괴상한 벙커에서 내가 겪었던 건 무엇이었을까. 미처 다 자라기 전에 두고 온 미숙한 마음은 무엇이었을까.

나는 몰랐어. 그냥 가슴이 아팠어. 마음이 아프다는 비유적인 표현이 아니라 정말로 심장이 뻐근하게 고통이 느껴졌어.

지금 와서 돌이켜 보면 그때의 난 너무 미숙했어.

무엇보다 내 감정이 무엇인지 확신하지 못했지. 사랑, 우정, 동경, 인정받고 싶은 마음, 누군가에게 특별해지고 싶은 마음 등등. 내가 원한 게 우정인지 사랑인지, 때로는 어떤 것을 누구에게 바랐는지도 헷갈렸지.

하지만 분명 마음이 거기 있었어.

뚜렷해지기 전 땅속 깊은 곳으로 매장된 무언가가.

시간이 흐른 뒤 거듭해서 벙커에서의 그 길고 짧았던 생활을 돌이켜 보다 어느 순간 나는 깨달았어.

그때 거기 나의 마음만 있었던 게 아니구나.

나만 미숙하고 서툴렀던 게 아니구나.

어쩌면 김재헌은 나랑 친구만 되고 싶었던 게 아니었을지도 몰라. 친절을 다른 사람이 아니라 나에게만 갚겠다고 고집하던 마음이 무언지 그때 나도 걔도 잘 몰랐던 걸지도 몰라.

그 밖에 누가 누구에게 항상 시선을 향하고 있었는지, 누가 누구의 곁에 맴돌았는지는 내가 그곳을 벗어나 나이가 들면서 알게 됐어. 시호를 향한 차로아의 행동만이 아니야. 그때 불독이 항상 자기보다 누구를 최우선으로 생각했는지 같은 건 나중에야 떠올랐지. 그 마음의 대상은 나만큼이나 알지 못했던 것 같지만.

그 시절 그때 그곳에 많은 연한 마음이 있었다는 걸 이제는 알아.

하지만 당시 G시를 떠날 때는 몰랐어.

나는 오직 나의 감정, 나의 마음에만 사로잡혔고 그것조차 뚜렷이 알지 못했지. 도시를 떠나면서 나는 상실감을 느꼈지만 정확히 무엇을 잃었는지 알지 못했어. 그저 가슴이 아플 뿐이었지. 그 시절 내가 누구에게 무엇을 바랐는지도 알지 못한 채 나는 울었어. 내가 잃은 것의 이름도 붙여 주지 못한 채.

어두운 밤길을 앞장서서 걸어가면서 언니는 뒤돌아보지 않았어. 그렇게 내가 울 수 있게 놔뒀어.

언니 앞에서 울고 싶지 않아서 떠났던 나는 더 이상 언니를 떠나지 않았어. 언니랑 같은 공간에서 울었고 언니는 내 울음을 조용히 함께했어. 그 밤 걷고 또 걸어 우리가 G시를 벗어날 때까지.

1

 그 후 언니와 내가 여정을 무사히 보낼 수 있었던 건 고속도로를 따라 걸었기 때문이었어. 종말 이후 생존자 대부분은 살던 곳을 떠나지 않았어. 우리처럼 할머니 댁 같은 목적지가 없는 한 살던 곳에 머물렀지. 이동해도 고속도로를 따라 걷는 아이들은 없었어. 고속도로가 망한 세상의 블루 오션이었고 언니와 나의 생존 비결이 되었지.
 도로는 차로 빽빽했어. 전쟁이 일어나고 공항이 멈추자 다들 차를 몰고 도망친 거야. 차 안에서 피터 팬 바이러스로 죽어 가루가 된 사람도 있었고 안에 사람의 흔적이 없는 빈 차도 있었어. 도로가 막히자 차를 버리고 떠난 거였겠지. 그래 봤자 죽음에서 벗어나지 못했겠지만.
 언니랑 나는 차를 털면서 이동했어. 사람들은 도망길에 오르며 먹을 것을 챙겼고 그것들은 주인 없이 남겨졌으니까.

1세대 고속도로 털이범으로서 우리는 벼락부자가 되었어. 차를 터는 것도 쏠쏠했지만 주유소와 휴게소는 복권 당첨이나 다름없었어. 거리를 부순 폭도들은 그곳까지 오기 전에 죽었고 도로로 쏟아진 사람들은 휴게소에 들릴 여유가 없었거든.

우리는 휴게소에서 카트를 꺼내 물건을 넣었어.

그렇게 도로 생활이 시작됐어. 날이 밝으면 카트를 끌며 도로를 걷고 차를 털어 필요한 걸 챙겼어. 밤이 되면 빈 차에 들어가 잠을 잤고.

그런 생활이 변한 건 우기가 끝나고 폭염이 시작되면서였어. 폭우가 쏟아지는 게 지긋지긋했다면 폭염은 지겨워할 기운도 남지 않았어. 하늘에서 살기 어린 햇볕이 쏟아졌고 숨만 쉬어도 기운이 빠졌어. 세상이 망하기 전에는 냉방 장치가 있었어. 집, 학교, 가게, 회사, 어디든 냉방 장치가 팽팽 돌았지. 안에 들어가지 않아도 가게의 열린 문으로 냉기가 쏟아졌어. 물론 그것 때문에 기후는 더 망가졌겠지만.

냉방 장치가 없는 세상에서 끓어오르는 도로를 걷는 건 사람이 할 수 있는 일이 아니었어. 땡볕에 서 있는 것만으로 목숨의 위험이 느껴졌어.

도저히 견딜 수 없어서 우리는 불빛 때문에 다른 생존자에게 발각될 각오를 하고 밤에 걸었어. 해가 떠 있는 동안에는 도로를 벗어나 주변 산에서 나무 그늘에 텐트를 치고 잤지. 햇볕에 지글지글 가열된 차 안에서는 자다가 죽을 것 같았거든.

옛날에는 이 나라에 사계절이 있었다고 해. 봄, 여름, 가을, 겨울. 아주 오래전에는 나라의 자랑거리로 '뚜렷한 사계절'을 내세웠던 적도 있었다더라.

하지만 내가 자라면서 겪은 계절은 꽃 피는 봄이나 푸른 하늘이 높은 가을이 아니었어. 내가 겪은 계절은 황사와 미세먼지의 봄, 우기와 폭염의 긴 여름, 순식간에 사라져 계절이라고 부르기 멋쩍은 가을, 이상 고온 아니면 혹독한 한파로 갈리는 겨울이었어.

가끔은 궁금해. 처음 기후가 변하는 걸 느낀 사람들이 무슨 생각을 했는지. 자랑이었던 '뚜렷한 사계절'이 망가지는 걸 처음 감지했던 사람들. 여름이 팽창하고 가을이 축소되는 걸 실감한 사람들. 하늘이 뚫린 것처럼 쏟아지는 집중 호우로 비의 체질이 바뀌는 걸 목격했던 이들. 지금의 폭염이 앞으로 인류가 겪을 '가장 시원한 여름'이라는 걸 알게 된 사람들.

그들은 무슨 생각을 했을까. 변화가 무서웠을까. 어떻게든 되돌려 보려 했을까.

살인 광선 같은 햇볕이 쏟아지는 대낮의 그늘에 누워 그런 생각을 했어.

상황이 변했어. 지구를 뒤덮었던 구십억의 인간 중 성인은 모두 죽었고 미성년자도 피터 팬 바이러스에 사망한 이가 꽤 있었어. 어른의 돌봄을 받지 못한 갓 태어난 아기들도 거의 다 죽었을 거야.

궁금했어.

지구 전체에 생존자는 얼마일지.

그리고 인류의 숫자가 줄어 환경이 바뀔지.

환경 파괴를 돌이킬 수 없다며 인류 종말 선언을 선포하고 머리에 에너지 총을 쏜 과학자들이 생각났어. 돌이킬 수 없다는 계산은 인류가 구십억의 인구인 상태에서 노력했을 때의 결론이었지. 사람이 이렇게 많이 죽으면 '돌이킬 수 없다.'라는 결과도 바뀔까?

그때의 난 답을 알지 못했어. 그저 생각을 멈추고 숨 막히는 더위 속에서 어떻게든 잠을 청해 보려 노력했지.

그렇게 시간이 흘렀고 어느 날 날이 밝아 다시 그늘을 찾던 때였어.

우리는 카트를 끌고 도로에 이어진 산길로 빠졌어.

"저기 봐."

언니가 가리키는 곳에 캠핑 도구를 파는 가게가 있었어. 알고 보니 근처 산에 캠핑장이 있었어.

문명이 망한 후 캠핑 도구를 파는 가게만큼 우리에게 유용한 곳이 없었어. 이제 캠핑 도구는 여가용 취미 물품이 아니라 생존의 필수품이었지.

우리는 휴식은 뒤로한 채 카트를 가게 앞에 두고 안으로 들어갔어.

환기가 되지 않아 텁텁한 공기에 숨이 막혔어. 햇빛 속에 있다가 실내로 들어오자 캄캄하게 느껴졌어.

"뭐든 필요한 걸 찾아."

언니가 말하고 걸어갔어.

폭염이 시작되면서 우리는 긴 대화를 하지 않았어. 너무 더워서 서로의 존재를 견딜 수 없었거든. 뜨거운 살갗과 땀 냄새……. 인간이 온기를 가진 존재라는 게 그토록 끔찍하게 느껴진 적이 없었지.

우리는 떨어져서 가게를 돌았어. 밖에서 본 것보다 큰 가게였어. 취사도구 코너를 돌아 램프를 살피는데 뭔가 이상했어.

"무슨 소리 못 들었어?"

"쥐겠지."

언니가 대수롭지 않게 말했어. 인간이 사라진 세상에는 어디나 쥐가 들끓었어.

대화는 거기서 끊겼어. 언니가 '생존주의' 코너를 발견했거든.

극한 상황에서 서바이벌 캠핑을 하고 싶은 사람들을 위한 코너였어. 우리 둘 다 가방을 열어 알약형 정수부터 담았어. 세상이 이렇게 되니 물보다 귀한 물건은 없었어.

알약형 정수를 챙긴 진열대에서 생존용 정수 기계를 발견했어. 심각한 오염수도 식수로 바꾼다는 기계였지. 기계는 진열된 것 하나뿐이었어. 우리는 기계를 챙기고 설명서를 살폈어. 설명서대로라면 안에 부품이 더 있어야 하는데 진열 상품은 겉만 조립된 상태였어.

"부품을 버리지는 않았을 테니 가게 어딘가에 있을 거야."

설명서의 그림을 보고 부품의 생김새를 익힌 후 가게를 뒤졌어. 하지만 아무리 찾아도 필요한 부품은 없었어.

"저 안에 있는 거 아니야?"

계산대 뒤에 있는 창고로 들어갔어. 창문이 없어서 캄캄했고 눈이 어둠에 적응하는 데 시간이 걸렸어.

그리고 어둑한 창고 안에서 내가 들은 게 쥐 소리가 아니라는 걸 알게 되었어. 우리 말고 다른 생존자, 먼저 가게에 들어온 사람이 있었어. 까마귀 날개처럼 새까만 흑발의 여자애였어. 옅은 색의 눈이 번득였고 윤곽이 선명한 이목구비가 일그러졌어. 덫에 걸린 야생동물처럼 그 애에게서는 경계, 긴장, 위협의 냄새가 났어. 우리가 오는 걸 알았는지 한 손에 대걸레 자루를 무기처럼 들고 있었지만 나는 그 애의 반대편 손에서 시선을 뗄 수 없었어. 내가 조금 전 설명서에서 본 정수 기계의 마지막 부품을 쥔 손에서.

2

 상황은 이랬어. 캠핑용품을 파는 가게에서 구색 맞추기로 진열한 단 하나의 생존용 정수 기계가 있었지. 본격적인 마니아 생존주의자를 위한 도구, 전쟁이나 전염병 등의 극한 상황에서 쓸 수 있다는 도구. 그 기계의 일부는 언니랑 내가 가지고 있었고 나머지는 다른 생존자가 들고 있었어.

 망한 세상에서 안전한 물은 무엇보다 중요했어. 인간은 며칠 굶을 수는 있어도 물을 마시지 않을 수는 없었지. 우리는 정수 기계가 꼭 필요했어.

 언니가 들고 있던 기계를 내려놓았어. 우리는 둘이고 상대는 한 명이었어. 대걸레 막대 말고 다른 무기도 없었지. 둘이 덤비면 제압할 수 있을 거였어.

 상대도 우리 생각을 눈치챘어. 부품을 높이 들고 말했어.
"한 발만 더 움직이면 부숴 버릴 거야."

우리는 부품만 넘기면 보내 주겠다고 했지만 통하지 않았어. 우리한테 넘기느니 부수겠다고 했지.

창문 없는 창고에서 셋이 대치했어. 땀이 비 오듯 흘렀고 답이 보이지 않았어. 싸워서 뺏자니 물건이 망가질 것 같고 그렇다고 그냥 놓아줄 수도 없고.

계산하는 눈으로 상대를 바라보던 언니가 결정을 내렸어.

"휴전하자."

뺏을 수도 없고 포기할 수도 없다면 합의점을 찾을 수밖에 없었지. 덫에 걸린 짐승처럼 경계하던 상대방도 다른 방법이 없다는 걸 깨달았고 우리는 대화를 시작했어. 셋 다 지뢰밭에 선 것처럼 자리에서 움직이지 않은 채 말했지.

걔는 알리나라고 했어. 알리나 한.

고려인과 러시아인의 후손인 알리나는 서울에 있다가 종말을 맞았고 남쪽 지역의 고려인 마을에 있는 가족을 찾으러 가는 중이라고 했어.

고려인 마을로 가는 길과 할머니 댁으로 가는 길은 꽤 겹쳤어. 길이 갈라질 때까지 함께 다니자는 얘기가 나왔어.

"너도 혼자보다는 우리랑 같이 다니는 게 낫지 않아?"

누가 온전한 정수 기계를 차지할지는 헤어질 때까지 생각해 보자고 언니가 제안했어. 알리나는 내키지 않아 보였지만 창고 문을 가로막은 우리를 보고 고개를 끄덕였어.

그렇게 타협이 이루어졌고 언니랑 나는 설명서를 보고 정수 기계를 분해해 절반씩 나눠 가졌어. 다른 부품은 여전히 알리나가 가졌지.

그때쯤에는 태양이 하늘 한가운데 떴어. 밖에 나갈 엄두가 나지 않아 우리는 가게 2층의 살림집으로 올라갔어. 해가 지고 숨통이 트일 때까지 눈을 붙이기로 했지.

잠자리를 마련하는데 언니가 눈짓을 했어.

나는 고개를 끄덕였어.

말할 필요 없었어. 알리나가 잠이 들면 우리는 부품을 훔쳐서 떠날 거였어. 휴전 제안은 개 손에서 부품이 망가지는 걸 피하기 위한 것뿐이었어.

누워서 잠든 척하려는데 알리나가 다가왔어. 걔는 언니를 보고 있었어. 우리 중 누가 결정권자인지 파악한 것 같았지.

알리나는 말했어.

"잠든 사이 너희가 부품을 훔쳐 갈 수도 있잖아."

언니는 아니라고 하지 않았어. 믿지도 않을 텐데 뻔한 거짓말을 할 필요 없었지. 그 대신 되물었어.

"그래서?"

"자는 동안 담보가 필요해. 너한테 중요한 걸 나한테 묶어 두고 잘래."

"정수 기계는 안 돼. 네가 부품이랑 같이 챙겨서 혼자 떠날 수 있잖아."

"그거 말고 다른 걸로 할게."

언니는 고개를 끄덕였어. 걔가 담보로 뭘 챙기건 우리가 버리지 못할 물건은 없었어. 우리에게는 젖과 꿀이 흐르는 고속도로가 있었고 알리나가 뭘 고르건 온전한 정수 기계를 챙기는 대가로 포기할 수 있었지.

언니와 합의를 끝내자 알리나는 내 쪽으로 몸을 돌렸어.

그리고 순식간에 내게 수갑을 채웠어.

깜짝 놀라 뒤로 물러났지만 늦었어. 수갑의 한쪽은 내 손목에, 다른 쪽은 알리나의 손목에 있었어.

"무슨 짓이야?"

나보다 언니가 먼저 소리쳤어.

알리나는 태연하게 말했어.

"너한테 중요한 걸 내게 묶을 거라 했잖아."

알리나는 여전히 시선을 언니에게 둔 채 말을 이었어.

"얘 네 동생이지? 다른 건 다 버려도 동생은 못 버리잖아."

그날 처음 만난 타인은 내 손에 수갑을 채우고 분노한 언니를 보며 웃었어. 색이 옅은 눈동자가 승리감에 빛났지. 그렇게 적과의 공생이 시작됐어.

*

알리나와의 휴전은 생각보다 오래 지속됐어. 처음 휴전을 제안했을 때는 이렇게 길어질 줄 몰랐어. 그날 바로, 혹은 며칠 안에 개가 방심한 순간 부품을 들고 튈 생각이었으니까. 하지만 우리는 서로에게서 벗어나지 못했고 같이 고속도로를 털며 남쪽으로 걸었어.

알리나는 매일 잠들기 전 나와 자신에게 수갑을 채우고 열쇠는 자기만 아는 곳에 숨겼어. 알리나가 내게 수갑을 채울 때마다 언니는 분노로 가득 차 개를 노려봤어.

언니는 수갑의 열쇠 찾기, 수갑을 못 쓰게 망가뜨리기, 부품 훔치기 등 다양한 방법을 시도했지만 성공하지 못했어. 언니의 발버둥은 알리나의 예상 범위에 있었지.

나는 저러다 언니가 폭발할까 두려웠지만 그 밖에 걱정되는 건 없었어. 처음에는 알리나를 경계했지만 같이 지내다 보니 괜찮았어.

'사람을 해칠 애는 아니야.'

알리나는 잠잘 때 자기 보호를 위한 담보로 내게 수갑을 채우는 것 이상의 행동은 하지 않았어. 함께 빈 차를 털고 휴게소 화장실에 비치된 생리대를 나눠 가지고 열리지 않는 자판기를 넘어뜨리면서 그 정도는 알게 되었지. 망한 세상에서 그런 믿음은 쉽게 생기는 게 아니었어.

셋이 그렇게 밤새 고속도로를 걷고 날이 밝으면 태양을 피할 곳을 찾는 것에 익숙해지던 어느 날이었어. 그날따라 주변에 그늘이 없었어. 해가 강해지면서 우리는 초조해졌어. 한낮의 태양 아래 그늘도 없이 있으면 정말 죽을 수 있었으니까.

우리는 그늘을 찾아 걷다가 소도시에 진입했어. 시간이 오래전에 멈춘 것 같은 곳이었지.

셋 다 마침내 햇볕을 피하게 되어 안도했어. 언니랑 알리나는 숨어 있는 생존자가 없을 것 같은 건물을 고르기 시작했어. 두 사람이 결정을 내리는 동안 나는 주변을 둘러봤어. 떡집, 철물점, 과일 가게, 약국, 세탁소, 동네 슈퍼…….

물론 피터 팬 바이러스의 희생자들도 있었어. 가루가 되어 가며 가스 냄새를 풍기는 미라들. 익숙한 광경이었지.

보기 꺼려지는 건 피터 팬 바이러스 희생자가 아닌 다른 시체였어. 다른 형태의 죽음을 맞은 아이들 말이야. 이 거리에도 미라화되지 않은 남자애가 길에 있었어. 죽은 지 얼마 되지 않아 엎드려 잠든 것 같았어.

'어쩌다 길에서 죽었을까.'

먹을 걸 찾지 못해 굶어 죽었을까, 물을 못 마셔서 죽었을까. 아니면 더 살고 싶지 않아서 죽었을까.

문득 저런 시체가 거리에 있는 게 괜찮은가 싶었어. 태우거나 묻어 줘야 하는 거 아닌가?

피터 팬 바이러스에 걸려 죽은 시체는 시간이 흐르면 가루가 되어 사라졌지만 다른 죽음의 시체는 사라지지 않았어. 저런 시체를 그냥 뒀다가 다른 전염병이 도는 게 아닌가 싶었지. 그때쯤 도시의 생존자들 사이에서 온갖 병이 돌기 시작한 걸 알지 못한 채 그런 생각을 했어. 돌이켜 보면 언니랑 나는 계속 이동하며 사람이 있는 곳을 꺼려 병을 피해 간 셈이었지.

소도시의 거리에서 나는 피터 팬 바이러스 사망자가 아닌 다른 시체를 바라봤어.

이상하게 눈을 뗄 수 없었어.

어떤 본능이 나를 끌어당기는 것 같았어. 벙커에 있던 시절 숨겨진 지하 창고를 발견했을 때처럼 피부밑에서 술렁이는 감각이었어.

뒤를 돌아보니 언니는 이글거리는 눈으로 알리나랑 말하고 있었어. 피난처를 고르면서 의견 통일이 안 되는 것 같았지.

알리나는 자기 얘기를 안 했지만 쟤도 동생이 딸린 맏이 같다고 생각했어. 서열 위의 상대를 알아보는 동생의 촉이 번득였거든. 저 고집, 저 독단, 저 자존심, 저 안하무인의 싸가지 없음. 첫째가 아닐 수가 없었어.

두 첫째가 '내가 옳고 네가 틀렸다.' 하고 토론을 벌이는 동안 나는 동생의 본분을 다했어. '언니가 지켜보지 않을 때만 차오르는 용기를 가지고 말썽을 향해 전진하기.'

큰마음 먹고 길에서 죽은 시신에 다가갔어.

'왜 잡아당기는 느낌이 드는 걸까?'

주검에 가까이 가는 게 쉽지는 않았어. 세상이 망한 뒤 아무리 많은 시체를 봤다고 해도 본능적인 두려움이 있었지. 하지만 배꼽쯤에서 무언가 당기는 듯한 감각은 사라지지 않았어.

'뭔가 가지고 있을까? 품을 뒤지면 정수 기계 부품이라도

나오는 걸까?'

 시신은 죽은 지 얼마 안 됐는지 깨끗했고 엎드린 모습으로는 뭘 가졌는지 보이지 않았어.

 '뒤집어 봐야 하나?'

 정말 하고 싶지 않았지만 그냥 떠날 수 없었어. 고민하다 가까운 철물점에서 삽을 가져왔어.

 가게를 나오며 보니 언니랑 알리나는 거의 코가 마주칠 만큼 붙어 상대에게 언성을 높이고 있었어.

 '이 더위에 기운들도 좋다.'

 각 집안 맏이들의 싸움을 무시하고 시신에 다가갔어.

 '정말 미안합니다.'

 죽은 자에게 사과한 후 내가 가진 모든 용기를 끌어모아 시체와 바닥 사이로 삽을 밀어 넣었어. 지렛대처럼 힘을 주어 뒤집어 볼 참이었어.

 그리고 내가 힘을 주기도 전에 시체가 움직였어. 시체가 몸을 돌렸고, 시체가 눈을 떴고, 시체가 나를 바라봤어.

 목이 터져라 비명을 지르는 것밖에 할 수 있는 게 없었어.

 내 소리를 들은 언니가 달려왔어. 급한 마음으로 너무 빨리 오려고 해서 넘어질 듯 휘청였어. 언니는 내 비명만큼 큰 목소리로 악을 쓰며 내 이름을 외쳤어.

 눈앞에서는 살아 있는 시체가 잠긴 목소리로 말했어.

 "류미아?"

3

 영혼을 토할 듯 나를 놀라게 하고 언니를 미친 사람처럼 달려오게 한 시체 아닌 시체는 문영조였어. 언니와 나의 소꿉친구. 언니보다는 한 살 어리고 나보다는 한 살 많아서 같은 아파트에 살던 어린 시절 셋이 삼 남매처럼 자란 애. 친구라기보다 가족 같았던 애.
 내가 중학생이 되기 전 우리가 부모님의 투자 실패로 이사를 가면서 연락이 끊긴 애.
 영조는 상태가 좋지 않았어. 햇빛을 피하지 않았는지 얼굴과 팔다리, 목덜미가 온통 화상투성이였어.
 우리는 약국에서 찾은 연고를 영조에게 발라 주며 물었어. 어쩌다 여기 있는 건지, 왜 길에 누워 있었는지.
 영조는 대답하지 않았어. 처음 나를 알아보고 내 이름을 뱉은 뒤에는 멍한 눈으로 가만히 있었지. 우리 말이 들리기는 하는지, 현재 상황을 인식하고 있는지조차 알 수 없었어.

움직이지 않고 숨만 쉬는 영조를 보니 깨어난 직후의 언니가 생각났어. 무기력한 상태로 누워서 잠만 자던 언니와 비슷해 보였어. 살아 있지만 불안한 느낌. 사람이 이 세상보다 저 세상에 가까워진 느낌.

강한 햇빛 때문에 우리는 일단 근처의 정형외과로 들어갔어.

아무리 말을 걸어도 영조는 입을 열지 않았고 우리는 밤새 도로를 걸은 터라 지친 다리를 쉬고 눈을 붙여야 했어.

내가 먼저 불침번을 서기로 했어. 무슨 일이 일어나면 소리를 질러 다른 사람들을 깨우기로 했지.

"이제 네가 소리를 잘 지른다는 건 믿을 수 있어."

알리나가 농담인지 비꼬는 건지 알 수 없는 말을 했고 불침번인 나 대신 수갑이 채워진 언니가 알리나를 노려봤어.

창을 열면 후끈한 열기가 밀려오고 창을 닫으면 숨을 쉴 수 없는 날씨였어. 공기가 조금이라도 흐르게 문을 열고 잠든 사람들을 확인했어. 열기 속에서 자다 죽을 수 있어서 계속 숨을 쉬는지 살폈지.

영조는 언니랑 내가 데려간 물리 치료실의 간이침대에서 금세 잠이 들었어. 삶에서 잠으로 도망치는 것처럼.

옆에 있는 간이침대에 앉아 잠든 영조를 바라봤어. 못 본 사이 키는 컸지만 어릴 때처럼 선이 고운 얼굴은 그대로였어. 다만 무섭게 야위었고 눈 밑에 전에 없던 그늘이 있었어. 병든

동물, 음지 식물, 희미한 낮달…… 그런 인상이 두서없이 떠올라 마음을 어지럽혔어.

무엇보다 영조가 거리에 쓰러져 있던 모습을 잊을 수 없었어. 살아 있는 사람이라고는 생각할 수 없었던 모습.

'어쩌다 이렇게 된 거야.'

죽은 사람 같은 소꿉친구를 보니 속이 복잡했어.

내 어린 시절에는 항상 영조가 있었어. 내 가장 오래된 기억은 다섯 살 때 식탁에 주스를 엎은 장면이었는데 거기에도 영조가 있을 정도였지.

같은 아파트에 살았던 영조는 하루 대부분을 우리와 함께 보냈어.

그 당시 우리 엄마는 육아 휴직 중이셨고 영조는 아침에 아버지 손 잡고 우리 집에 와 언니랑 나 사이에 끼어 같이 유치원에 갔지. 언니는 열매반, 영조는 꽃님반, 나는 새싹반. 하원한 뒤에는 우리 집에서 함께 놀았어. 퇴근한 영조 아버지가 영조를 데리고 영조네 집으로 갈 때면 내일 보자, 하고 인사했지.

내 기억에 얼굴도 남지 않은 영조 어머니는 늘 아프다고 했어. 어른들이 말하던 게 기억나. 남편이 병원비 마련하려고 애는 남의 집, 즉 우리 집에 맡겨 두고 일만 한다고.

난 자세한 사정은 몰랐어. 동생을 갖고 싶은 나에게 영조는 한 살 위지만 동생 같았어. 얌전하고 착해서 내가 머리에 멋대로 머리핀을 꽂아도 가만히 있었지. 집에서 어린애 취급받던 내가 돌보는 척, 혼내는 척 누나 노릇을 할 수 있었던 순한 애. 먼저 초등학생이 되었어도 한 살 어린 나와 계속 친구 할 수 있었던 애. 그게 내가 가진 영조의 기억이었어.

다 자란 지금도 영조는 화려한 머리핀을 꽂아 줘도 괜찮을 만큼 예쁜 애였고 그런 영조가 낯선 곳에서 햇볕에 반쯤 익은 모습으로 누워 있었던 게 속상했어.

잠시 옛 생각을 하다가 나는 다른 사람들이 계속 숨 쉬는지 확인하러 일어섰어.

*

"쟤 데려갈 생각은 아니지?"

같은 날 해가 지평선 너머로 넘어가려던 때였어. 영조는 간이침대에서 자고 있었고 도로의 열기가 가라앉길 기다리던 중에 알리나가 물었어.

언니랑 나 둘 다 대답하지 않자 알리나는 다시 말했어.

"보니까 너희랑 가까운 사이였단 건 알겠어. 하지만 가족도 친척도 아니라며."

침묵이 계속됐어. 알리나는 허, 하더니 영조를 데려갈 수 없는 이유를 늘어놨어.

첫째, 기껏해야 어릴 때 알았던 애, 가족도 아닌 다 큰 남자애를 일행으로 받아들이는 건 위험하다.

둘째, 애 상태를 보니 이미 틀렸다. 내가 세상 망하고 저런 애를 처음 보는 줄 아냐. 데려가 봤자 오래 살지도 못한다. 본인이 살 의지가 없다.

셋째, 너희가 지금 남 돌봐 줄 처지야?

알리나의 말은 틀린 게 없었어. 그리고 우리한테야 어릴 때 같이 자란 소꿉친구지만 쟤한테는 생판 남인 남자애잖아. 영조를 일행으로 두면 알리나가 떠날 수도 있었어. 우리 좋으라고 부품을 줄 리는 없으니 우리는 꽤 도움이 된다고 증명된 일행과 정수 기계를 잃겠지.

내 마음은 불분명했어. 저런 상태의 영조를 두고 가면 위험하다는 걸 알았어. 길에 쓰러진 시체 같은 모습이 곧 닥칠 미래였지. 하지만 영조와 함께 가는 건 다른 문제였어.

분명 우리는 어린 시절을 함께했어. 난 어린 시절의 조용한 영조, 얌전한 영조, 착하고 순한 영조를 기억했지. 하지만 지금의 영조가 그때의 어린아이와 같은 사람일까?

유치원, 초등학교를 거치는 내내 셋 중 가장 키가 작았던 영조는 이제 우리보다 훨씬 컸어. 다 자란 남자애를 내 어릴 적 친구로만 볼 수는 없었지.

나는 언니를 봤어. 언니는 뭐라고 할까.

언니도 영조를 기억했어. 내게 영조가 때로는 친구, 때로는 동생, 때로는 인형이었다면 언니에게 영조는 또 다른 동생이었어. 손을 잡고 길을 건너던 애, 볼에 묻은 음식 부스러기를 닦아 주던 애, 다른 애들이 괴롭히면 달려가 지켜 주던 애.

어느새 나랑 알리나 둘 다 언니를 보고 있었어. 언니의 결정을 기다리면서.

언니의 눈에 결심의 빛이 떠오른 순간 목소리가 들렸어.

"할머니 댁에 가는 거야?"

알리나는 빠르게 자리에서 일어났어. 나도 놀라 반쯤 일어섰고 언니는 소리가 난 쪽을 쏘아보았지.

영조가 깨어 있었어. 얼굴과 목, 팔다리에 희끄무레한 화상 연고를 바른 채로.

망한 세상에서 주변을 경계하며 살아온 우리 셋 누구도 영조가 다가오는 걸 눈치채지 못했어.

알리나는 더 멀리 물러났어. 영조가 숨 쉬는 시체였던 때보다 경계했어.

영조는 나와 언니를 보면서 다시 물었어.

"둘이 R시에 있는 할머니 댁 가는 거 맞지?"

영조의 목소리는 낯설었어. 어릴 때의 목소리가 깊은 곳에 희미하게 남아 있었을지도 모르지만 당시에는 기억 속 앳된 목소리와의 차이만 두드러지게 느껴졌지.

언니가 고개를 끄덕였어. 영조는 우리 할머니 댁을 알았어. 엄마에게서 영조네 사정을 들은 할머니가 걔도 데려오라고 하셨지. 우리가 할머니 댁에서 보낸 추억 속에서 영조는 늘 함께였어.

어린 시절의 소꿉친구는 막 길에서 일어났을 때보다 또렷해진 눈으로 말했어.
"나도 같이 갈래."

*

우리는 둘에서 셋, 셋에서 넷이 되었어.
언니랑 나는 영조가 함께 가겠다고 말한 이상 거절할 수 없었지. 알리나는 화를 냈고 다툼 끝에 언니가 말했어.
"그럼 어떻게 해? 쟤는 우리가 어디로 가는지 알아. 두고 가도 찾아올지 몰라. 그러느니 같이 가는 게 낫단 말이야."
영조가 합류하고 한동안은 알리나가 떠날 것 같았어. 걔 입장에서는 망한 세상에서 모르는 남자애와 함께하는 건 위험했으니까.
하지만 알리나는 떠나지 않았어. 가끔 자기 모국어인 러시아어로 투덜거렸지만 우리가 자고 일어났을 때 넷이 셋이 된 걸 발견하는 일은 없었어. 어차피 우리는 같은 방향으로 가고 있었고 앞으로도 고속도로를 걸을 게 분명했지. 알리나는 우리를 떠나 우리가 뭘 하는지, 등 뒤에서 언제 나타날지 모르는 것보다 자기 시야에 두는 게 낫다고 생각했을 거야.
그렇게 누구도 떠나지 않았고 분위기는 사뭇 달라졌어.
그전에는 언니가 일방적으로 알리나에게 으르렁거리고 알

리나는 그런 언니를 놀렸어. 하지만 영조가 합류하면서부터는 알리나가 언니에게 자주 불만을 토했어. 두 사람이 나와 영조가 듣지 않게 자리를 피해서 싸우고 오는 일이 잦았지. 처음 몇 번 후로는 둘이 싸우는 소리를 듣지 못했어. 하지만 둘이 돌아왔을 때 얼굴을 보면 싸웠다는 게 분명했어. 격앙된 감정이 가라앉지 않은 붉은 얼굴이었고 호흡도 거칠었으니까.

그렇게 아슬아슬한 분위기로 넷이 밤에 고속도로를 걸으며 차를 털고 낮에는 햇볕을 피하는 나날이 흘러갔어.

어느 날 밝아 오는 태양을 피해 고속도로를 떠나 대피소를 찾던 때였어. 적당한 나무 그늘을 찾아 텐트를 쳤지. 영조는 생각보다 능숙하게 텐트를 세우고 일어섰어. 그때 걔의 주머니에서 뭔가 떨어졌어.

"야, 너 뭐 흘렸어."

내가 영조에게 말했어. 내내 영조의 일거수일투족을 감시하던 알리나와 내 목소리를 듣고 고개를 돌린 언니까지 셋의 눈이 땅에 떨어진 물건으로 향했어.

셋 다 보는 순간 알았어. 캠핑용품을 파는 상점에서 종종 본 물건. 하지만 우리가 단 한 번도 챙기지 않은 물건.

날카로운 접이식 칼.

세상이 망한 후 우리가 한 번도 손에 무기를 들지 않았다는 건 아니야. 처음 만났을 때 알리나는 손에 대걸레 막대를 들었고 언니랑 나도 위험한 무리가 가까워지면 뭔가 휘두를 것을 찾았지. 하지만 한 번도 칼을 챙기지는 않았어.

아무리 생각해도 사람을 찌를 수 있을 것 같지 않았거든. 손에 칼을 드는 건 지금까지와는 다른 선을 넘는 느낌이었지.

우리가 수없이 봤지만 단 한 번도 챙기지 않았던 날붙이가 영조의 주머니에서 떨어졌어. 우리랑 함께 있는 내내 거기 있었던 것처럼.

4

공포 영화를 봤을 때보다 심장이 빨리 뛰었어.

알리나는 욕을 뱉었고 팽팽한 긴장 속에서 언니가 칼을 챙겼어. 칼을 주머니에 넣고 언니가 영조에게 물었어.

"이런 거 더 있어?"

영조는 고개를 저었어. 자기가 일으킨 문제를 아는지 모르는지 눈만 깜빡이며.

언니는 영조를 뚫어지게 쳐다봤어. 함께 자란 어릴 적의 동생을 보는 게 아니라 처음 보는 사람을 마주하는 것처럼. 그리고 물었어.

"왜 이걸 챙겼어?"

영조는 대답하지 않았어. 꼭 이전의 숨 쉬는 시체로 되돌아간 것 같았어.

그날 다시 언니랑 알리나 사이에 싸움이 벌어졌어.

언성을 높이지 않으려 애쓰며 언니는 내게 불침번은 자기가 설 테니 텐트에 들어가서 자라고 했어.

'알리나가 떠난다면 오늘일 거야.'

그런 예감이 들었어.

'알리나가 떠나면 언니랑 나, 그리고 영조만 있는 거야.'

소름이 돋았어. 어릴 적의 '삼 남매'가 되는 건데 왜 불안하고 긴장될까.

'최소한의 시스템도 없어서 그래.'

벙커에서 지낼 때 생각이 났어. 그때는 영조보다 더 낯선 애들과 있어도 이런 불안은 없었어. 벙커는 일종의 사회였어. 비인간적인 면이 있어도 시스템과 규칙이 있었지.

'하지만 이제는 사회가 없어.'

최소한의 규율과 시스템이 없으니 초원 한복판에 선 초식동물이 된 기분이었어. 누구도 믿을 수 없는 야생의 세계에 떨어진 기분.

눈을 감았어.

건물이 무너진 것이나 기반 시설이 멈춘 것보다 더 거대한 붕괴를 그제야 깨달았어. 눈에 보이지는 않지만 더 치명적인 붕괴였어.

이런 세상에서 어떻게 우리가 다시 사회를 이룰 수 있을까? 인간이 건강한 신뢰를 품고 자신과 타인에게 최소한의 안전망을 형성하는 게 가능할까?

어릴 적 같이 자란 애조차 믿을 수 없는 세상에서 타인을 믿을 수 있을까?

모두가 모두를 조금도 믿을 수 없는 세상이 계속된다면 어떻게 될까?

머리가 지끈거렸어. 부서진 건물과 쓸모없어진 돈 같은 게 멸망의 전부가 아니라는 걸 깨달으면서 바닥이 보이지 않는 구멍에 추락하는 것 같았어. 이상한 나라의 앨리스가 토끼굴 아래로 떨어지는 것처럼. 그 끝에 우리를 기다리는 게 어떤 이상한 나라인지 알고 싶지 않았어.

두통을 느끼며 텐트 속에서 반쯤 잠들었어. 내내 선잠 상태로 있다가 돌연 섬뜩한 느낌에 깼어.

"언니?"

텐트를 나와 언니를 불렀어. 목덜미가 쭈뼛 섰어. 위험을 알리는 경고처럼.

주위를 둘러봤어. 나무 아래 우리가 짐을 실은 카트는 그대로 있었어.

"언니!"

대답이 들리지 않았어. 아무도 없었어. 언니, 알리나, 영조까지도.

*

 미친 듯이 주변을 살폈어. 우리가 텐트를 친 곳은 도로 가의 야산이었어. 나뭇잎 사이로 대낮의 햇볕이 쏟아져 목덜미가 벌겋게 익었어. 등이 땀으로 젖었고 뇌를 익히는 열기에 눈앞이 어지러웠어.

 벙커 사건 이후 언니랑 나는 절대 멀리 떨어지지 않았어. 덥고 열 받아도 서로 눈에 보이는 곳에 있었지.

 정신 나간 것처럼 주변을 돌다 근처에서 소리가 들렸어.

 만약을 대비해 소리를 내지 않고 다가갔어. 나무 사이로 사람이 보였어.

 언니랑 알리나.

 긴장이 풀렸어. 긴 잠을 잤다고 생각했지만 짧은 순간이었던 거야. 언니랑 알리나는 남이 듣지 않게 떨어져 싸운 거고.

 둘은 영조 얘기를 하는 것 같았어. 보나 마나 걔를 계속 데리고 가느냐 마느냐로 다투는 거겠지. 영조가 칼을 갖고 있었던 것 때문에 다시 싸움에 불이 붙은 거야.

 언니가 안전한 걸 확인했으니 텐트로 돌아가려 했어. 그 순간 알리나가 언니의 손을 쳐 냈어.

 온몸의 근육이 뻣뻣해졌어. 만약 쟤가 불만을 표하는 걸 넘어서 언니를 해치려 한다면…….

 그 후 상황은 빠르게 일어났어.

알리나가 손을 쳐 내자 언니는 개의 멱살을 잡았어. 주저 없이 자기보다 키 큰 상대를 자기 쪽으로 끌었지. 그다음은 예상하지 못한 일이었어. 두 사람의 얼굴이 가까워지더니 누가 먼저라 할 것 없이 입술이⋯⋯.

눈앞의 광경에 생각이 멈췄어.

자리를 피해야 한다는 걸 알았지만 몸이 움직이지 않았지.

대체 언제부터?

멍청하게 얼어붙어 있다가 뒤로 물러났어. 다른 사람이 엿볼 장면이 아니었지. 그게 피를 나눈 동생이라도. 아니, 가족이라면 더욱더 볼 장면이 아니었어. 허둥지둥 벗어나려다 나무뿌리에 발이 걸렸어. 넘어질 것 같은 순간 머릿속에 떠오르는 건 하나뿐이었어.

'언니가 날 죽일 거야!'

요란하게 넘어지려던 때 누가 나를 잡았어. 깜짝 놀라 비명을 지르려는데 익숙한 연고 냄새가 났어. 화상 연고로 덮인 팔이 일어나는 걸 도와줬어.

영조는 검지를 들어 입술에 대고 쉿, 하며 경고했어.

"방해하면 미래 누나가 안 좋아할 거야."

현실감이 들지 않았어. 나무들이 죽어 가는 야산에서 한 쌍의 연인은 자기들의 접촉에만 집중했고 불청객 둘은 연인을 방해할까 조심조심 그곳을 떠났어.

텐트에 도착하자마자 나는 입을 열었어.

"너 알고 있었어?"

충격에 젖은 목소리가 본의 아니게 심문하듯 튀어나왔어.

잘린 나무 그루터기에 앉은 영조는 고개를 끄덕였어.

"언제부터?"

영조는 머뭇거리다 대답했어.

"두 사람을 처음 봤을 때부터?"

말문이 막혔어. 처음 봤을 때부터 알았다고?

영조의 얼굴에 다시 만난 이후 처음으로 감정이 떠올랐어. 커진 눈, 살짝 벌어진 입, 느슨해진 얼굴.

"넌 몰랐어?"

영조가 되물었어. 믿을 수 없다는 듯이.

지금까지 봐 온 언니와 알리나의 모습이 머릿속에 스쳐 지나갔어.

둘의 눈빛, 긴장감, 분위기, 모든 것이 새로운 각도로 보였어. 서로를 향한 강렬한 집중. 그래, 둘이 따로 나가서 진짜 싸우기도 했겠지. 하지만 싸우기만 하진 않았을 거야. 싸움조차 미움만 있었던 건 아니었을 거야. 그렇게 자주 싸우려면 최소한 상대에게 어떤 열정이 있어야만 했지.

'서로 마음이 있었던 거야!'

새로운 깨달음에 머리가 고장 났어. 어떻게 내가 이렇게 멍청할 수가 있지?

언니.

언니랑 알리나.

"앞으로 어떻게 해야 하지?"

나도 모르게 생각이 입 밖으로 나왔어.

대답을 기대한 말이 아니었는데 답이 들렸어.

"누나가 말할 때까지 모른 척해야 하지 않을까?"

맞는 말이었어.

그때 숲에서 기척이 들렸어. 언니랑 알리나가 돌아오는 거였지.

영조를 봤어. 숨 쉬는 시체에서 한결 살아 있는 사람에 가까워진 모습이었어. 얼굴에 다시 어색하게나마 감정이 비치기 시작하자 나랑 같이 언니의 부하였던 소꿉친구를 알아볼 수 있었어.

"우리 둘 다 언니가 먼저 말할 때까지 아무것도 모르는 거야. 알았지?"

영조는 고개를 끄덕였어.

언니랑 알리나가 도착하기 전 나는 텐트로 들어가 눈을 감았어.

영조도 자기 텐트로 돌아갔어. 텐트 앞에 도착한 언니랑 알리나는 우리 둘 다 잔다고 생각하는 것 같았어.

'알리나는 떠나지 않을 거야.'

텐트 안에서도 분위기가 나쁘지 않다는 걸 느낄 수 있었어. 낮은 목소리라 내용은 알 수 없었지만 대화 사이 웃음소리가 들렸어. 대화 소리를 듣는 것만으로 언니가 행복하다는 걸 알았어.

'잘된 일이야.'

사람을 지치게 만드는 더위 속에서 잠에 빠지며 기도했어. 모든 게 망한 세상에서 언니의 저 행복까지 망하지는 않게 해달라고.

*

한번 진실에 눈을 뜨자 지금까지 내가 몰랐다는 걸 믿을 수 없었어.

사랑과 기침은 숨길 수 없다더니 언니랑 알리나가 주고받는 눈빛, 표정, 몸짓 하나하나에 둘이 서로에게 품은 마음이 흘러나왔어.

밤이 되어 열기가 식자 우리는 다시 고속도로로 나갔어. 각자 끄는 카트에 램프를 달고 걸었지. 나는 영조를 옆에 데리고 앞장섰어. 그래야 뒤에서 걸어오는 한 쌍의 잉꼬가 둘만의 시간을 가질 수 있을 테니까.

언니랑 알리나가 왜 그렇게 자주 싸우는 척 자리에서 벗어났는지 이해됐어. 둘만의 시간과 공간이 필요했던 거야.

그렇게 며칠이 흘렀어. 해가 뜨면 그늘에서 쉬고 열기가 식으면 고속도로를 걷는 나날.

언니랑 알리나는 우리가 일부러 자리를 피해 주는 걸 눈치채지 못했어. 예민하고 날카로운 인간들이 오직 상대에게 관심이 쏠려 눈이 멀었지.

시간이 흐르면서 나는 점점 속이 복잡해졌어.

"어떻게 나한테 한마디도 안 할 수가 있지?"

다시 찾아온 밤, 영조와 도로를 걸으며 투덜거렸어.

언니가 행복한 건 좋았어. 이런 세상이라도 사랑하는 사람을 만나 마음을 나누는 건 좋은 일이었으니까. 하지만 언니가 내게 계속 아무 말도 하지 않으니까 기분이 이상했어.

"날 못 믿는 건가? 내가 언니 연애를 방해라도 할 것 같아? 마음에 안 든다고 뭐라 할 것 같냐고."

묘한 배신감을 지울 수 없었어.

"말해 봐, 문영조. 내가 그럴 사람으로 보여? 언니 연애에 반대할 것 같아?"

이제 화상이 거의 사라진 영조는 갑자기 카트에 담긴 생수가 엄청나게 흥미롭다는 듯 바라보기 시작했어.

나는 영조를 노려봤어.

"야, 왜 대답을 안 해. 진짜 내가 그럴 사람처럼 보여?"

앞에서 걷는 건 우리 둘뿐이었어. 언니랑 알리나를 방해하지 않으려 하다 보니 자연스레 나랑 영조가 같이 다니게 되었지.

그날, 영조가 가지고 있던 칼은 언니가 버렸고 그 후 영조는 불안한 모습을 보이지 않았어. 상당한 시간을 내 말동무로 보냈지. 걔가 아니면 내가 누구한테 언니랑 알리나 얘기를 할 수 있었겠어?

그렇게 말하다 보면 서서히 어릴 적 내가 알던 영조를 찾을 수 있었어. 뭔가 할 말이 있는데 입을 다물고 있는 것도 알 수 있었지.

"솔직히 말해."

내가 옆구리를 찌르며 대답을 강요하자 영조는 어쩔 수 없다는 듯 입을 열었어.

"네가 누나 연애를 방해하거나 반대할 거라고는 생각 안 해."

눈을 가늘게 뜨고 영조를 봤어. 아직 말이 끝나지 않았다는 걸 알 수 있었지. 영조는 한숨을 쉬더니 말을 이었어.

"하지만 넌 질투하잖아."

한참 만에 입이 떨어졌어.

"너 미쳤어?"

얘가 더위 먹은 건가? 햇볕에 뇌까지 익은 거야?

"너 내가 알리나를 좋아한다고 생각하는 거야? 진심으로?"

영조는 황급히 고개를 저었어.

"아니, 걔한테 그런 감정이 있다는 게 아니라, 미래 누나를 뺏겼다고 질투한다는 거야."

나는 무슨 개소리냐고 반발하려 했지만 소리가 나오지 않았어.

그런 나를 흘긋 보더니 영조는 다시 생수에 시선을 집중했어. 영조의 말은 계속 이어졌어.

"우리 어릴 때도 그랬잖아. 기억나? 너희 집에서 종이접기 하는데 우리 둘 수준에는 어려운 게 있었어. 꽃 접기였나? 누나는 그때 초등학생이어서 우리 대신 접어 줬는데 완성된 걸 가까이 있던 나한테 먼저 주니까 네가 색종이 위에 엎드려 통곡했어. 누나가 너보다 나를 더 예뻐한다고."

"기억 안 나."

사실 기억했어. 꽃 접기가 아니라 박쥐 가면 접기였지.

"그래? 그럼 이건 기억나? 유치원 선생님들이 미래 누나 얘기하면서 '꽃님반 영조 누나'라고 설명하니까 그걸 지나가던 네가 듣고……."

"기억나!"

놔두면 끝없이 내 흑역사를 풀어낼 기세였어. 기억력도 좋은 새끼. 옆을 노려보자 문영조는 안 웃는 척 웃고 있었어. 보아하니 내가 종이접기를 기억한다는 것도 아는 눈치였지. 여우 같은 놈.

도로에는 우리가 카트를 끄는 소리뿐이었어. 카트에 묶어둔 램프가 밤의 도로에 빛으로 길을 냈지. 영조랑 나는 앞장서서 걸으면서 절대 뒤를 돌아보지 않았어. 등 뒤의 연인들이 스킨십하는 장면을 목격할까 봐 무서웠거든. 하지만 뒤돌아보지 않아도 핑크빛 기류가 느껴졌어. 끈끈한 밤의 열기마저 압도하는 사랑의 기류.

목의 각도를 움직이지 않고 걸으며 영조는 옆에서 말했어.

"미래 누나가 항상 네 첫 번째였잖아. 친한 친구한테 애인 생겼을 때 친구를 질투하는 게 아니라 친구를 빼앗아 간 애인을 질투하는 경우도 있는데, 그거랑 비슷한 거 아닐까?"

나는 대답하지 않았어. 하지만 대답하지 않아도 맞는 말이라는 건 알았지. 언니를 뺏긴 기분이었어. 언니의 행복이 기쁘지만 언니에게 나 말고 다른 사람, 어쩌면 나보다 더 소중한 사람이 생긴 게 섭섭한 것도 사실이었어.

밤의 어둠 속에서 영조의 나지막한 목소리가 이어졌어.

"다른 사람이 나한테 해 준 얘기인데, 어릴 때는 태어나 가진 인간관계, 즉 가족 관계가 가장 중요하고 전부처럼 느껴진대. 하지만 사람은 성장하기 마련이잖아. 자라면서 더 넓은 세계, 더 많은 사람을 만나 가족 말고도 다양한 관계를 맺게 돼. 좋든 싫든 원하건 원하지 않건 태어난 가족만이 세상의 전부가 아니라는 걸 알게 되지. 애벌레 때는 땅에 붙어서 지상이 전부라고 생각하지만 자라서 나비가 되면 하늘이라는 더 넓은 세상을 만나게 되는 것처럼."

"네 말은 지금 내가 애벌레라는 거야?"

일부러 심술궂게 말했지만 영조는 끄떡도 안 했어.

"내 말은 결국 우리 모두 나비가 될 거라는 거지."

난 영조가 들려준 말을 생각했어. 모든 아이는 가족에서 벗어나 점점 더 넓은 세상에서 더 많은 사람을 만나고 새로운 관계를 맺기 마련이라는 말.

언니는 나뭇잎을 갉아 먹던 애벌레에서 자라 서툰 날개를 펴고 하늘로 날아간 걸까. 거기서 다른 나비를 만나 알아 가는 중일까.

말없이 걷다가 문득 궁금해져 영조에게 물었어.

"누가 너한테 그런 말을 해 준 거야?"

영조는 대답이 없었어.

한참 뒤 내가 한 질문을 까먹었을 때 영조는 조용히 말했어.

"내 상담 선생님이."

영조는 더 말하지 않았고 나도 캐묻지 않았어.

다만 그날 아침이 밝아 올 때까지 걸으며 영조가 나에게 해 준 말을 생각했어. 사람은 성장하면서 가족 밖의 관계를 맺게 된다는 말을. 좋든 싫든 원하건 원하지 않건.

언니는 어릴 때 내 우상이었고 좀 더 커서는 나의 가장 친한 친구이자 원수였어.

그리고 자매라는 건 같은 부모 아래 있는 동지이자 같은 부모를 겪어 내는 전우라는 뜻이었지.

우리는 자라면서 서로의 알리바이였고 타고난 공모자이자 공범자였어. 미리 짜지 않아도 상대가 위험에 처하면 자연스럽게 끼어들어 방어했지. 자매 사이 침묵의 규칙이라고나 할까. 우리끼리 아무리 싸워도 한쪽이 엄마 아빠를 상대하면 은근히 편을 들었어.

"요즘 애들 중에 그거 없는 애들 없어. 쟤 친구들 다 그걸로 노는데 쟤만 빠지라 할 수 없잖아."

"언니가 그런 데 맨날 가는 것도 아니잖아. 친구한테 들었는데 걔네 오빠도 가끔 한 번씩 쉬어 줘서 공부가 더 잘됐대. 그 오빠 대학 어디 갔는지 알지?"

부모님도 상대를 감싸는 우리의 어설픈 시도가 뻔히 보였겠지만 넘어가 주셨어. 지나고 보니 엄마 아빠가 괘씸해하면서도 결국은 자식들이 우애 좋은 걸 좋아하셨던 것 같아.

자라는 내내 언니는 누구보다 날카로운 나의 스타일리스트였고("그러고 나가냐?") 우리는 자의 반 타의 반으로 옷장을 공유했어("누가 내 옷 입고 나가래.").

매일 한방에서 잠들고 같은 학교에 갔지. 그래, 한 케이지의 두 햄스터처럼.

하지만 언제까지 그렇게 살 수는 없잖아. 언젠가는 우리 둘 다 케이지 바깥으로 나가 다른 햄스터를, 또는 아예 햄스터가 아닌 존재를 만나겠지.

태어나면서 얻은 세계 바깥으로 나가 더 많은 사람을 만나고 더 다양한 인간관계를 쌓는 것.

성장하는 것.

애벌레에서 나비가 되는 것.

아이에서 어른이 되는 것.

한숨을 내쉬었어. 아직 잘 모르겠고 여전히 마음이 복잡했지만 그래도 좀 더 여유를 가져야겠다는 생각은 들었어. 인정하기 싫지만 어릴 때부터 언니는 내게 큰 존재였고 난 망한 세상에 남은 유일한 혈육인 언니한테 집착하고 있었어. 언니가 케이지 밖에서 행복할 수 있도록, 그리고 나도 언젠가 케이지 바깥으로 나가기 위해 넓은 마음을 먹어야 했어.

그렇게 생각하자 좀 편해졌어. 언니가 내게 말하건 말하지 않건 그건 언니에게 달린 거였지. 내가 할 일은 언니 결정을 존중하는 거였고. 그렇게 생각하며 언니랑 알리나가 둘만의 시간을 갖도록 계속 영조랑 자리를 피해 줬어. 그리고 어느 순간 마침내 사랑에 빠진 잉꼬 중에서 내가 둘의 관계를 알고 있다는 걸 깨달은 사람이 나왔어. 그 사람은 언니가 아니었어.

5

 햇빛을 피해 도로를 벗어나 사람이 살던 동네로 들어온 날이었어. 날이 더워서 자고 일어나면 온몸이 땀투성이였지. 잠에서 깨어나 도로의 열기가 가라앉길 기다리던 저녁, 알리나가 내게 다가왔어. 언니 없이 혼자.
 '뭐야, 쟤가 왜 나한테 오는 거야.'
 하지만 나보다 알리나가 더 긴장했어.
 "너 다이어리 쓰는 거 좋아한다며."
 서두 없이 말하더니 배낭에서 하드커버 다이어리, 투명한 커버의 6공 다이어리, 귀여운 캐릭터 다이어리, 다양한 색상의 펜과 스티커를 꺼냈어. 낮에 잠도 안 자고 동네 문구점을 턴 것 같았지. 취향에 안 맞을까 최대한 다양하게 챙겨 온 것처럼.
 늘 거침없이 말을 내뱉던 키 큰 여자애는 내 반응을 살피며 입을 달싹였어. 할 말이 있는데 쉽게 나오지 않는 것처럼.

내가 먼저 입을 열었어.

"내가 겨우 다이어리랑 스티커에 우리 언니를 넘길 것 같아?"

알리나의 얼굴이 창백해졌어. 나는 무표정을 고수하며 덧붙였지.

"나를 너무 잘 알고 있군."

알리나는 한동안 멍했다가 서서히 얼굴에 혈색이 돌아왔어.

"반대하는 거 아니야?"

알리나가 주저하며 물었어. 처음 만났을 때 손에 든 부품을 부수겠다고 할 때보다 더 긴장한 얼굴이었어.

"둘이 좋다는데 내가 반대할 게 뭐 있어."

물론 알리나에게 묻고 싶은 건 많았어. 둘이 언제부터 서로 감정 있었냐 같은 단순한 호기심부터 더 깊은 질문까지.

무엇보다 앞으로 어떻게 할 거냐고 묻고 싶었지. 언니 목표는 할머니 댁이고 알리나의 목표는 고려인 마을이었어. 찾으려던 사람을 찾은 뒤 알리나가 할머니 댁으로 오는 건가? 아니면 언니가 알리나를 도와 고려인 마을까지 같이 갈 건가?

하지만 지금은 그냥 두 사람을 놔두고 싶었어. 그 순간 내가 언니와 언니 애인에게 원하는 건 하나뿐이었어.

"그냥 둘이 행복했으면 좋겠어."

알리나는 나를 바라봤어. 다음 순간 새까만 검은 머리에 열은 색의 눈동자를 가진 소녀가 약속했어.

"그럴게."

알리나가 떠난 후 개가 가져온 다이어리를 살폈어. 생존 필수품이 아닌 물건을 가지는 건 오랜만이었어.

망한 세상의 초기에 쓰던 다이어리는 방죽 아래 뛰어들기 전 쫓아오는 무리에게 던진 배낭에 있었어. 난 최대한 그 생각은 안 하려고 했어. 배낭을 챙긴 애들이 내 일기를 읽는 걸 상상만 해도 땅속으로 사라지고 싶었으니까.

그 후로는 다이어리를 가질 일이 없었어. 취향대로 쓰라는 듯 다양하게 챙겨 온 문구가 낯설었어. 오랫동안 취향을 생각하지 않았거든. 마실 물을 구하는 데 취향이 뭐가 있겠어?

그날 바로 다이어리를 쓴 건 아니지만 결국 나는 쓰기 시작했어. 오늘 내게 일어난 일, 지금 같이 있는 사람, 그리고 벙커에서 있었던 일과 낯선 애들을 향해 배낭째 던진 일기에 적은 일도 다시 썼어. 집을 나와 처음 접했던 도움의 손길인 빈집의 물품과 편지, 너무 이상한 친절이라는 약속, 열병을 앓고 일어나 짧게 자른 언니의 머리카락을 봤을 때, 세상이 망했다는 걸 처음 깨달았던 순간까지.

넌 내게 물었지. 왜 쓰냐고.

너는 일상을 글로 남기는 행위를 이해하지 못했으니까.

그때는 너에게 뭐라 말해야 할지 몰랐어. 나도 몰랐거든. 왜 아무도 관심 없는 내 일상과 생각을 끈질기게 기록하는지.

이제 대답할게. 내가 왜 쓰는지.

지금 너에게 말해 주는 이 모든 건 내가 기록했기에 기억하는 거야. 기록하지 않으면 기억은 쉽게 날아가. 쓴다는 건 끊임없이 부는 시간이라는 바람에 날아가지 않게 기억을 언어로 붙잡아 두는 거야.

그러면 너는 또 묻겠지.

기억하면 뭐가 달라지냐고.

난 말하고 싶어. 달라진다고. 과거와 현재와 미래가.

씀으로써 나의 과거는 기억으로 남고, 씀으로써 나는 시시각각 흘려 버리기 쉬운 현재에 눈을 뜨게 돼. 과거를 기억하고 현재를 마주하면 미래 역시 달라져. 미래라는 파도에 속수무책으로 휘말리는 게 아니라 겪었던 해류를 기억하고 현재의 물살을 파악하며 다가올 파도를 가늠해 나아갈 방향을 정하게 돼.

넌 이해할 수 있을까.

*

얼마 지나지 않아 언니도 내가 안다는 것을 알았어. 카트를 끌며 밤의 도로를 걸으려던 때였어. 여느 때처럼 내 옆에 있던 영조는 언니 걸음걸이만 보고 즉시 자리를 비켰어. 언니가 온

몸으로 나한테 할 말이 있다고 외쳤거든.

오랜만에 언니랑 나란히 걸었어. 알리나에 이어 영조까지 합류한 후 우리 둘이 있는 건 오랜만이었어. 잠시 침묵이 흐르다 언니가 입을 열었어.

"나는 너랑 영조랑 잘되어 가는 줄 알았어."

예상치 못한 서두에 차오르던 긴장이 무너졌어.

옆에서 걷는 언니를 흘겨봤어. 여태 자기들 배려해서 자리 피해 줬더니 그런 생각을 해?

"말 같지도 않은 소리 좀 하지 마."

"왜, 영조 잘생겼잖아."

"걔는 잘생겼다기보다는 예쁜 거고."

"너 예쁜 거 좋아하잖아."

나는 이제 대놓고 언니를 노려봤어.

"진짜 왜 그래? 자기가 연애한다고 갑자기 다른 사람들도 짝지어 줘야 한다는 의무감이라도 생겼어?"

언니는 목을 울리며 긍정도 부정도 아닌 이상한 소리를 낼 뿐이었어. 바싹 자른 머리카락이 어느새 길어져 구불구불 목을 덮었어.

우리는 한동안 걷기만 했어.

이걸로 끝인가 싶었어. 우린 원래 낯간지럽게 감정을 말로 하는 자매는 아니었거든. 그래서 이렇게 끝내나 싶었을 때 언니가 입을 열었어.

"살면서 지금만큼 자유로웠던 적이 없어."

나는 조용히 있었어. 내 어쭙잖은 호응 같은 게 필요한 순간이 아니라는 걸 알았어.

언니는 계속 말을 이었어. 시선이 내 얼굴 대신 도로로 향했어.

"편하고, 남의 눈 걱정 안 해도 되고, 내가 그냥 나인 채로 내가 원하는 걸 원해도 되는 거. 그게 이렇게 후련한 건 줄 몰랐어."

그리고 주저하다 말했어. 눈은 여전히 나를 보지 않은 채.

"어떤 면에서는 세상이 망하기 전보다 지금이 더 편해."

어두운 밤의 도로를 걸으며 난 이전의 언니를 생각했어. 돌멩이 사이에 놓인 진주처럼 눈에 띄는 외모와 이야깃거리가 되는 성격과 성적. 어딜 가도 시선을 사로잡는 불타오르는 별.

언제부터 언니는 자기가 여자를 좋아한다는 걸 깨달았을까?

멋대로 기대하고 칭찬인 듯 평가하는 시선 속에서 언제부터 있는 그대로의 자신을 드러내는 게 안전하지 못하다고 느꼈을까. 자신을 완전히 숨기지도, 전부 드러내지도 못하는 상황에서 어떻게 필사적으로 존재했을까.

그 순간 언니의 많은 것이 이해됐어.

옥을 깎아 놓은 것 같은 단정한 이목구비와 그에 어울리지 않는 듯 격렬하게 타오르는 에너지. 예민하고 조심스럽다 못해 때로 공격적이기까지 한 성미. 친구들과 곧잘 어울리는 것 같으면서도 묘하게 단체 생활을 꺼리는 모습.

있는 그대로의 자신을 드러내고 싶다는 욕망과 동시에 들키고 싶지 않다는 두려움.

숨겨야 한다는 분노와 나약한 자신에 대한 미움.

아름답고 불안하고 격렬한 사람. 그것이 내가 자라면서 봐 온 언니였고 뜨겁게 타오르던 언니의 빛 속에 무엇이 있는지 비로소 이해되는 것 같았어. 눈부신 빛에 숨겨진 두려워하는 심장.

나를 움츠러들게 만든, 언니를 향해 쏟아진 스포트라이트를 한 발 벗어나 볼 수 있었어. 스포트라이트 속에 있는 아이에게는 그 빛 속에서 성장하는 괴로움이 있음을.

언니는 더는 말하지 않고 걸었어. 하지만 언니가 내 반응을 염려하는 게 느껴졌어.

이럴 때 무슨 말을 해야 좋은지 나는 알지 못했어. 내가 살던 세상에서는 이런 상황을 교육하지 않았지. 난 그저 언니에게 궁금한 게 하나 있을 뿐이었고 그래서 물었어.

"지금 행복해?"

언니는 고개를 돌려 나를 바라봤어. 어둠에 익숙해진 눈으로 우리는 서로의 얼굴을 봤어. 언니의 서늘하고 또렷한 눈과 나의 치켜 올라간 삼백안이 마주쳤어. 잠시 후 언니는 더 단단한 목소리로 대답했어.

"응, 행복해."

그런 언니에게 난 말했어. 낯간지럽고 어색했지만 한 번은 소리 내어 말해 주고 싶었어. 나의 진심이자 언니에게 해 줄 수 있는 유일한 말이었어.

"언니가 행복하면 나도 행복해."

우리는 한동안 말없이 걸었어. 옆에 있는 언니에게서 불타오르는 별의 격렬함은 없었어. 나 역시 별에 묻힌 어두운 배경이 아니었어. 우리 각자를 가둔 스포트라이트와 어둠에서 벗어나 비로소 함께 있는 느낌이었어. 어른들이 만들고 우리 스스로 강화한 비교와 우열의 벽을 떠나 하나뿐인 자매에 대한 사랑으로 이어져 있었어.

깊어 가는 밤, 한동안 이어진 만족스러운 침묵을 깬 건 언니 특유의 다소 심술궂고 장난기 섞인 목소리였어.

"아무튼 너도 영조랑 잘해 봐. 지금은 아니라고 해도 시간 지나다 보면 사람 일은 모르는 거야."

"아, 징그러운 소리 좀 하지 말라고!"

"원래 그렇게 우리는 절대 아니라고 하는 애들이……."

"류미래 미쳤냐고 진짜!"

언니는 내가 질색하며 펄쩍 뛰는 모습에 낄낄거리다 돌아갔어.

언니가 알리나에게 가자 영조가 재빨리 내 옆으로 왔어.

"누나랑 무슨 얘기 했어?"

숨 쉬는 시체에서 이제 꽤 감정 표현을 하게 된 영조는 궁금해했어.

"우리가 계속 자리 피해 줬잖아. 언니는 너랑 내가 잘되는 줄 알았대."

소꿉친구는 처음으로 '절대 뒤돌아보지 않는다.'라는 규칙을 깨고 언니를 돌아봤어. 그리고 질린 얼굴로 말했어.

"누나 미쳤대?"

우리는 나란히 걸으며 동생들만 할 수 있는 언니 흉을 봤어.

그날 이후 분위기는 편해졌어. 언니랑 알리나는 더는 싸우는 척 자리를 피할 필요 없었지. 하지만 때때로 언니는 알리나와 함께 있을 때 긴장했어. 금방이라도 누가 두 사람에게 고함을 칠 것처럼, 갑자기 공격이라도 받을 것처럼, 하늘에서 불길이 쏟아지며 모종의 심판이 떨어질 것처럼.

하지만 언니랑 알리나한테 그럴 만한 사람들은 이제 다 가루가 되었고 고속도로에서는 다른 생존자를 보기 어려웠어. 설령 생존자와 마주쳐도 그들의 관심사는 마실 물이나 먹을 식량이지 다른 생존자의 연애 상대가 어떤 성별이냐 따위가 아닐 터였어.

어떤 면에서는 망한 세상이 더 편하다는 언니의 말이 생각났어. 망하기 전 매일 아침 구불거리는 타고난 머리를 스트레이트로 펴서 감추던 언니의 모습과 함께.

그럴 때면 이상한 슬픔과 함께 분노가 차올랐어. 어떤 면에서는 세상이 잘 망했다고, 누군가 있는 그대로의 자신을 숨겨야만 하는 세상이라면 망해도 싸다는 생각을 지울 수 없었지.

낮은 여전히 죽을 만큼 더웠지만 우리는 밤에 도로를 걸으며 대화했어. 우리가 둘이 아니고 셋도 아니고 넷이라는 걸 이제는 받아들였지. 알리나는 여전히 영조를 경계했고 낯가리는 영조는 그런 알리나를 어려워했지만 그마저도 익숙해졌어. 영조는 말을 하고 감정 표현을 되찾으면서 우리에게 위협이 되지 않았어. 어쩌다 얼굴 가득 웃을 때는 확실히 어릴 때의 모습을 찾을 수 있었지.

넷이 카트에 조명을 매달고 밤을 걷다 보면 별의별 얘기가 다 나왔어. 때로는 어릴 때 얘기를 하기도 했고("누가 우리 셋 보고 세 자매가 귀엽다고 했지.") 가끔은 다른 곳에서 무슨 일이 일어나고 있을지 얘기하기도 했어.

알리나는 총기가 합법이고 미성년자도 총을 쏠 줄 아는 나라는 상황이 더 나쁠 거라고 했어.

"생각해 봐. 생존자보다 총이 많고 많은 사람이 그걸 쏠 줄 안다면 무슨 일이 일어날지. 여긴 그나마 총이 없어서 다행이야."

알리나가 말했고 언니랑 나는 눈을 마주쳤어. 여기도 총이 있긴 했어. 집마다 총이 있는 건 아니지만 군부대 같은 곳에는 총이 있겠지. 앞으로도 총을 생각하지 않고 살 수 있기를 빌었어.

대화가 잠시 잦아들고 다들 빈 차를 피해 걷던 중 영조가 입을 열었어.

"그런데 대체 무슨 일이 일어난 걸까? 이 바이러스랑 모든 거 말이야. 왜 어른은 다 죽고 아이들만 일부 살아남을 수 있었지? 난 아직도 믿기지 않아. 말이 안 되잖아."

다들 조용했어. 우리에게 무슨 일이 일어났는지 아무도 이해하지 못했으니까.

영조는 이어서 하늘을 가리켰어. 밤이라 어두웠지만 영조가 뭘 말하는지 모두 알았지.

"그리고 하늘도 말이 안 돼. 아무리 전쟁 중 무슨 짓을 했다 해도 어떻게 하늘이 노란색이 될 수 있어? 과학적으로 가능하긴 해? 아니면 우리 시신경에 문제가 생겼거나 뇌 인지에 이상이 생긴 거야? 만약 정말 하늘이 변한 거면 여기만 이런 거야, 아니면 지구 전체가 이 지경인 거야?"

아직도 신기해. 그 질문을 기어이 꺼낸 게 어릴 때 낯 가리고 너무 조용해서 어른들이 걱정하던 영조였다는 게. 어쩌면 걔는 세상이 망하고 우리가 길바닥의 시체 같은 자신의 모습을 발견할 때까지 그런 질문을 고집스레 품고 있었을지도 몰라. 답을 알 수 없는 질문을 끊임없이 던지며 햇볕에 타들어 갔는지도 모르지.

나도 세상이 망했을 때 궁금하긴 마찬가지였어. 언니도 종종 말했지.

'전염성과 치사율이 둘 다 높은 건 말이 안 돼.'

하지만 의문을 머리 밖으로 밀어냈어. 생각해도 알 수 없는 질문에 몰두하는 것보다 당장 살아남는 것이 급했으니까.

우리는 계속 세상이 왜 이렇게 됐는지 이야기하다 언니의 말을 마지막으로 침묵했어.

"뭐든 답을 아는 사람이 있다면 그 사람은 어른일 거야."

언니는 더 말하지 않았지만 모두 이어질 말을 알 수 있었어.

이 상황을 아는 자, 우리에게 대답을 들려줄 수 있는 자, 이 상황에 책임이 있는 자, 그들은 어른이고 어른은 다 죽었어.

남은 건 불가사의하게 망한 세상과 일어난 일을 이해하지 못하는 아이들뿐이었지.

'우리는 영원히 우리에게 무슨 일이 일어났는지, 왜 일어났는지 알지 못할 거야.'

다시 아침이 밝아 올 때까지 아무도 말을 하지 않았어.

날은 빠르게 흘렀고 마침내 폭염이 한풀 꺾였어. 날이 선선해지면서 가을이라는 아주 짧은 휴식기가 찾아왔지. 우리는 다시 낮에 이동하고 밤에 잠들었어. 여정의 속도가 빨라졌고 알리나와 우리의 길이 갈라지는 날이 가까워졌어.

언니랑 알리나는 전보다 더 자주 얘기했어. 나는 언니가 알리나랑 충분히 대화를 나누면 내게도 말해 줄 거라 생각했어. 나는 알리나의 가족을 찾으러 함께 가도 좋았고 다 같이 할머니 댁에서 살아도 괜찮았어. 언니가 행복하다면 무엇이든 상관없었어.

그렇게 우리는 도로를 떠나 마지막 공통 루트인 한 도시에 도착했어.

"저게 대체 뭐야?"

알리나가 간신히 말을 내뱉었고 나머지는 입을 뗄 수도 없었어. 앞에 선 영조에게서 희미한 신음이 빠져나왔어.

아무도 움직일 수 없었어.

우리 앞에 있는 도시는 더는 우리가 알던 도시가 아니었어.

전쟁과 폭동에 그을리고 부서진 건물을 이름도 모를 덩굴식물과 꽃이 감쌌어. 우리는 대낮의 악몽에 도착한 것처럼, 난폭한 군중과 무장한 적대국도 파괴하지 못한 도시가 식물에 점령당한 걸 공포에 질린 채 바라봤어. 푸른 덩굴과 붉은 꽃으로 뒤덮인 도시는 미친 신에게 바치는 화관 같았어. 이윽고 머리를 멍하게 만드는 야릇한 꽃향기가 도시에서 불어와 우리의 넋 나간 얼굴로 날아왔어.

6

돌연 영조가 우리를 두고 도시로 걸어갔어.

"쟤 뭐 하는 거야?"

알리나가 경악했어.

언니가 영조를 붙잡았지만 영조는 손을 뿌리치고 계속 걸어가려 했어. 가까이서 보니 눈이 풀려 있었어.

나는 영조의 코를 막았어. 영조는 우리 중 가장 도시 가까이 서 있었고 이 반응은 도시에서 불어오는 냄새의 영향일지 모른다고 생각했어.

예상은 적중했어. 진한 꽃향기의 공급이 끊기자 영조는 정신을 차렸어. 도시로 향하던 몸이 멈추고, 자신이 무슨 짓을 하려 했는지 깨달은 공포가 눈에 비쳤어.

"여기서 멀어져야 해!"

내가 외쳤어.

우리는 숨을 참고 달렸어. 뒤도 돌아보지 않았어.

한참 뒤 냄새의 영향 밖으로 벗어난 뒤에야 멈출 수 있었어.

다들 표정이 끔찍했어. 전에는 아무리 이해할 수 없는 일이 생겨도 이런 종류는 아니었어.

어른을 죽이고 일부 아이만 살아남은 바이러스, 전쟁 이후 노랗게 된 하늘, 이런 것은 우리가 이해 못하더라도 기존 세계의 연장선에 있는 것 같았어. 우리는 모르지만 똑똑한 사람들, 과학자, 전문가, 잘난 어른 중 일부는 설명할 수 있었을 거라고 믿었지. 우리가 알지 못할 뿐 여전히 기존의 세계 질서, 고도로 발전된 과학으로 설명할 수 있을 거라고 말이야.

하지만 미친 식물로 뒤덮인 도시? 인간을 먹잇감 꾀듯 꼬여내는 최면 같은 향기?

이건 **기존 세계**에 속한 게 아니야. 우리가 지금까지 알던 세상이 아니야.

다들 깨달은 거야. 식물로 뒤덮인 거대한 무덤 같은 도시를 본 순간, 이건 기존 세계의 과학과 합리성으로 설명되지 않을 거라고. 우리가 알던 이성과 과학의 영역을 벗어난 곳에 도착했다고.

그리고 이게 독특한 예외가 아니라 **새로운 세상의 시작**이라는 감각이 우리의 불안한 가슴에 고동쳤어. 다른 무엇보다 그 감각이 우리의 심장을 떨게 하고 안색을 창백하게 만들었어. 이것이 다가올 미친 세상의 시작에 불과하다는 예감이.

오랫동안 아무도 말을 하지 않다가 해가 저물고 밤이 되었을 때 처음으로 알리나가 입을 열었어.

"이제 어떻게 할 거야?"

우리는 식물로 뒤덮인 도시에서 떨어져 어느 골목에 있었어. 아무도 말을 하지 않자 알리나는 입술을 깨물더니 다시 말을 이었어.

"고속도로로 돌아갈 수는 없어. 난 동생을 찾으려면 저 도시를 통과해야 해. 너희도 목적지로 가려면 저길 지나야 하지 않아?"

검은 머리 소녀는 절박해 보였어. 그때쯤에는 다들 서로의 사정을 알았어. 알리나가 조상의 뿌리가 있는 이 나라에 왔을 때 알리나보다 여덟 살 어린 동생은 한국어가 서툴렀어. 남쪽에는 먼저 온 고려인들의 정착지가 있었고 지역 차원의 지원제도가 잘되어 있었지. 한국어를 곧잘 하는 알리나는 서울에서 일자리를 구한 이모와 함께 서울로 가고 동생은 조부모와 남쪽의 고려인 정착지로 갔다고 했어. 피터 팬 바이러스에 살아남는 어른은 없었으니 알리나의 동생이 살아 있다면 보호자 없이 혼자일 터였어.

보통 상황이라면 알리나는 절대 저런 도시로 들어가려 하지 않았을 거야. 하지만 도시 너머 혼자 있을지도 모르는 동생이 안 할 행동을 하게 만들었어.

언니는 아무 말도 하지 않았어. 우리 목표인 할머니 댁을 가려면 저 도시를 지나가야 한다는 건 맞았어. 하지만 미친 악몽 같은 광경을 보자 여태 우리를 움직인 목표가 희미해졌어. 우리가 해야 하는 건 기회가 있을 때 최대한 저 덩굴과 꽃, 이상한 냄새에서 멀어지는 게 아닐까?

"도시를 통과하는 게 제일 빠른 거지 꼭 거길 지나야 하는 건 아니야. 식물이 퍼진 경계를 피해 돌아가는 건 어때?"

영조가 대안을 제시했지만 언니가 고개를 저었어.

"식물이 얼마나 퍼졌는지 모르잖아. 시간도 너무 오래 걸리고 돌아가려고 걷는 동안 저게 더 퍼질 수도 있어."

우리가 주저하자 알리나의 얼굴이 굳어졌어.

"필요하다면 나 혼자서라도 들어갈 거야."

"널 혼자 보내겠다고 한 적 없어."

언니가 날카롭게 말했어.

두 사람의 눈이 마주쳤어. 그 시선 속에서 내가 알지 못하는 얘기가 오갔어.

잠시 후 좀 더 부드러운 목소리로 언니가 말했어.

"저 냄새가 사람한테 어떤 영향을 끼치는지 봤잖아. 대비 없이 그냥 들어갔다가 영영 떠나지 못할 수도 있어."

그쯤에서 내가 끼어들었어.

"그래서 어떻게 하고 싶은 건데?"

언니에게 방안이 있다는 걸 알 수 있었고 내 예상대로였어.

"황사랑 미세먼지 때문에 약국마다 공기 여과 마스크가 있잖아. 말이 마스크지 미세먼지 집단 발작 사태 후로는 사실상 방독면이야. 그걸 쓰고 냄새에 영향을 받지 않고 움직일 수 있는지 확인하자."

"마스크가 제대로 작동하면?"

"그럼 우린 마스크를 끼고 도시를 통과할 거야."

내키지 않았지만 다른 답이 없었어. 고속도로에 다른 생존자가 등장하기 시작했고 콘크리트로 덮인 도시에서는 식량을 지속적으로 얻을 수 없고 발전기가 멈춘 상태로 겨울을 견딜 자신이 없었어. 할머니 댁이 우리의 가장 큰 희망이었어. 최소한 그곳이 살 만한지 확인하지 않고서는 다른 목표를 생각하기 어려웠어.

나는 영조를 바라봤어. 내 시선을 느낀 영조가 말했어.

"난 누나랑 너랑 같이 갈 거야. 어디든 상관없이 우리가 끝날 때까지."

다음 날 아침 우리는 약국에서 공기 여과 마스크를 챙겼어. 답답했지만 어릴 때부터 썼던 거라 익숙했어. 공기의 질이 나빠지면서 마크스 사업이 발전했고, 우리가 고른 마스크는 신소재로 만든 투명한 페이스 실드였어. 눈 아래로 얼굴을 덮는 일종의 반(半)가면이었지.

우리는 먼저 마스크의 효과를 확인하기 위해 한 명이 허리에 끈을 묶고 도시에 접근하기로 했어.

"처음에는 저 붉은 담까지 갈게. 괜찮다는 사인을 보낸 뒤에는 저 가로수까지 갈 거고. 만약 내가 아무 신호 없이 계속 들어가려 하면 줄을 잡아당겨서 끌어내."

마스크를 낀 언니가 말했어.

"꼭 네가 들어갈 필요는 없잖아."

알리나가 눈살을 찌푸렸어. 자기는 혼자서라도 도시에 들어가겠다고 했으면서 언니가 마스크 효과의 실험 대상이 되는 건 좋아하지 않았지.

"내가 저길 통과해야 한다고 했으니까 실험은 내가 할게."

"여기서 내가 제일 가벼워. 마스크가 효과 없으면 계속 도시로 들어가려 할 텐데 가벼운 사람을 끌어내는 게 쉽잖아."

언니 말에 반박할 수 있는 사람은 없었어.

허리에 끈을 묶고 마스크를 낀 언니가 식물의 도시로 걸어갔어. 멀어지는 뒷모습에 심장이 쿵쿵 뛰었어.

처음 말했던 붉은 담에 도착한 언니는 뒤돌아서 팔을 머리 위로 올려 괜찮다는 사인을 보냈어. 줄을 잡은 우리는 안도의 한숨을 내쉬었어. 언니는 다음 목표인 가로수에도 순조롭게 도착했고 여전히 의식이 있었어. 마스크가 효과 있었던 거야.

언니가 돌아오자 알리나가 언니를 끌어안고 언니 귀에 빠르게 속삭였어. 내가 모르는 언어, 알리나의 모국어로. 언니는 알리나가 무슨 말을 하는지 아는 것 같았어. 알리나가 뜻을 알려 준 말인 것 같았지. 언니 얼굴이 붉어졌고 나랑 영조는 몸을 쪼그리며 이미 챙긴 배낭을 다시 챙기는 시늉을 했어.

잠시 후 우리는 배낭을 메고 마스크를 쓴 다음 식물로 뒤덮인 도시로 들어갔어. 목표는 '최대한 빨리 그곳을 통과하기'였지.

마스크 덕에 냄새가 들어오지는 않았지만 도시의 경계를 넘자 불길한 예감이 들었어. 마치 불을 삼킨 것처럼 내 안에서 이상한 기운이 숨을 내쉬는 것 같았어. 무엇보다 우리가 가지 말아야 할 곳에 들어왔다는 느낌이 마음속에 어두운 무지개처럼 떠올라 사라지지 않았어.

미리 챙겨 둔 도시 지도를 들고 가장 앞에서 언니가 걸었어. 알리나가 언니 옆에서 주변을 경계했고 그 뒤에 내가, 일행의 끝에 영조가 있었어.

우리는 소리 내지 않고 빠르게 움직였어. 도시로 들어갈수록 피부에 닿는 공기가 축축했어.

앞에서 걷던 알리나가 펄쩍 뛰었어.

나도 모르게 헉, 하는 소리가 터져 나왔어.

땅이 새까맣게 뒤덮여 출렁이는 것 같았어. 바퀴벌레, 개미, 딱정벌레, 장수풍뎅이, 내가 이름을 모르는 수많은 벌레가 도시를 가득 메우고 있었어.

얘네가 함께 있는 게 생태적으로 가능한가? 다 이 계절에 있을 수 있는 종류인가? 이 모든 벌레가 도시 환경에서 이렇게 많이 있을 수 있는 거야?

뿔을 높이 쳐든 사슴벌레가 신발 앞을 지나가는 걸 보다 고개를 들었어. 정신이 나갈 것 같았어. 어지러운 머리가 착란한 생각을 쏟아 냈어. 끝없는 토끼굴로 떨어진 동화 속 앨리스처럼 우리 네 사람이 긴 밤의 도로를 통과해 마침내 이상한 나라에 도착했다고.

'생각하지 말자.'

그 한마디를 반복했어. 생각하지 마. 네 머리는 감당하지 못하고 마구 흔든 탄산음료 캔처럼 터질 테니까.

언니가 다시 걸음을 옮겼고 우리는 나아갔어. 푸른 덩굴이 건물을 기어올라 사방에서 폭발하듯 꽃을 피우고 발밑에 벌레들이 행진하는 걸 보지 못한 것처럼 계속 걸었어.

지금 와서 생각하면 자전거라도 타고 최대한 빨리 그 도시를 벗어나야 했어. 하지만 그때는 무작정 낯선 도시를 질주하는 게 두려웠지. 우리는 너무 겁먹어 지나치게 조심스러웠고 그 결과 한 발 한 발 신중하게 덫으로 걸어갔어.

도심으로 들어가자 어느 순간 땅을 뒤덮은 벌레가 사라졌어. 그 대신 공중에 날아다니는 것들이 나타났지. 잠자리, 나비, 내가 알지 못하는 온갖 날개 달린 곤충들.

아스팔트 틈새를 뚫고 허벅지까지 풀이 자랐고 피어오른 꽃 위에서 나비들이 날개를 접었다 폈어.

'**기는 것들** 다음엔 **나는 것들**이네.'

머릿속에서 불쑥 그런 생각이 들었어.

'그리고 우린 **걷는 것들**이고.'

마스크 덕에 꽃 냄새는 나지 않았지만 머리가 빙빙 도는 것 같았어. 말도 안 되는 말이 머릿속에서 소용돌이치다가 순식간에 솟구쳐 정신을 장악할 것처럼 느껴졌어.

'나만 이런 걸까?'

투명한 마스크 위로 언니의 눈이 굳은 걸 봤어. 어지간해서는 약한 모습을 보이지 않는 언니가 두려워하고 있었어.

알리나는 우리에 갇힌 맹수처럼 주변을 노려봤어. 맹렬한 분노와 공격성이 피부 아래로 스며드는 공포에 대한 알리나의 대응책인 것 같았어.

놀랍게도 영조는 차분해 보였어. 겁이 많기로는 우리 중 첫째인 그 애는 겉으로는 평소와 다르지 않았어. 조용하고, 다소 내성적이고, 음지에서 자란 식물처럼 묘하게 연약해 보이는 모습 그대로 모든 것을 바라봤어.

그때 너무 짙어서 검게 보이는 보랏빛 나비가 영조의 어깨에 내려앉았어. 나는 손을 흔들어 나비를 치웠어. 왠지 그냥 두면 안 될 것 같았어.

우리는 쉬지 않고 움직였어. 저녁이 되자 발이 부어 신발을 꽉 채울 정도였지.

밤에 이 도시에서 어떻게 할지 우리는 결정하지 못했어.

마음 같아서는 손전등을 켜고 계속 나아가고 싶었어. 이 안에서 잠이 드는 건 생각하고 싶지 않았지. 자고 일어나면 덩굴이 몸을 칭칭 감고 있을 것 같았으니까.

하지만 캄캄한 도시에서 불을 켜는 건 위험했어. 빛이 사라진 도시에서 빛을 내는 건 여기 사람이 있다는 걸 알리는 표시였어. 그리고 이 이상한 도시에서 빛을 보고 우리에게 주목할 존재들을 마주치지 않고 싶었어.

우리는 고민했지만 결정을 내린 건 벌레들이었어. 손전등을 켜자 날벌레들이 몰려와 도저히 걸을 수가 없었어.

우리는 불안한 마음으로 밤을 머물 곳을 골랐어. 언덕 위에 있는 성당에 들어갔는데 이상한 식물이 아직 언덕에는 오르지 않았기 때문이었어. 성당은 크지 않았지만 이곳이 신과 접하는 곳이라는 분위기가 곳곳에 배어 있었어. 아치형의 천장은 인간의 기도를 모아 신에게 보내듯 높이 솟아 있었고 단상에는 소박한 십자가가 있었어. 창에는 성인과 천사들이 스테인드글라스로 깃들어 있었어. 성인들의 얼굴을 감싼 환한 빛, 천사의 흰 날개, 나로서는 알 수 없는 색색의 상징들.

'아직도 신을 믿는 사람이 있을까?'

실내를 둘러보다 궁금해졌어. 망한 세상에서도 종교가 가능할까? 아니면 망한 세상이기 때문에 종교가 더 사람을 끌어모을까?

안에 다른 생존자가 없는 걸 확인한 후 우리는 신도들이 앉는 긴 나무 의자로 출입구를 막았어. 밤에 누가 들어오지 못하게 바리케이드를 치는 거였지.

침묵 속에서 저녁을 먹고 불침번 순서를 정했어. 언니, 알리나, 영조, 마지막으로 나.

"여기서 이틀이나 밤을 보낼 수는 없어. 새벽이 되자마자 걸을 거니까 다들 푹 쉬어 둬."

언니가 굳은 얼굴로 말했어. 우리 모두 같은 심정이었어. 오늘 걷는 동안 **기는 것**과 **나는 것** 말고 다른 존재는 없었어. 하지만 그걸로도 충분히 힘들었어. 더는 머리가 이 도시에서 일어나는 일을 감당하지 못할 것 같았어. 도시에 첫발을 디딘 순간부터 머릿속의 비상벨이 쉬지 않고 울리는 것 같았지. 불침번을 제외하고 모두 침낭을 펴고 뻣뻣한 근육을 주무르다 눈을 붙였어.

도저히 잠이 들 것 같지 않았지만 의외로 아주 빨리 잠들었어. 이상한 꿈에 끙끙 앓는데 누군가 몸을 흔들었어.

"일어나!"

출발선에서 내내 기다리던 시작 총소리를 들은 것처럼 벌떡 몸을 일으켰어. 나를 깨운 건 영조였어. 영조는 떨리는 손으로 손가락을 들어 조용히 하라는 신호를 줬어. 언니랑 알리나는 이미 스테인드글라스 창에 서서 밖을 보고 있었어.

"무슨 일이야?"

속삭이며 두 사람에게 다가갔어. 심장이 빠르게 뛰었고 뒤에서 영조가 따라오는 게 느껴졌어.

언니는 대답 대신 창밖을 가리켰어. 말 대신 비명이 나올 것 같아 입을 열지 못하는 것처럼.

미친 듯이 뛰는 심장으로 시선을 돌렸어. 눈동자가 바깥의 풍경에 닿기도 전에 내가 무엇을 볼지 알았어. 순식간에 미친 생각의 소용돌이가 번개처럼 번쩍였으니까.

'**기는 것들** 다음엔 **나는 것**, 그다음에는 당연히 **걷는 것들**이잖아!'

바깥에는 사람들이 벌레처럼 빽빽하게 모여 있었어.

7

그 자리에서 심장이 멈출 것 같았지만 충격이 가라앉자 상황이 눈에 들어왔어.

나는 **그들**이 우리를 둘러쌌다고 생각했지만 공포가 만든 착각이었어. 우리가 있는 성당은 야트막한 언덕 위에 있었는데 언덕 아래 광장이 있었어. 사람들은 거기 모여 있었어.

지대의 높이 차이 때문에 우리는 그들을 한눈에 볼 수 있었어. 사람들은 곳곳에 모닥불을 피웠어. 불이 타오르면서 어둠이 한발 물러났고 도시의 생존자들이 보였어. 아무도 마스크를 쓰지 않았고 얼굴에 물감으로 나비 날개를 그렸어. 덩굴과 꽃으로 만든 화관을 쓴 그들은 움직이는 꽃이자 두 발로 걷는 나비 같았어.

옆에서 일행들이 얼어붙은 게 느껴졌어. 광장의 사람들은 우리 존재를 몰랐어. 우리가 할 수 있는 건 그 상태가 지속되기를 바라는 것뿐이었어. 우리가 있는 성당은 그들과 가까웠어. 바리케이드를 치우고 어둠 속의 낯선 도시로 들어가려다가는 그들에게 잡힐 것 같았지. 우리는 자리에 못 박힌 것처럼 색색의 스테인드글라스를 통해 바깥을 지켜보았어.

그 밤으로부터 많은 시간이 흐른 뒤 나는 깨달았어. 마스크를 썼어도 냄새가 완전히 차단된 건 아니었던 것 같다고. 마스크 효과를 실험할 때 우리는 도시 깊이 들어가지도, 그 안에 오래 있지도 않았어. 우리가 도시에 들어서고 얼마 지나 보이기 시작했던 땅을 뒤덮은 벌레들, 이어서 나타난 수많은 잠자리와 나비들, 그것들이 정말 **진짜**였을까?

만약 그 도시에 아직 제정신을 유지한 사람이 있었다면 그의 눈에 비친 우리는 아무것도 없는 바닥을 바라보며 펄쩍 뛰고 허공에 팔을 휘두르지 않았을까?

지금 생각해도 알 수 없어. 그날 밤 우리가 본 것 중 현실은 무엇이었고 환각은 무엇이었을지. 피부에 와닿은 감각으로는 모든 것이 진짜 일어난 일이었어. 하지만 그것들 대부분은 환각이 아니고서는 설명되지 않아.

그 당시에는 마스크를 뚫고 들어오는 냄새의 환각 효과를 생각하지 못했어. 넷이 겁에 질려 창밖을 바라보는 게 할 수 있는 전부였지.

식물로 뒤덮인 도시의 기묘한 주민들은 시든 꽃, 시든 잎, 시든 덩굴을 불에 던졌고 그때마다 식물의 잔해는 불 속에서 밝은 불꽃을 일으키며 탔어. 점점 더 많은 사람이 도착했고 밤이 무르익었을 때는 군중이라 할 수 있는 규모가 형성됐어.

광장이 가득 차자 그들은 하던 일을 멈추고 우리가 있는 언덕 반대편의 어둠을 바라봤어.

같은 곳을 향한 개미 떼 같은 뒤통수를 보자 무언가 거대한 것이 심장을 누르는 것 같았어.

'저들은 이 밤 내내 무언가를 기다리고 있었고 그것이 이제 오고 있어.'

저들이 기다리는 무언가를 보기도 전에 압도적인 감각이 내 육체를 덮쳤어.

온다.

오고 있다.

어둠에 가장 가까이 접한 뒤통수들부터 몸을 떨기 시작했고 떨림은 군중 속으로 번졌어. 풀이 바람에 흔들리는 것처럼, 보이지 않는 무언가가 그들의 피와 살, 영혼을 훑고 지나가는 것처럼.

굳은 몸을 억지로 움직여 옆에 있는 언니에게 향했어. 도망쳐야 한다고, 그것이 오기 전에 달아나야 한다고 말하고 싶었지만 소리가 나오지 않았어. 온 힘을 다해 고개를 창밖에서 언니에게로 돌렸어.

뻣뻣하게 굳어 눈을 부릅뜬 언니를 보고 깨달았어.

늦었어.

꽉 막힌 건물 안에 있는데도 군중을 통과한 바람이 부는 느낌이었어. 투명한 더듬이가 머리에서 돋아나 마침내 온 것의 존재를 감지하는 것 같았어.

누가 시킨 것처럼 고개가 다시 창밖으로 돌아갔고 밤의 어둠 속에서 솟아난 것처럼 **그 사람**이 나타났어.

그가 여자인지 남자인지는 알 수 없었어. 성별 같은 건 그의 존재에 중요하지 않았어.

처음 어둠 속에서 드러난 형체를 봤을 때는 실망했어.

그 사람은 작았어. 길게 자란 머리카락을 아무렇게나 늘어뜨린 그는 보통 사람보다 작고 말라 볼품없어 보였어. 나는 더 크고 압도적인 것을 상상했어.

상상과 달리 작은 존재는 쉽게 군중 속으로 들어왔어. 화관을 쓰고 얼굴에 나비 날개를 그린 사람들은 그를 위해 길을 비켰어. 그는 가벼운 걸음으로 광장을 지나 단상으로 향했어. 광장이 꽉 찼는데도 그때까지 단상에 올라간 사람은 없었어. 거기는 **그 사람**의 자리였던 거야.

단상에 오르자 그의 모습을 자세히 볼 수 있었어. 그는 다른 생존자들과 달리 얼굴에 나비 날개를 그리지 않았어. 길고 거무튀튀한 가면을 썼는데 곤충 같은 인상이었지만 무슨 곤충인지는 알 수 없었어.

단상 위로 올라간 그는 사람들을 바라보았어. 가면을 썼는데도 그의 시선을 느낄 수 있었어.

그리고 그가 입을 열었어.

음향 설비도 없는데 그 사람의 말은 마음에 파고드는 것처럼 선명했어. 광장에 모인 군중뿐만 아니라 언덕 위 작은 성당에 숨어 있는 나에게도 또렷이 들렸어. 꼭 그가 내 머릿속에서 말하는 것처럼.

그 목소리에 마법이 깃든 것 같았어. 그전에는 사람의 목소리를 생각한 적 없었어. 하지만 그의 목소리를 들은 후 목소리가 얼마나 중요한지 깨달았어. 내용을 파악하기도 전에 목소리만으로 나는 그에게 사로잡혔으니까.

난 계속해서 그날 내가 본 그의 모습, 생각보다 작은 체구나 기묘한 가면의 생김새, 빨려드는 목소리 같은 걸 늘어놓을 수 있을 거야. 말하는 내내 그 사람이 살짝 몸을 앞뒤로 흔든 것이나 말을 하며 한 손짓 같은 것을 설명할 수도 있겠지.

하지만 아무리 애써도 그가 그날 한 말을 제대로 전하기는 어려워.

그날 그는 우리에게 깨달음을 주었어.

너무 강렬해서 듣는 순간 나를 송두리째 사로잡은 말, 그 후 오랜 시간이 지나도 나를 놓아주지 않고 후유증을 남긴 말을.

몇 마디 기억을 여기에 적어 보지만 넌 이걸로는 그 말이 왜 당시 사람들에게 강력한 영향을 미쳤는지 이해 못 할 거야. 그 자리에서 함께 경험한 사람이 아니면 온전히 이해할 수 없는 걸까?

아무튼 곳곳에 사람을 취하게 하는 야릇한 냄새가 스미던 그날 밤, 공중을 떠도는 광기 속에서 그는 말했어.

세상에 대해, 멸망한 낡은 세계와 다가오는 새로운 세계에 대해.

죽은 어른들과 달리 살아남은 아이들, 새로운 세상의 신인류가 될 선택받은 자들에 대해.

신세계, 신인류. 그가 음악적인 목소리로 말하는 단어를 듣는 순간 머리에 우유 수천 리터가 쏟아지는 것 같았어. 완전히 그 단어에 빨려 들어서 다른 생각은 순백의 액체 속에 수장되었어. 그곳에서 벗어난 지금은 그게 최면이었다고 추측할 수 있지만 당시에는 최면의 효과에 온통 사로잡혔지.

수면 위의 일렁임처럼 그의 말은 군중을 훑고 지나갔어. 그는 우리가 **나비**가 될 거라고 했어.

구세계가 종말을 앞뒀다는 건 세상이 망하기 전에도 모두 알았어. 우리가 태어나기도 전에 어른들은 환경 파괴로 머지않아 지구가 인간이 살 수 없는 행성이 될 거라고 말했으니까.

말은 그렇게 하면서 정작 해야 할 일은 하지 않아 인간의 힘으로 종말을 멈출 수 있었던 시기는 지나갔어. 기대를 모았던 우주 진출이 실패하자 구세계에 남은 건 파멸뿐이었고 무슨 짓을 해도 환경을 되돌릴 수 없다는 게 뻔했지.

그는 말했어. 그런 상황에서 어떤 사람이, 어떤 세력이, 어떤 힘이 생각했다고. 환경을 고치는 게 불가능하다면 **인간이**

환경에 맞게 바뀌어야 한다고.

우리가 피터 팬 바이러스라고 불렀던 전염병은 인간을 죽이기 위한 것이 아니었다고 했어. 죽음은 변화를 감당하지 못한 개체에게 일어난 부작용일 뿐이라는 이야기였지.

"왜 어떤 어른도 살아남지 못했을까?"

그 사람은 단상에서 말했어.

"그건 어른이 이미 완성된 개체였기 때문이야. 성체는 더 이상 변하지 못하기 때문이야."

그는 계속 말했어. 애벌레만이 번데기가 되는 것처럼, 아직 성장이 끝나지 않은 아이들만 바이러스를 거쳐 변화했다고. 변화를 감당하지 못한 약한 개체는 죽고, 살아남은 우리는 선택받았다고.

"우린 나비가 될 거야. 새로운 세계에서 새로운 존재로 다시 태어나는 거야."

온몸에 소름이 끼쳤어. 나는 그 말을 알았어. 그를 만나기도 전에 이 목소리를 들었어. 내가 벙커에 들어가기 전에 꿨던 꿈에서.

무릎에서 힘이 빠졌어. 내가 이 순간 이곳에 있는 게 훨씬 전부터 정해졌고 나는 꼭두각시처럼 움직인 것 같았어. 피할 수 없는 운명이 처음부터 나를 손에 쥔 것처럼.

말은 계속 이어졌어. 우리 모두 돌이킬 수 없이 변한 새로운 세계에 맞게 새로운 존재가 될 거라고 했어. 마침내 고치를 찢고 날개를 펼치는 나비처럼.

"정말 네 변화를 못 느끼겠어?"

그는 산들바람처럼 가볍게 말했어.

"전에는 불가능했던 일을 한다는 걸 모르겠어?"

가면 속에서 그가 웃는 게 느껴졌어.

그 사람은 계속 말했어. 우리 중 일부가 이미 괴력, 예지, 독심술, 최면, 환각, 그 밖의 온갖 불가능한 일을 일으키고 있다고.

나는 그가 무슨 말을 하는지 알았어. 지금까지 내가 그냥 넘어간 것들, 생존 본능이라고 애써 이해한 이상하게 날카로운 감각, 미친 비가 쏟아지던 밤에 묵중한 쇳덩어리 맨홀 뚜껑을 들어 올린 괴력, 언니를 봤다고 거짓말한 애의 마음의 소리를 들었던 것 등이 빠르게 지나갔어.

그리고 갑자기 일행들의 존재가 의식됐어.

다른 사람들도 그런 경험을 했을까?

문득 벙커가 무너졌을 때 언니가 혼란 속에서 빠르게 나를 찾아낸 게 생각났어.

다들 그보다 더한 일도 감추고 있을까?

광장에 모인 군중은 그의 말을 알약처럼 음절 하나하나 삼켰어.

그 당시 군중을 이해하려면 우리가 처했던 상황을 이해해야 해. 다들 우리가 남겨진 세상을 이해하지 못했어. 모두 설명할 수 없는 세상과 자신의 변화에 두려워했어.

그때 그 사람이 나타난 거야. 누구도 답을 주지 않고 의문만 가득한 세상에서.

물론 그의 말은 제정신인 사람에게는 믿을 수 없는 소리였지. 하지만 그때 우리 중 제정신인 사람은 없었어. 중요한 건 그 순간 겁에 질린 아이들에게는 그의 말이 해답처럼 느껴졌다는 거야. 다들 무언가 믿을 수 있는 걸 붙잡고 싶어 했어. 하지만 기댈 수 있는 어른은 없었고 기존의 과학, 기존의 규칙, 기존의 종교까지 사라졌어. 미친 생각이라도 그 사람의 말에서 군중은 진실의 향기를 감지했어. 적어도 그 사람이 자기 말은 진실이라 믿는다는 것을 느꼈지.

어쩌면 그 사람은 정말 진실을 알았을지도 몰라. 그 후에 다가온 세상을 보면 그의 말이 틀렸다고는 할 수 없으니까.

그 사람은 계속 자신의 마법 같은 목소리를 흘렸고 특정한 단어마다 군중의 머릿속에는 일제히 우유가 쏟아졌어. 어느 순간 광장에 모인 사람들이 작게 몸을 흔들기 시작했어. 바닷속 해초처럼, 바람에 흔들리는 코스모스처럼.

그의 말과 목소리에 취한 군중은 점점 춤을 추는 것처럼 보였고 언제부터인가 광장에 나비가 나타났어.

그렇게 많은 나비를 본 건 처음이었어. 갖가지 색깔의 나비가 얼굴에 나비 날개를 그린 사람들 사이를 날아다녔어. 그 나비들도 환각이었을까?

광장의 나비들은 하나둘 사람들 몸에 내려앉아 날개를 오므렸다 펼쳤어. 마치 사람이 꽃인 것처럼.

얇은 눈꺼풀을 나비 날개처럼 가볍게 접었다 떴을 때, 나는 **진실**을 봤어. 내가 답답한 껍질을 벗자 세상의 껍질도 한 꺼풀 벗겨져 속살이 드러나는 것처럼.

소박한 성당은 사라졌어. 언덕도, 다른 지형지물도 존재하지 않았어. 도시를 채운 짙은 공기 속에서 우리는 **연결**되어 있었어. 금빛의 에너지가 덩굴처럼 뻗어 사람들을 이었고 덩굴은 성당에 있는 내 일행들에게도 이어져 있었어. 그 사람이 연설하는 동안 빛의 덩굴이 자라나 사람들을 감싼 거야.

그 연결 속에서 나는 도시를 뒤덮은 식물이 시시각각 자라는 소리를 들었어. 나비들의 날개가 움직일 때마다 평범한 눈에는 보이지 않던 광채의 가루가 떨어졌어.

나도 모르게 **그 사람** 쪽으로 고개를 돌렸어. 사람들 사이의 금빛 연결은 모두 그에게 향해 있었어. 그는 황금빛 빛줄기 속에 있었고 나는 깨달았어. 그가 쓴 가면이 무엇인지.

그건 나비의 몸통이었어. 그의 가면 주위로 에너지가 넘실거리며 오색찬란한 나비의 날개가 만들어졌어. 어두운 빛이라고밖에 표현할 수 없는 에너지가 사람들의 연결이 강해질수록 커다랗게 밤하늘을 뒤덮었어.

'연결이 아니라 덫이야.'

머릿속의 생각이 속삭였어. 쏟아지는 우유에 수몰되면서

생각이 발악처럼 내질러졌어.

'이건 힘의 착취야!'

사람들이 그에게 홀릴수록, 나비의 날개가 커질수록 그의 힘은 강해졌어. 그는 사람들의 잠재된 힘을 자기 것으로 빨아들였어.

빛줄기에 얽힌 이들은 그 사실을 모르는 것 같았어. 그들은 눈을 감은 채 진실을 보려 하지 않았어. 덩굴에 휘감겨 연결의 감각에 취했어. 스스로의 생각을 멈추고 그저 존재할 뿐이었어. 인간이 아니라 바람에 흔들리는 꽃인 것처럼. 주어진 빛과 물을 빨아들이며 아무 생각 없이 자라기만 하는 식물인 것처럼.

광장을 메운 많은 사람이 의지 없는 식물처럼 있는 광경이 그날 밤 내가 본 어떤 환각보다 오싹했어. 전부 **그 사람**에게 판단과 결정을 맡긴 모습. 한두 명이 아니라 광장을 채운 군중이 쉽게 자신을 넘겨주는 게 견딜 수 없을 만큼 두려웠어.

아무리 이해할 수 없는 세상이라고 해도, 아무리 그가 나름의 해답 같은 걸 들고 왔다고 해도, 그 사람이 일종의 최면술을 발휘했다고 해도, 인간이 그렇게 쉽게 자신의 생각, 자신의 판단, 자신의 의지를 저항 없이 타인에게 넘기면 안 되잖아.

물론 그게 편하다는 건 알아. 어렵고 무서운 건 나보다 강해 보이는 사람, 뭔가 아는 것 같은 사람에게 전부 맡기면 좋겠지. 더는 스스로 고민할 것도 없고 세상과 인간을 이해하려 애쓸 필요도 없어지니까.

하지만 그래서는 안 돼.

생각 없이 무작정 강해 보이는 자에게 투신하는 건 도피에 불과하니까. 자기 생각이 없는 맹목은 결국 광기의 세계에 넘실거리는 광신이 되어 버리니까.

나는 그러고 싶지 않았어. 나를 사로잡는 힘에 몸을 맡기고 그 사람을 더 강하게 만드는 인간 영양분이 되고 싶지 않았어.

덩굴에 몸을 맡긴 수많은 군중 속에서 나는 거부했어. 고집 센 아이처럼 발을 굴리자 발목을 감은 빛줄기가 물러났어.

덩굴은 거부하는 자에게는 효과가 없었어.

연결을 가장한 덫에서 벗어나 주변을 둘러보았어. 언니 역시 마력 같은 힘에 자신을 맡기지 않았어. 매서운 눈으로 허리를 얽은 빛줄기를 쳐 냈고 그런 언니 옆에서는 알리나가 퉁명스러운 얼굴로 팔을 감싼 덩굴을 뜯었어. 다들 누군가를 무작정 따르기에는 너무 고집 센 인간들이었지.

영조를 돌아보자 심장이 차가워졌어. 황금빛 빛줄기가 영조의 몸을 감싸고 있었어. 다른 사람들에게 뻗은 빛이 가느다란 실 같다면 영조를 감싼 것은 밧줄처럼 두꺼웠어.

빛나는 덩굴에 감긴 영조의 가슴에서 진한 보라색 나비가 날개를 접었다 폈어.

그 모습을 보자 머릿속을 하얗게 채운 우유가 모조리 날아갔어.

영조를 잡아끌었어. 덩굴이 뚝뚝 끊어져도 나비는 날아가지 않았어.

영조는 계속 눈을 감은 채였고 얼굴은 창백하다 못해 투명했어. 나비의 날개는 더욱 선명해졌어.

다급한 마음에 손을 뻗었어.

나비는 엉겁결에 뻗은 내 손아귀에 잡혔어. 뭔가를 생각하기도 전에 나비를 쥔 손을 움켜쥐었어. 다시 손을 폈을 때는 아무것도 없었어. 나비도, 나비의 파편도 없었어.

무슨 일이 일어난 건지 알 수 없었지만 영조는 눈을 떴고 놀란 눈으로 주변을 둘러보며 헐떡였어.

그 사람은 우리의 반항을 알지 못했어. 그도 전지전능한 신은 아니었던 거야. 아니면 너무 많은 사람에게서 힘을 빼내느라 우리 같은 소수는 눈치채지 못했을 수도 있지.

얼마 후 그는 덩굴을 거두었어. 눈을 깜빡이자 세상에는 다시 성당, 언덕, 구세계의 문명이 만든 각종 건축물이 들어섰고 덩굴과 나비는 사라졌어.

그게 끝이었어. 어쩌면 그에게도 넘실거리는 힘을 소화할 휴식이 필요했을지도 몰라. 그는 말없이 단상에서 내려가 어둠 속으로 사라졌어. 나는 이제 그 사람이 겉으로 보이는 작은 체구와 달리 거대한 괴물이라는 걸 알았어.

광장은 고요했어. 그가 떠난 걸 봤는데도 한편으로는 여전히 여기 있는 것 같았어. 우리의 정신과 마음속에 뿌리를 내린 덩굴이 사라지지 않은 것처럼.

하지만 시간이 흐르자 그가 오늘 밤 다시 나타나지 않을 거라는 게 확실해졌어. 군중은 지친 듯 주저앉았어.

몇몇이 꺼지기 시작한 모닥불을 다시 태웠고 불은 어둠 속에서 최면처럼 타올랐어.

아무도 광장을 떠나지 않았어. 그 사람이 떠난 빈 공간을 채우려는 것처럼 누군가 북을 쳤고 몇몇이 일어나 발작 같은 춤을 췄어. 북소리가 커졌고 많은 이가 광란의 춤에 합류했어. 격렬한 움직임에 머리에 쓴 화관이 떨어져 발에 짓밟혔고 흐르는 땀에 얼굴의 나비 그림이 녹아내렸어.

고대의 축제를 보는 것 같았어. 술의 신을 섬기는 이들이 광기와 취기로 미친 향연을 벌이는 것 같았어.

그게 미친 세상을 견디는 그들 나름의 방식이었을까? 망한 세상에서 우리는 다시 원시 종교부터 문명을 시작하는 걸까?

상당한 시간 동안 그들은 밤의 밑바닥을 휘저으며 춤을 추었고 하나둘 지친 몸으로 바닥에 쓰러졌어. 그들이 모두 쓰러져 잠들면 성당을 빠져나가야겠다고 생각했어.

이곳에 있다가는 저들처럼 될 것 같았어. 아차 하는 순간에 눈을 뜨면 머리에 화관을 쓰고 얼굴에 휘황한 나비 날개를 그리고 있을지도 몰라. 이 이상한 나라의 주민이 되어 저들과 춤을 추고 있을지도 몰라.

시간이 흐르면서 춤을 추는 사람은 얼마 남지 않았고 남은 이들도 동작이 약해졌어. 느린 북소리가 죽어 가는 짐승의 심장 박동 같았어.

'조금만 더 기다리면 돼.'

입술을 깨물고 견디자 마침내 최후의 한 명이 남았어. 지친 군중은 대부분 잠이 들었지만 깨어 있는 이들이 간간이 고개를 들어 마지막 한 명을 바라보았어. 그 사람이 춤을 끝내면 모두 잠들 것 같았어. 그때가 빠져나갈 최적의 시기였어.

어느새 북소리가 멈췄어. 초조한 신경으로 마지막 사람을 지켜보았어. 춤을 추기보다는 몸을 흐느적거리는 여자애였지. 검은 장막 같은 하늘과 동료들이 쓰러져 누운 땅 사이에 혼자 서 있었어.

그리고 예고도 없이 분위기가 변했어. 금방이라도 끝날 축제의 마지막 장에서 공기가 바뀌었어. 투명한 번개가 마지막 사람을 내리친 것 같았어. 머리카락이 뻣뻣하게 곤두섰고 늘어졌던 사지가 경련을 일으켰어.

반쯤 잠의 세계로 건너갔던 광장의 사람들이 고개를 들었어. 무언가 일어나고 있다는 걸 모두 알았어. 창백한 불꽃이 마지막 사람의 머리카락 사이에서 튀었어.

발작이 멎자 마지막 사람이 하얗게 뒤집혔던 눈을 떴어. 머리부터 발끝까지 알 수 없는 충만함으로 가득 찬 원시 종교의 샤먼 같았어.

춤의 광란 속에서 계시라도 받은 것처럼 여자애가 고개를 돌렸어.

  인간의 눈이 볼 수 없는 것을 보는 곤충의 눈처럼, 언덕을 넘어 오색의 스테인드글라스를 뚫고 우리와 눈이 마주쳤어.

  모닥불의 불빛을 받아 번쩍이는 그 애 눈이 광채를 띠었어. 나비 날개가 반쯤 지워진 얼굴에는 꽃이 피듯 미소가 퍼졌어.

  그 애는 활짝 웃으며 손을 들어 성당을 가리켰어.

8

 광장의 사람들이 일제히 고개를 들었어. 그들이 몸을 일으켜 달려오는 순간 창을 떠났어. 무슨 일이 일어난 건지, 저들이 어떻게 먼 거리에서 우리를 봤는지, 왜 우리를 잡으려 하는 건지 따위를 생각할 시간은 없었어. 사냥이 시작된 느낌을 사냥감이 본능적으로 아는 것처럼 위기를 알았어. 머릿속에 경고음이 폭약처럼 터졌어.
 문에 쌓은 바리케이드가 도망치는 데 방해가 됐어. 바리케이드를 해체하는 대신 알리나가 배낭을 던져 창을 깼어. 색유리가 지저분하게 깨진 사이로 앞다투어 몸을 던졌어. 유리 파편에 상처가 났지만 신경 쓰지 않았어. 위기에 치솟는 아드레날린의 힘으로 창턱을 단숨에 뛰어내렸어.
 광장 곳곳에 모닥불이 있었지만 도시의 다른 곳에는 빛이 없었어. 우리는 광장의 반대편으로 언덕을 구르듯 내려가 어둠 속으로 뛰어들었어. 손전등을 켤 수는 없었어. 불빛만큼 숨길 수 없는 추격의 단서가 없었으니까.

낯선 도시의 어둠 속에서 우리는 서로를 잃어버렸어. 모두 흩어져서 불빛 하나 없이 새까만 거리를 헤맸어.

뭘 어떻게 해야 할지 알 수 없었어. 춤추던 애들이 왜 우리를 쫓는지 알 수 없었지만 잡히고 싶지 않았지.

언덕 아래 도시는 온통 식물이 점령했어. 도로에 뻗은 덩굴에 걸핏하면 발이 걸렸고 더듬더듬 벽을 짚고 걷다 보면 손 밑에 촉촉한 식물의 잎새가 느껴졌어. 피부에 닿은 감촉이 기이할 정도로 관능적이라 머리카락이 곤두섰어.

얼마 지나지 않아 근처에서 사람들이 우리를 찾는 소리가 들렸어.

'소리 나게 뛰면 쟤네한테 들킬 거야.'

심장이 피를 마구 쏟아 냈고 감각이 미친 듯이 선명해졌어. 어둠의 짙고 묽은 차이가 생생하게 보였어. 어둠 속에서 건물과 건물 사이 작은 틈으로 들어갔어. 좁아서 몸을 돌려 게처럼 옆으로 들어가야 하는 틈이었어. 달려서 이목을 끄는 것보다 조용히 숨는 게 생존에 유리할 것 같았지.

건물 사이로 들어가자 그들이 골목에 나타났어.

심장이 거세게 뛰었어. 심장이 뛰는 소리가 너무 커서 골목에 있는 애들에게 들릴 것 같았어.

이어서 그들 중 하나가 찰칵 라이터를 켜는 소리가 소름 끼칠 정도로 선명하게 들렸어.

눈을 질끈 감았어. 작은 불이 어둠 속에서 어떤 위력을 낼지 짐작할 수 없었어. 지금이라도 움직여야 할까? 반대편 틈으로 뛰어나가면 잡힐까?

내 숨소리가 너무 크게 느껴졌고, 폭주하는 머리는 불쑥 라이터를 든 손이 들어와 어둠을 밝히는 장면을 떠올렸어. 누군가 틈새로 얼굴을 내밀고 반짝이는 눈이 나와 눈을 마주칠 것 같은 상상.

신경이 경련을 일으키고 가슴에서 심장이 북처럼 고동치던 그때 무언가 발치에서 움직였어.

쥐였어. 인간의 세상이 망하자 자기들 세상이 온 것처럼 두려움 없이 도시를 돌아다니는 쥐.

그날 내가 살아남은 건 그 작은 쥐 덕분이었어. 추적자들이 내가 있는 틈을 살펴보려 했을 때 쥐가 튀어 나갔어. 깜짝 놀란 무리가 라이터를 바닥에 떨어뜨렸어. 그들은 어둠 속에서 바닥을 더듬거리며 라이터를 찾았고 얼어붙은 나를 두고 골목을 떠났어.

안전해진 곳을 떠날 용기는 없었어. 자세도 불편하고 긴장해서 잠들지 못할 것 같았는데 몸과 마음이 너무 지쳐서 신경이 차단된 것처럼 건물 벽에 기대어 선 채 깜빡 졸았어.

새벽에 길을 알아볼 만큼 밝아졌을 때 틈을 빠져나왔어. 불편한 자세로 굳은 몸이 비명을 질렀어.

갈 곳은 한 곳밖에 없었어.

우리가 마지막으로 같이 있던 성당. 미처 챙기지 못한 짐도 거기 있었기 때문에 흩어진 일행이 다시 모일 곳은 그곳밖에 없었지.

식물로 뒤덮인 도시의 새벽은 고요했어. 광장은 텅 비었고 전날 보았던 **기는 것**, **나는 것**, **걷는 것**은 보이지 않았어.

'다들 어딘가에서 잠이 든 걸까?'

그러기를 바랐어. 그들이 잠든 사이 무슨 수를 써서라도 도시를 벗어나고 싶었어.

성당이 있는 언덕으로 올라가며 머리는 밤새 있었던 일을 되새겼어. 살아남은 아이들이 새로운 세상의 신인류가 될 거라고 말하던 **그 사람**, 홀린 듯 그의 말을 들으며 그에게 힘을 빼앗긴 광장의 군중, 그리고 밤새 고대인처럼 춤을 추던 모습. 특히 마지막까지 춤을 추다 접신이라도 한 것처럼 우리의 존재를 알아챈 아이의 모습이 생생했어. 생존자들에게 전에 없던 이상한 힘이 깨어난다는 말을 증명이라도 하는 것 같았지.

'대체 무슨 일이 일어나는 거야.'

내가 본 것, 경험한 일이 소화되지 않았어.

나는 문명을 기억했어. 평생 인류가 세운 시스템 속에서 살아왔어. 사회의 기준이 된 이성과 상식. 절대 불변의 진리처럼 단단하던 것들이 이렇게 쉽게 무너질 수 있다는 게 믿기지 않았어.

무엇보다 **그 사람**의 말이 머릿속에서 사라지지 않았어. 우리가 나비처럼 새로운 존재로 다시 태어날 거라는 말.

세상의 변화도 놀라웠지만 나 자체가 변한다는 건 또 다른 얘기였어. 내가, 생존 인류가 이전과 다른 존재가 된다면 무슨 일이 일어날까.

성당에 도착하면서 생각이 멈췄어. 깨진 유리창 앞에 두 사람이 있었어. 알리나의 얼굴은 새빨갰어. 눈물을 쏟기 직전인지 분노로 가득 찬 건지 알 수 없었어. 나와 눈이 마주치자 영조가 입을 열었어. 밤새 핼쑥해진 얼굴, 핏기 하나 없이 창백한 얼굴로 그 애가 더듬거리며 말했어.

"누나가, 미래 누나가 나 구하려다……."

뒷말을 듣지 않아도 알 수 있었어. 밝아 오는 새벽하늘이 머리 위에서 팽이처럼 도는 것 같았어.

언니가 그 미친 춤추는 애들한테 끌려갔어.

*

생각할 수 있는 건 오직 하나뿐이었어.

'언니를 구해야 해.'

무슨 수를 써서라도. 무슨 짓을 해서라도.

다행히 영조는 그 애들이 언니를 어디로 데려가는지 확인했어. 그들은 모두 도시의 체육관에 있었어.

그들이 왜 언니를 잡아갔는지 이해할 수 없었어. 애초에 우리를 왜 쫓은 거지? 우리를 자기네 패거리에 들이려고? 그런데 잡혀간 사람이 순순히 합류할까?

원시적인 종교 광신자 같은 무리의 생각이 어떻게 돌아가는지 짐작할 수 없었지만 그런 무리에 언니를 둘 수 없었어.

"난 언니를 구하러 갈 거야."

내 목소리에 확신이 실렸어. 누가 뭐라 해도 내 결정이 바뀌지 않을 거라는 걸 알았어. 필요하다면 혼자서라도 언니를 구하러 갈 거였어.

"그리고 난 너랑 같이 갈 거고."

영조가 말했어.

여전히 창백한 안색이었지만 눈이 마주치자 영조는 주저 없이 말했어. "난 너랑 누나를 따라갈 거라고 했잖아. 어디든 상관없이 끝까지."

그 순간 내가 영조에게 느낀 건 친밀한 애정이었어. 핏줄로 이어져 있지 않아도, 우리가 서로 떨어져 모르는 시간 속에서 성큼 자랐다 해도, 얘는 역시 나랑 어린 시절을 함께한 친구이자 가족 같은 존재였어. 내 최초의 기억 속에서부터 당연한 것처럼 함께 있던 애였지.

그때 내가 식탁에 주스를 엎었을 때 엄마는 곁에 없었어.

언니가 일어나 착착 내가 저지른 일의 뒷수습을 시작했어. 나는 주눅 들어 언니를 돕지도 못하고 어정쩡하게 있었지.

그때 영조는 내게 자기 주스 컵을 내밀었어.

'이거 마셔.'

마시지도 못하고 주스를 엎지른 내게 자기 몫을 주던 애.

바로 그 애가 내 옆에 있었고 나와 함께 미친 도시에서 언니를 찾으러 가려 했어. 당연한 것처럼.

하지만 그렇지 않은 사람도 있었어. 알리나와 눈을 마주치자 개의 얼굴은 감출 수 없이 굳어.

상대는 한둘이 아니라 군중이었고 이성이 통하는 상태도 아닌 것 같았지. 도시 안쪽으로 들어가 위험한 구출에 나서는 건 생존에 유리한 일이 아니었어.

나와 눈이 마주쳤을 때 알리나의 눈은 흔들렸어.

그 애에게는 도시 밖에 혼자 있을 어린 동생이 있었으니까. 최대한 빨리 동생에게 가야 했으니까.

난 급한 마음으로 결정했어. 초조하고 신경이 곤두선 당시에는 그렇게 판단했어. '시작도 하기 전에 흔들리는 사람의 마음을 얻으려고 애쓸 여유나 시간이 없어.'

나는 전날 우리가 탈출한 유리창을 가리키며 말했어. 성당에는 우리가 미처 챙기지 못한 짐이 그대로 있었지.

"언니랑 내 가방 안에 정수 기계 있어. 갈 거면 그거 가져가."

처음 알리나는 내 말을 이해하지 못했어. 잠시 눈을 깜빡이다 개의 얼굴이 무섭게 굳었어.

"무슨 뜻이야?"

뚜렷한 이목구비의 여자애가 나를 노려보며 말했어.

"내가 내 여자친구를 구하러 안 갈 것 같아?"

"그냥 알려 준 것뿐이야."

"내가 떠날 거라 생각해서 한 말이잖아."

알리나의 목소리에 흥분이 섞였어.

언니 걱정에 날카로워진 신경으로 나도 입을 열었어.

"그냥 가능성을 열어 둔 거야."

"그러니까 무슨 뜻으로 한 말이냐고."

"넌 동생이 있잖아."

내 말에 처음으로 알리나가 말을 멈췄어. 나는 계속 말했어. 이렇게 된 이상 솔직히 말하고 빨리 상황을 정리하는 게 나을 것 같았어. 배려하고 다독이며 말을 돌려 할 시간이 없었어.

"넌 최대한 빨리 도시를 떠날 생각뿐이잖아. 언니가 잡혀갔다고 했을 때 망설였잖아. 바로 언니를 구할 생각보다는 고민에 빠졌잖아."

내 말이 이어질수록 알리나의 얼굴이 창백해졌어.

"난 그냥 네가 우리랑 같이 가지 않을 거라면, 언니를 구하러 갔다가 우리한테 무슨 일이 일어날지 모르는데 너라도 필요한 걸 챙기는 게 낫다고 생각한 것뿐이야. 아니면 네가 나한테 준 다이어리값이라고 생각하든가."

솔직히 말하면 그때 나는 화가 났을지도 몰라. 머리로는 이해한다고 했지만 심정으로는 언니 애인이 언니가 위험한 상황에서 한순간이라도 주저한 걸 용서할 수 없었지. 그때 나는 어렸고 내게 세상은 이거 아니면 저거였어. 대부분의 아이처럼 나 역시 내가 인간과 사회에 높은 기준을 요구하는 이상주의자라는 걸 모르는 이상주의자였지.

새벽의 그 성당 앞에서 나는 복잡한 인간의 마음을 모르는 어린아이만이 가질 수 있는 확고함으로 결벽에 가까운 명백함을 요구했지. 그렇게 분명하고 명쾌하지 않으면 부족하거나 믿을 수 없는 사람으로 여겨졌어. 인간이라면 할 법한 갈등에 빠진 순간 알리나는 내게 우리 언니를 중요하게 여기지 않는 사람이 되어 버린 거야.

언니를 향한 걱정에 터질 것 같은 마음으로 난 내뱉었어.

"말했듯이 나랑 영조는 언니를 구하러 갈 거야. 결정을 내리지 않은 건 너뿐이야. 우리랑 같이 갈 거면 지금 움직이고 아니면 너라도 필요한 거 챙겨서 떠나. 이게 이해하지 못할 정도로 어려운 말은 아니잖아."

말을 쏟아 내고 운동화 끈을 단단히 묶었어. 짐을 챙기지는 않았어. 언니를 구하고 재빨리 도망쳐야 할지도 모르는데 무거운 짐을 챙겨갈 수 없었지.

알리나는 뻣뻣하게 굳어서 움직이지 않았어.

'진짜 안 올 거구나.'

잠시 눈을 감았다 떼었어. 그대로 언니가 있는 곳으로 가려다 마지막으로 알리나를 돌아보았어.

언니가 처음 진심으로 좋아한 사람.

언니를 전에 없이 행복한 얼굴로 웃게 한 사람.

내가 우리는 '넷'이라고 생각하게 만든 사람.

목구멍으로 뜨거운 것이 올라왔어. 분노보다는 더 복잡한 감정, 더 무겁고 설명할 수 없는 감정이 목을 채웠어.

그런 질척한 감정을 떼어 버리듯 난 차갑게 말했어. 내 속에서 몸부림치는 감정을 얼리고 싶었어. 뜨겁고 끈끈하고 견딜 수 없이 엉겨 있는 감정을 뜯어내고 싶었어.

"네가 우리랑 함께 가지 않아도 난 널 이해해. 왜인지 알아?"

알리나와 눈이 마주쳤어. 새까만 머리카락의 알리나는 내가 쏟아 내는 말을 듣고만 있었고 난 계속 말했어. 말로 우리를 묶은 보이지 않는 끈을 단숨에 잘라 내듯이.

"우리 언니였어도 그렇게 했을 테니까. 너랑 나, 둘 중 하나를 택해야 한다면 언니도 너보다는 동생인 나를 택했을 테니까."

그 말을 마지막으로 한 뒤, 나는 언니가 있는 체육관으로 발을 뗐어. 영조가 나와 함께했고 알리나는 오지 않았어.

*

언니가 잡혀간 체육관은 낡은 곳이었어. 오래전에 부수고 새로 지을 시기를 놓친 몰골이었지.

보초는 없고 출입문은 어디나 훤히 열려 있었어.

우리는 잠시 주저하다 그냥 들어갔어. 바깥을 돌며 구경만 한다고 기막힌 구출 아이디어가 떠오를 것 같지 않았거든. 시간을 끌다가 언니에게 무슨 일이 일어날지 걱정되기도 했고.

그렇게 우리는 밤새 미친 춤을 추던 무리의 본거지에 제 발로 들어갔어. 무모하고 어리석었지만 어쩔 수 없었지. 언니, 나, 영조 우리 셋 중에 머리를 써서 계획을 짜고 명령을 내리는 지휘관은 언니였거든. 언니를 구하는 건 머리가 되어 줄 지휘관 없는 일병들만의 구출 작전인 셈이었지.

체육관 안은 생각보다 컸어. 타원형의 경기장을 둘러싸고 파란색, 초록색, 주황색의 낡은 플라스틱 의자가 층층이 깔린 객석이 있었어. 경기장 바닥에는 수많은 침낭이 있었고 그 속에서 애벌레 고치처럼 사람들이 자고 있었어. 홍수나 지진 같은 재해가 났을 때의 이재민 수용처 같았어.

모인 사람 수에 놀랐지만 보초도 없이 잠든 모습을 보니 상황 파악이 되었어. 얘네는 우리가 언니를 구하러 올 거라 꿈에도 생각지 않는다는 걸 말이야. 지금까지 일행 중 일부를 데려갔을 때 남은 일행이 쫓아온 적이 없었나 봐. 아니면 다들 식물이 내뿜는 이상한 향기에 취해 생각할 능력이 사라졌거나.

영조랑 나는 잠든 아이들을 깨우지 않도록 조심히 움직였어. 언니가 침낭 속에 있을 것 같지는 않아서 체육관의 다른 곳으로 이동했지.

천만다행으로 누가 우리를 발견하는 일은 없었어. 다들 전날 늦게까지 깨어 있었고 그 **사람**에게 힘을 빨린 게 피로를 더한 것 같았지.

영조랑 나는 계속 수색했어. 경기장과 객석 말고도 체육관에는 공간이 많았어. 선수 대기실, 화장실, 장비 보관실, 방송실 등등.

먼지 쌓인 비품실을 살피는데 큰 소리가 났어.

"쉿."

영조를 돌아보며 눈을 부라렸어.

"나 아니야."

영조가 억울한 얼굴로 속삭였어.

한심한 변명이었어. 여기 나랑 너뿐인데 나도 아니고 너도 아니면 누구야?

그때 다시 소리가 들렸어. 무거운 걸 내리치는 것 같은 소리가 연달아 이어졌어.

무언가 생각을 하기도 전에 있는 줄도 몰랐던 작은 창고의 문이 부서졌어. 망가진 손잡이가 바닥에 떨어졌고 소스라치게 놀란 영조가 펄쩍 뛰어올라 내 쪽으로 붙었어. 그리고 부서진 문에서 지옥에서 살아 돌아온 사람처럼 미친 듯이 화가 난 우리의 지휘관이 나왔어.

9

시선이 마주치자 언니 눈이 치켜 올라갔어.

"너네도 잡혔어?"

"언니를 구하러 온 거야!"

예상치 못한 등장에 얼었던 내가 항변했어.

언니는 자기를 구하러 왔다는 말에 감흥이 없었어. 한 손에는 문고리를 처참하게 박살 내는 데 쓴 금속 스탠드를 든 채 나와 영조를 훑어보았어.

"알리나는 괜찮아."

난 빠르게 말했어.

"여기 없을 뿐이야."

속뜻은 이랬지. '걔는 언니를 구하러 오지 않았어.'

속으로 무슨 생각을 했는지 모르지만 언니는 겉으로는 감정을 티 내지 않았어.

우리는 둘에서 셋이 되어 비품실을 빠져나갔어. 누군가 빠진 느낌이었지만 무시했어. 이제 넷이 아니라는 것에 익숙해져야 했으니까.

언니를 찾는 데 꽤 시간이 걸려서 그새 몇몇 아이들이 깨어나 돌아다녔어.

간신히 그들을 피해 체육관을 빠져나왔을 때는 환호성을 지르고 싶었어. 남은 건 뒤돌아보지 않고 도시를 벗어나는 것뿐이었어.

"이쪽이야!"

지도를 확인한 영조가 방향을 가리켰고 우리는 달렸어. 이 도시를 벗어날 거야. 멈추지 않고 계속 가서 할머니 댁에 도착할 거야. 우리는 안전할 거야.

희망으로 가득 차 골목에 들어선 순간 처음 든 생각은 '꽃이 걸어온다'였어.

대낮의 금빛 햇살이 눈부셨고 골목은 붉은 꽃과 덩굴, 푸른 잎새로 가득했어. 도시 어디나 식물로 뒤덮인 건 마찬가지였지만 여기서는 식물이 우리를 향해 움직였어. 식물이 파도가 되어 우리를 뒤덮으려는 것처럼. 어린 시절의 악몽이 현실이 되어 찾아온 것처럼.

짧은 순간 사로잡힌 환각에서 깨어나 그게 스스로 움직이는 꽃이 아니라 엄청난 양의 덩굴과 꽃을 든 사람들이라는 걸 깨달았을 때는 이미 늦었어. 그들은 이미 우리 앞에 있었어.

끌려가지 않으려 팔다리를 마구 휘두르자 덩치 큰 애가 나를 땅에 눌렀어. 커다란 몸에 깔려 숨이 막혔어. 발버둥도 못 치고 새파랗게 질려 가는데 그 난리 속에 언니가 보였어.

"언니!"

다른 애들과 싸우다 외침에 돌아선 언니는 깔린 나를 보고 마비된 것처럼 잠시 멍하더니 곧 눈에 불이 타올랐어.

언니는 생전 들어 본 적 없는 비명과 고함을 지르며 달려왔어. 동물병원에서 자기보다 커다란 수의사를 상대로 폭풍처럼 날뛰는 고양이처럼 맹렬하게 덤벼들었어. 언니의 정신 나간 기세에 덩치가 주춤 물러났어.

나는 덩치가 언니를 상대하는 틈을 타 밑에서 빠져나왔어. 간신히 일어섰을 때 내 눈에 들어온 건 언니가 덩치의 주먹을 맞고 나가떨어지는 모습이었어.

그 순간 내 머릿속에서 뭔가 끊어졌어.

이제 내 입에서도 인간의 것 같지 않은 고함이 터져 나왔어. 세포 하나하나가 분노로 터지는 것 같았어.

몸싸움 중 마스크가 떨어져 나갔지만 도시를 가득 채운 이상한 향기가 일으키는 환각이나 최면 효과를 느끼지 못했어. 언니에게 주먹질한 인간에 대한 분노로 가득 차서 다른 게 끼어들 수 없었어.

나는 함성을 지르며 덩치에게 달려들었어. 언니가 남긴 게 분명한 손톱자국이 얼굴에 가득한 덩치는 어리둥절해 보였어. 자기가 어쩌다 미친년들 사이에 끼었는지 이해하지 못하는 것 같았지.

그야말로 개싸움이었어. 나나 언니나 그 흔한 태권도도 배운 적 없었어. 서로 말고는 다른 사람과 몸싸움을 한 적도 없었지.

우리가 골목에서 벌인 싸움은 순수한 분노와 광기가 지배한 난장판이었어. 공격을 피하고, 머리를 굴려 약점을 분석해서 노리고, 급소를 조심하고, 그런 건 생각도 안 났어. 어떻게든 상대에게 상처를 남길 생각뿐이었어. 주먹, 다리, 손톱, 이까지 쓸 수 있는 건 다 썼어.

하지만 사나운 반격에도 우리는 점점 더 불리해졌어.

상대편은 우리보다 수가 많았고 우리의 발광에 가까운 날뜀에 당황했지만 꾸준히 우리를 막힌 골목으로 몰았어.

어느 순간 나는 고개를 돌려 상황을 살폈어. 맞은 눈두덩이가 부었지만 사태 파악을 못 할 정도는 아니었어.

'이대로는 잡혀서 끌려갈 거야.'

영조는 보이지도 않았어. 덜컥 겁이 났어. 벌써 끌려갔나? 걘 어릴 때도 우리 중 최약체였어. 말싸움에서도 몸싸움에서도 만년 서열 3위였지.

희망이 없었어. 덩치는 언니랑 나 사이에 끼어 걸레짝이 되었지만 다른 애들이 사나운 짐승을 몰듯 언니랑 나를 둘러싸고 포위망을 좁혔어.

그리고 그때를 기다렸다는 듯 마지막까지 춤을 추다 접신한 것처럼 우리를 발견했던 애, 내가 속으로 샤먼이라 부르던 애가 나타났어.

걔는 경쾌한 목소리로 말했어.

"상처뿐인 저항은 그만둬. 우리랑 같이 가면 편해질 거야. 너희가 어깨에 멘 모든 짐을 내려놓을 수 있어. 다시는 외롭지도, 두렵거나 괴롭지도 않을 거야. 너흰 절대 혼자가 되지 않을 거고 영원히 **우리**가 될 거야."

나는 말의 내용보다 걔가 말을 한다는 것 자체에 놀랐어. 걔가 보통 사람처럼 인간의 언어를 쓸 거라고는 생각 못 했거든.

내가 놀란 동안 옆에서 언니는 입안에 터진 피와 함께 침을 뱉었어. 고함을 지르느라 쉰 목소리로 언니가 샤먼에게 대꾸했어.

"그게 네 비장의 영입 멘트야? 너보다 '도를 믿으십니까'가 더 설득력 있겠다."

언니의 빈정거림에 샤먼의 눈이 빛났고 나는 언니가 입을 닥치는 게 더 나을 거라 생각했어.

"다행히 우린 설득하는 데 말을 쓸 필요가 없어."

샤먼은 뒤를 돌아보며 동료들에게 손짓했어.

그 순간, 하늘에서 무언가 떨어졌어.

추락하는 물체에 맞은 샤먼이 바닥으로 쓰러졌고 그러자 놀랍게도 다른 사람들까지 쓰러졌어.

잠시 헷갈렸지만 이게 그들이 우리를 설득하려던 방법은 아닐 거 같았어.

나는 샤먼을 볼링장의 볼링 핀처럼 쓰러뜨리고 바닥에 떨어져 박살 난 물건을 봤어.

'이건……'

내 생각을 확인해 주듯 위에서 익숙한 목소리가 외쳤어.

"뭘 보고만 있어, 달려!"

알리나였어. 걔가 건물 안에서 샤먼을 향해 던진 건 우리의 정수 기계였어. 우리를 피치 못할 일행으로 묶었던 귀한 기계가 부서져 있었어.

나보다 언니가 먼저 정신을 차렸어.

언니는 내 손을 잡고 쓰러진 무리를 뛰어넘어 달렸어.

"영조가 안 보여!"

내가 외치자 언니가 손가락으로 가리켰어.

"저기 있어!"

피라도 흘린 것처럼 하얗게 질린 영조가 골목 입구에 있었어. 싫증 난 아이가 팽개친 인형처럼 널브러져서.

언니랑 나는 영조의 손을 한쪽씩 잡아 일으켰고 영조는 처음에는 비틀거렸지만 이내 우리를 따라 움직였어.

"이쪽이야!"

건물을 나온 알리나가 합류했어. 우리는 다시 넷이 되어 도시를 달렸어.

달리면서 나는 알리나를 보았어.

걔가 샤먼에게 던진 정수 기계는 조립되어 있었어. 잔해 속에서 언니랑 내가 가지고 있던 기계와 알리나가 가지고 있던 부품이 결합되어 있는 걸 볼 수 있었지.

까마귀처럼 검은 머리에 옅은 눈을 지닌 이 애는 정말로 우리를 떠나려 했던 거야. 내 말대로 귀한 정수 기계를 챙겼고 그걸 조립까지 해서 가지고 갈 생각이었지.

하지만 결국 그러지 않았어.

우리를 찾으러 돌아왔고 이 생존의 시대에 더없이 귀한 물건을 던져서 우리를 구했어.

'이제는 우리가 쉽게 떨어지지 않을 거야.'

확신이 마음속에 차올랐어.

가슴 깊이 벅찬 느낌이 들었어. 나쁜 상황에도 웃음이 새어 나올 것 같았어.

대낮의 햇볕이 몸속까지 쏟아지는 것 같았어. 그러나 다음 순간 갑작스러운 냉기가 온기를 집어삼켰어. 등줄기가 차가워지며 기묘한 공포감이 혈관에 퍼졌어. 무언가 나를 잡아당기는 것처럼 뒤를 돌아보았어.

정수 기계를 맞고 쓰러졌던 샤먼이 비틀거리며 골목 밖으로 나왔어. 머리에서 피가 흐르고 있었어. 한순간 훅 끌어당기듯 시선이 마주쳤어.

샤먼의 눈이 번득였고 그 애는 입을 벌려 소리를 내질렀어.

그건 말이 아니었어. 인간의 언어가 아니었어.

샤먼의 소리에 반응하듯 체육관에서 사람들이 쏟아져 나왔어. 모두 샤먼과 똑같이 입을 벌리고 알 수 없는 소리를 지르며 우리를 향해 달려왔어.

때마침 악의적으로 뒤틀린 덩굴에 발이 걸렸고 마스크를 잃어버린 대가는 진동하는 꽃향기가 콧속으로 쏟아지는 결과로 이어졌어.

지독한 향기 속에서 나는 발목이 꺾이듯 땅으로 곤두박질쳤어. 충돌을 막기 위해 손을 뻗었지만 곧 의식을 잃어 캄캄한 어둠뿐이었어.

10

 깨면서 덫에서 튕겨 나오듯 몸이 펄떡였어. 심장이 미친 듯이 뛰었어.
 "괜찮아, 진정해."
 부드러운 목소리가 달랬지만 안심이 되지 않았어. 꿈인지 현실인지, 뭐가 어떻게 된 건지 알 수 없었어. 정신보다 몸의 통증이 더 빨리 깨어났고 부풀어 오른 눈두덩이는 거의 떠지지 않았어.
 "이건 멍들겠다."
 차가운 손이 다친 눈 주변을 맴돌았어.
 '이 사람은 누구야?'
 간신히 부어오른 눈을 떴어. 창백한 얼굴이 나를 내려다보고 있었어.
 "영조?"

"응, 나야."

어릴 적의 소꿉친구는 조심스레 내 상체를 벽에 기대게 했어.

비로소 정신이 들었어. 다시 체육관에 끌려온 것 같았어. 방송실처럼 보이는 곳에 언니랑 알리나는 없고 영조와 나뿐이었어.

두리번거리는 내게 영조가 설명했어.

"넌 기절했고 우리는 잡혔어. 누나랑 알리나는 끝까지 저항하다가 다른 곳에 갇혔어."

벽에 머리를 박고 싶었어. 알리나까지 잡히다니.

그쯤 되자 정신이 맑아지면서 손이 뒤로 묶여 있다는 걸 깨달았어. 묶이지 않은 영조에게 등을 돌려 손을 내밀었어.

"이것 좀 풀어 줘."

영조가 말했어.

"싫어."

영조의 말이 머리에 입력되지 않았어.

소꿉친구는 어느새 내게서 떨어져 있었어.

"그게, 무슨 말이야……?"

내가 듣기에도 멍청한 목소리가 흘러나왔어. 잠이 덜 깼나? 아직 꿈속인가?

내 손이 닿지 않는 곳에서 영조는 평소 같은 목소리로 말했어.

"풀어 주면 넌 도망치려 할 거잖아."

이해가 되지 않았어. 그게 무슨 소리야. 여기서 벗어나는 게 당연한 거 아니야?

다음 순간 알 수 없는 한기가 심장에 스몄어. 머릿속에서 차가운 바람처럼 속삭임이 일었어.

'애초에 기절한 사람도 묶은 애들이 멀쩡한 애를 안 묶고 놔둔 게 이상하지 않았어?'

영조를 봤어. 방송실의 다양한 기계들 사이에서 나를 보고 있는 영조. 원래의 영조라면 내가 정신을 차리기도 전에 내 손을 풀어 줬을 거야. 잠시라도 나를 묶인 채로 두지 않았을 거야.

이어서 별생각 없이 넘어갔던 일들이 머릿속에 떠올랐어.

언니랑 내가 샤먼 일당과 개싸움을 하는 동안 영조는 보이지 않았어. 우리가 포위된 현장에서 떨어져 혼자 있었지. 그리고 체육관을 빠져나왔을 때 우리는 영조가 이끈 골목으로 들어섰다가 샤먼 일당과 마주쳤어. 애초에 영조를 구하려다 언니가 잡혀갔다고 했지. 그리고 언니가 잡혀간 곳이 어디 있는지 안다며 나를 체육관으로 데려간 것도 영조였어.

'영조가 우릴 배신한 거야?'

믿을 수가 없었어. 대체 왜?

오랜 소꿉친구는 내가 마침내 상황을 깨달았다는 걸 알자 입을 열었어. 깊은 곳에 담아 두었던 속마음이 흘러나왔어.

"세상이 이렇게 되고 내 소원은 하나였어. 너랑 누나랑 같이 있었으면 좋겠다. 그러면 우리 셋이 함께 죽을 수 있을 테니까."

쌓였던 말이 댐이 무너지는 것처럼 쏟아졌어.

"이루어질 수 없는 꿈이라고 포기했을 때 네가 나타난 거야. 그 끔찍한 햇볕 속에서 미래 누나랑 둘이."

영조는 웃었어. 창백한 낮달 같은 얼굴이 뺨을 붉혔어. 참을 수 없는 기쁨을 누르는 것처럼 눈을 내리깔고 영조는 말했어.

"그때 알았어. 내 소원이 이뤄지겠구나."

어릴 적의 소꿉친구, 나랑 같이 자란 애, 내 최초의 기억부터 함께 있던 애. 그 애가 계속 속삭였어. 손이 묶인 내 앞에서 정신 나간 생각을 쏟아 냈어.

"세상에는 희망이 없어. 너랑 누나는 할머니 댁에 가면 상황이 달라질 거라 기대하지만 어디를 가도 똑같이 나쁘거나 더 나쁠 뿐이야."

영조는 말했어. 이런 세상에서 사는 건 결국 고통이며 우리가 할 수 있는 건 끝을 선택하는 것뿐이라고. 그리고 나랑 언니는 자기한테 소중한 존재라 우리가 고통받는 걸 원하지 않는다고 했어.

그제야 나는 추억의 안개를 뚫고 내 어릴 적 친구가 어떤 사람이 되었는지 볼 수 있었어.

영조가 우리와 함께 어디든 가겠다고 한 건 우리랑 같이 살겠다는 뜻이 아니었어. 영조는 우리가 함께 사는 미래를 믿은 게 아니라 함께 죽는 날을 기다렸던 거야. 그리고 어떤 이유에서인지 그 기다림을 여기서 끝내기로 한 거고.

어둑한 방송실에서 내 어린 시절 친구였던 소년은 속삭였어.

"나는 봤어. 어젯밤 사람들이 하나로 연결되고 나비가 내려앉았을 때 우리에게 무슨 일이 일어날지 전부 봤어. 이대로 길을 떠나면 끔찍한 일이 일어날 거야. 너랑 누나한테 그런 일이 일어나게 둘 수 없어. 가족이 고통받을 걸 알면서도 그냥 둘 수는 없잖아. 지금이 우리 셋이 함께 평화롭게 끝날 마지막 기회야."

영조의 눈은 열에 들뜬 것 같았어. 긴 속눈썹 아래, 눈 밑에 드리워진 검푸른 그늘은 너무 짙어서 어두운 나비의 날개가 한쪽씩 피부에 스며든 것 같았어.

목이 막혀서 아무 말도 할 수 없었어.

영조가 그렇게 느껴진 건 처음이었어. 무슨 말을 해도 통하지 않을 것 같은 느낌. 전혀 내 말을 듣지 않을 느낌.

나를 사람이 아니라 아끼는 장난감처럼 대하는 태도였어. 인형을 가지고 놀던 어린 시절에서 조금도 자라지 않은 것처럼.

영조는 몽유병에 걸린 사람처럼 눈을 뜨고도 꿈에 취해 속삭였어.

"너랑 누나가 우리 엄마처럼 고통받게 두지 않을 거야. 약속할게."

눈을 질끈 감았어. 우리 부모님이 투자 실패로 집을 팔던 시기에 영조네도 동네를 떠났어. 부인 병세가 심각해져서 공기 좋은 시골로 갔다, 그 집 아저씨가 병원비 때문에 횡령을 하다 잘렸다더라, 말이 많았지만 답을 아는 사람은 없었어.

언니랑 나는 바뀐 환경에 적응하느라 어릴 적 소꿉친구를 잊어버렸지.

감았던 눈을 다시 떴을 때 몸이 떨렸어. 이제야 파편이 맞춰지면서 다시 볼 수 있었어. 내가 놓쳤던 것, 안다고 생각하며 넘겨 버린 것을. 오해했던 거야. 상황을 잘못 알았던 거야.

"네 주머니에 있던 그 칼."

영조와 눈이 마주쳤어. 여전히 어렸을 적의 얼굴이 어른거리는 영조의 얼굴을 보며 말했어.

"넌 그걸 다른 사람에게 쓰려던 게 아니었어."

영조는 대답하지 않았어.

하지만 난 답을 알 수 있었어. 영조가 내 시선을 피했으니까. 어린 시절 나랑 언니에게 차마 거짓말을 하지 못할 때면 그랬던 것처럼.

'그 칼은 너 자신을 향하려 했던 거야. 네 끝을 만들려고.'

말을 할 수 없었어. 그때 상황을 제대로 파악했으면, 영조가 어떤 생각을 마음속에 품고 있는지 알았다면 뭔가 달라졌을까. 칼을 보고 얘가 무슨 의도로 가지고 있었는지 알려 했다면 상황이 달라졌을까.

그러나 모든 일은 이미 일어났고 남은 건 되돌릴 수 없는 일들의 결과뿐이었어.

*

다가올 큰 불행을 막기 위해 여기서 셋이 함께 끝나야 한다는 영조의 결심은 내 부탁, 분노, 애원, 협박, 한숨과 원망에도 흔들리지 않았어.

그 후로는 나도 더는 영조와 말을 하지 않았어. 그 대신 탈출을 시도했어. 어떻게든 손목을 묶은 케이블 타이를 끊으려 했고 영조는 그런 나를 지켜봤어.

수많은 시도에도 상황이 나아지지 않자 어느 순간 분노가 차올랐어.

'이대로 소꿉친구한테 뒤통수 맞고 끝날 수는 없어. 방법을 찾아야 해.'

주변을 둘러봤어. 온갖 버튼과 장비가 가득한 풍경이었어. 그 속에서 영조는 달리 할 일이 없는 사람처럼 나만 봤어.

어떻게든 손을 풀려고 몸부림치다가 균형을 잃고 넘어졌어. 온몸이 다친 상태로 바닥에 부딪히니 부푼 눈에서 눈물이 찔끔 흘렀어.

손이 뒤로 묶인 채로는 혼자 몸을 일으킬 수도 없었어.

영조가 조심스레 물었어.

"일으켜 줄까?"

"꺼져."

영조는 망설였지만 내 성질을 건드리는 것보다 물러나는 게 좋다고 판단한 듯했어. 영조는 다시 방송실 기계 앞 의자로 돌아갔고 유일한 취미인 것처럼 나를 봤어.

나는 바닥에 꼴사납게 쓰러진 채로 영조에게 물었어. 알아야만 하는 게 있었어.

"궁금한 게 있는데, 대체 여기 애들이랑 언제 만난 거야? 우리를 넘겨주기로 약속했어?"

"만난 적 없어."

영조는 순순히 대답했어. 더 이상 숨길 필요가 없기에 감추지 않고 다 말하는 듯했어.

"어젯밤 덩굴에 연결되고 나비가 몸에 내려앉은 후로는 연결이 계속 남은 것 같았어. 난 그들이 어디 있는지 느낄 수 있었어. 이상하게 들리겠지만 말하지 않아도 내가 적이 아니라 같은 편이라는 걸 그들도 알았지. **우리**는 **우리**를 알아보니까."

영조는 고민하듯 이마를 찌푸렸다가 다시 입을 열었어.

"곤충이랑 비슷한 것 같아. 개미였나 벌이었나, 어떤 곤충은 무리가 눈에 보이지 않아도 어디로 갔는지 알 수 있다잖아. 상대가 아군인지 적인지도 알고. 나랑 이 도시 애들도 비슷해. 어디에 있는지 짐작이 가고 말하지 않아도 같은 무리라는 걸 알 수 있어."

그 말은 나를 생각에 잠기게 했어. 어젯밤 샤먼이 먼 거리에서 우릴 알아본 것도 영조가 자기네 무리라는 걸 느꼈기 때문일까?

영조의 말은 계속 이어졌어.

"어젯밤 너희가 유리를 부수고 도망쳤을 때는 당황했어. 다들 뿔뿔이 흩어졌잖아. 내가 그들을 불렀을 때 미래 누나는 내가 잡혀가는 줄 알고 달려들었어. 난 너를 두고 갈 수 없어서 성당으로 갔어. 우린 셋이 있어야 하니까."

우리가 체육관에서 언니를 찾은 건 예상 밖이었다고 했어. 언니가 문을 부수고 나왔을 때는 정말 깜짝 놀랐다고 했지. 체육관을 빠져나왔을 때는 어떻게 해야 하나 고민했다고 했어.

"너랑 누나를 일찍 놀라게 하고 싶지는 않았거든. 돌이킬 수 없는 상황이 되었을 때 사실을 밝히려 했어."

"눈물 나는 배려 고맙다."

내가 빈정거리자 영조는 슬픈 눈으로 나를 보더니 다시 말을 이었어.

"그때 골목 끝에서 무리가 돌아오는 게 느껴져서 그쪽으로 유도했어. 그 후는 너도 알 거야. 난 너랑 누나가 고통받는 걸 보고 싶지 않아서 떨어져 있었어."

그렇게 영조의 고백이 끝났다고 생각했지만 그 애는 할 말이 더 남아 있었어.

"이제 더는 괴로워할 일이 없을 거야."

"왜, 우리가 너랑 같이 죽어서?"

"끝이 꼭 죽음을 의미하는 건 아니야. 우리의 끝은 네가 생각하는 거랑 다를 거야."

그리고 영조는 '편해지는 것'에 대해 얘기했어. 완벽히 하나가 되는 것, 애벌레의 죽음과 나비의 탄생 같은 말을. '나'를 벗어나 **영원한 우리**가 되는 완전한 충족, 개별 고통으로부터의 탈출 같은 기괴한 말을. 제정신이 아닌 것 같은 말을 늘어놓으면서 영조의 눈은 빛났고 나는 두려워졌어.

"우리 셋은 평화롭게, 영원히 함께할 거야."

어떻게 들어도 사이비 광신자 같은 말로 영조는 결론을 내렸어. 그리고 돌연 얼굴을 빛내던 기묘한 열기가 사라지고 평범한 목소리로 툭 말했어.

"이제 입문식이 열릴 거야."

동시에 방송실 문이 열렸고 영조는 놀라지 않았어. 곤충의 감각 같은 걸로 그들이 오는 걸 안 것 같았지.

문을 열고 들어온 이들은 바닥에서 나를 일으켜 밖으로 데려갔어. 영조가 말한 입문식인지 뭔지를 하러.

나는 물에 들어가기 직전처럼 숨을 깊게 들이쉬었어.

그들에게 팔을 잡혀 끌려가는 내 손에는 작은 은색 물체가 숨겨져 있었어.

방송실을 둘러보다 흐트러진 바닥에서 발견한 물건, 영조가 눈치 못 채게 몸을 가누지 못하고 쓰러진 척 손에 넣은 물건이었어.
 끌려가는 나를 따라오는 영조와 눈이 마주쳤을 때 생각했어.
 '네가 나를 속인다면 나도 너를 속일 수 있어.'
 몸은 훌쩍 컸지만 마음은 여전히 어린아이 같은 소꿉친구는 알지 못했어. 내가 자기 뜻대로 움직이는 인형이 아니라는 걸.

11

 방송실에 들어온 이들은 나를 경기장으로 데려갔어. 침낭을 펴고 자던 아이들은 모두 일어났고 체육관 안은 촛불과 램프로 빛났어.
 언니랑 알리나도 거기 있었어. 둘 다 마스크 없이 꼴이 말이 아니었어. 언니는 맞아서 퉁퉁 부었고 알리나는 얼굴에 코피가 말라붙었어. 나처럼 손도 뒤로 묶여 있었지. 하지만 두 사람 다 눈빛만은 여전히 사나웠어.
 언니는 나를 보자 안도했어. 나랑 떨어진 후 계속 내 걱정을 했던 거야.
 나를 끌고 온 아이들은 우리가 나란히 무릎 꿇고 앉게 했어. 내 옆으로 다친 데 없이 말끔한 영조가 다가와 앉았어.
 우리는 체육관을 차지한 도시의 사람들과 마주했어. 전날 밤 보았던 검은 뒤통수들이 수많은 얼굴의 파도로 우리를 향했어. 우리가 무대에 오른 볼거리이고 그들은 기대하는 관중인 것처럼.

사람들 속에서 이제는 익숙해진 '샤먼'이 등장했어. 머리는 붕대로 감쌌고 피에 젖은 옷은 그대로 입고 있었어.

다친 사람을 가까이서 보자 나도 모르게 눈을 내렸어. 물건을 던졌던 알리나가 뻣뻣하게 굳는 게 느껴졌어.

알리나에게는 정수 기계 말고 던져서 위협이 될 만한 물건이 없었을 거야. 속옷이나 휴지, 생리대 같은 걸 던져 봤자 효과가 없었을 테니까.

하지만 피에 젖은 사람을 눈앞에서 보자 피할 수 없이 깨달은 게 있었어. 저 사람이 우리 때문에 죽었을 수도 있었다는 것.

'우리는 자신을 구하기 위해 타인을 얼마나 해칠 수 있을까?'

생존한다는 건 이런 질문의 답을 알게 되는 것일까.

샤먼의 뒤로 다른 아이들이 도시를 뒤덮은 꽃과 덩굴 식물을 들고 왔어.

왜 이들이 우리를 붙잡은 뒤 한동안 놔뒀는지 깨달았어. 준비할 시간이 필요했던 거야. 원래 샤먼 무리가 들고 오던 식물은 우리랑 싸우다 망가졌을 테니.

문제는 저들이 저 이상한 식물을 왜, 어디에 쓰려고 가져왔느냐였지.

답은 얼마 지나지 않아 저절로 나타났어.

또 다른 애들이 큰 녹즙기를 들고 등장했어.

"농담이지?"

언니가 중얼거렸어.

"어떤 미친놈이 저걸 갈아 마실 생각을 해?"

샤먼이 웃으며 언니를 봤어.

"그 '미친놈' 덕에 **우리**는 **우리**가 될 수 있었어. 걱정하지 마. 너희도 저걸 마시면 그렇게 될 거야."

나중에 나이가 든 후 나는 그 도시를 조사했어. 대체 거기서 무슨 일이 왜 일어났는지 이해하고 싶었어.

내가 얻은 정보에 따르면 그 도시에 일종의 연구소가 있었다고 해.

정부나 기업이 기술을 개발하는 그런 연구소는 아니었어. SF 드라마에서 악의 근원으로 등장할 법한 수상한 연구소였지. 거기서 연구하던 것은 일반 과학이 아니라 염력, 최면술, 초능력, 텔레파시 같은 것이었거든.

난 왜 그런 연구소가 생겼는지는 몰라. 어떤 이들이 그런 연구에 돈을 투자했는지도 모르고.

다만 내가 알아낸 건 그 도시를 점령한 식물이 본래 그 연구소의 실험체였다는 거였어. 세상이 망하고 시설 통제 기능이 사라지자 식물이 실험실 밖으로 나온 거야. 향기에 환각 효과가 있고 섭취하면 식물을 먹은 다른 이들과 연결된다는 감각을 느끼고 결속력, 만족감, 설명할 수 없는 기이한 능력을 각

성시키는 식물이.

그 연구소에서는 식물을 이용해 인간을 대상으로 초능력 실험을 했다고 해. 세상이 망해도 인간이 살아남을 방법을 찾았던 것 같아. 그들은 무슨 생각을 한 걸까. 인류가 환각에 취해 집단 결속력을 가지면 생존할 거라 믿었을까? 기존에 없던 초능력을 지니면?

종말 이후의 세계를 살아가면서 나는 그런 연구소가 그 도시에 있던 것만이 아니라는 걸 알게 됐어. 기존의 과학에 따르면 어떤 방법을 써도 세상이 망한다는 게 구세계에서는 분명했어. 특히 세계 대부분의 부와 권력을 차지한 자들은 확실히 알았어. 세상을 거기까지 파괴했으면서 그들은 막상 종말이 코앞에 다가오자 어떻게든 살고 싶었지. 현대 과학의 집대성이었던 우주 진출이 실패하자 최후의 발악처럼 세계 곳곳에 일반 과학을 벗어난 영역을 연구하는 곳, 온갖 기괴한 생존 방법을 연구하는 연구소가 독버섯처럼 솟아났어. 대중에게는 지금 같은 삶이 계속될 것 같은 착각을 안겨 주면서 자기들은 어떻게든 살기 위해 말도 안 되는 방법까지 찾았던 거야.

이제는 그렇게 생각해.

구세계의 어른을 모조리 죽이고 세상을 더 빠르게 멸망시킨 피터 팬 바이러스도 어쩌면 그런 연구소에서 연구하던 작품이고 그 도시를 점령했던 식물처럼 어느 날 실험실을 벗어난 걸지도 모른다고. 우리가 살아낸 종말 이후의 새로운 세상은 어떻게든 살아남으려던 어른들이 연구하던 '생존법'의 결과라고.

물론 당시 도시에 있던 생존자 아이들은 그런 연구소를 몰랐어. 그들은 세상이 망하고 어느 날 도시를 뒤덮은 식물의 향기에 취해 그곳을 떠나지 못했고 양귀비를 이용하는 방법을 알아낸 선조들처럼 이상한 식물을 사용하는 법을 찾아냈지. 그리고 양귀비에 중독된 사람들처럼 그 효과에 빠졌고.

"태우면서 향기를 맡는 것도 괜찮지만 즙이 제일 효과가 빨라."

샤먼이 말했어. 녹즙기에 충전된 에너지가 얼마 남지 않아서 그런 귀한 에너지를 우리한테 쓰는 걸 영광으로 생각해야 한다는 얘기도 했지.

"이전에는 우리 모두 불안했어. 무섭고, 두렵고, 다른 사람이 나를 해칠까 봐 잠도 잘 수 없었지."

샤먼은 피에 물든 옷을 입은 채 웃었어. 체육관 곳곳에 있는 촛불이 일렁일 때마다 개의 얼굴에서 빛의 얼룩이 흔들렸어.

"하지만 저걸 마신 후로는 불안에서 해방됐어. 몸속에 저 식물을 받아들인 사람은 두려움이 사라지고 **우리는 우리**를 해치지 않을 거라는 걸 알게 돼. 너희도 그렇게 될 수 있어. 머지않아 세상 전체가 **우리**가 될 거야."

머리가 어지러웠어. 드문드문 불빛이 있는 침침한 체육관에서 깨달았어. 완전히 붕괴한 사회, 서로를 믿을 수 없는 세상에서 이들이 무슨 짓을 했는지. 사회를 이루는 최소한의 신뢰가 사라지자 이들은 다시 서로를 믿으며 사회를 재건하는 대신 집단 광기로 달려간 거야. 건전한 신뢰 대신 기이한 식물의 힘으로 서로를 묶었어. 우리 앞에 있는 건 두려워하는 아이들이 만든 이상한 나라였어.

이 많은 생존자가 넓은 도시를 두고 굳이 체육관 한 곳에 모여 있는 이유도 알았어. 저걸 마시고 저들이 말하는 **우리**가 되면 개인의 생각, 개인의 마음은 희미해지고 **우리**로 존재하는 거야. 강한 결속이 족쇄처럼 서로를 묶는 거야. 샤먼이 의식을 잃자 부근에 있던 아이들이 동시에 쓰러졌던 것처럼.

난 그렇게 되고 싶지 않았어.

이렇게 강제로, 나의 개성과 고유성을 잃으면서 곤충 무리의 일부가 되고 싶지는 않았어. 나는 없이 오직 **우리**뿐인 이상한 나라에서 영원히 밤의 밑바닥을 휘저으며 **우리**의 춤을 추고 싶지는 않았어.

아이들은 녹즙기에 식물을 넣었고 충전 에너지가 얼마 남지 않았다는 녹즙기가 웡웡 돌아갔어.

모두의 시선이 거기 향했을 때, 나는 근질거리던 손을 폈어. 손안에는 방송실 바닥에서 영조 몰래 주운, 체온으로 미지근해진 작은 손톱깎이가 있었어. 아무도 이쪽을 보지 않을 때 손을 묶은 케이블 타이를 자를 생각이었어.

손이 뒤로 묶인 채 손톱깎이를 쓰는 건 쉽지 않았어. 케이블 타이도 생각처럼 쉽게 잘리지 않아 진땀이 쏟아졌어.

간신히 방향을 잡고 손톱깎이를 눌렀어. 또각, 소리가 나며 케이블 타이가 잘렸어.

'누가 들었을까?'

주위를 살폈지만 녹즙기가 돌아가는 소리에 눈치 못 챈 것 같았어.

티 나지 않게 등 뒤에서 손을 언니 쪽으로 뻗었어.

언니는 내 접촉에 놀랐지만 빠르게 상황을 파악하고 묶인 손을 내밀었어. 자매가 쌓아 온 공범의 역사가 빛나는 순간이었지.

언니 손을 푼 다음에는 언니에게 손톱깎이를 넘겼어. 언니가 자기 옆에 있는 알리나를 풀어 줄 거였어.

한고비 넘기자 이제 가장 큰 문제가 남았어.

'이 많은 사람을 어떻게 뚫고 도망치지?'

녹즙기에서는 벌써 짙은 녹색의 즙이 완성되고 있었어. 가장 큰 문제를 앞두고 나는 근질거리는 손바닥을 긁었어.

그러다 숨이 멎는 것 같았어.

언니에게 손톱깎이를 넘겨줘 손에 아무것도 없는데도 무언가 손바닥에서 꿈틀거렸어. 이어서 내 피부밑에서 무언가 빠져나오기 시작했어.

비명을 지를 뻔했어. 동시에 어떤 본능인지 광기인지 알 수 없는 것이 내게 속삭였어. 내 손에서 나오는 것, 작고 가벼운 것, 알 수 없는 기이한 것이 나의 적이 아니라고.

마침내 **그것**이 손바닥을 빠져나왔을 때는 몸에서 한 줄기 바람이 샌 것 같았어. 나도 모르게 몸을 떨자 작고 가벼운 것 역시 가볍게 몸을 떨었어. 내 손바닥 주변을 맴돌더니 어깨로 올라 얼굴 앞으로 다가왔어.

그것은 한 마리 나비였어.

그 순간 떠오르는 게 있었어.

겨우 전날이라고는 믿기지 않을 정도로 멀게 느껴지는 지난밤, 영조의 가슴에 앉았던 나비. 내가 뭔가 생각하기 전에 엉겁결에 손에 쥐었던 나비. 다시 주먹을 폈을 때는 흔적 없이 사라졌던 나비.

손바닥에서 나온 건 바로 그 나비였어.

12

 심장이 거세게 뛰었어.

 내가 미친 건지, 아니면 진짜 현실인지 알 수 없었어. 나비는 사라지지 않았고 다른 사람은 나비의 존재를 알아차리지 못했어.

 나비는 날개가 약간 구겨졌지만 나는 데 지장은 없었어. 다만 이제는 짙은 보라색이 아니라 밝은 주황색이었어.

 넋이 나간 채 아무도 모르게 날아다니는 나비를 보다 미친 아이디어가 떠올랐어.

 '내가 할 수 있을까? 진짜 미친 짓 아닐까?'

 애써 정신을 모아 생각해 봤어.

 1. 나의 상황: 탈출하려면 체육관을 채운 저 많은 아이를 어떻게든 해야만 함. 어떻게든.

 2. 기억: 여전히 생생한, 어젯밤 **그 사람**이 나비와 덩굴로 군

중을 뜻대로 장악하던 모습.

3. 내가 가진 것: 눈앞에서 날아다니는 주황빛의 나비.

망설였지만 다른 방법이 없었어. 미친 아이들이 만든 미친 세상, 이상한 체육관을 탈출하려면 광인의 망상 같은 짓이라도 시도해야 했어.

'기왕 미친 짓을 하려면 성공하자.'

숨을 깊이 들이쉬고 나비에 집중했어.

우리를 둘러싼 사람 중 약한 개체를 찾았어. 가장 취약하고 흐릿한 존재, 내 첫 시도에서 무릎을 꿇을 상대.

그 순간 망한 세상에서 처음으로 나는 숨고, 피하고, 소리 없이 도망치는 사냥감이 아니라 사냥꾼이었어.

내 본능이 나를 끌고 간 건 안색이 안 좋고 큰 눈으로 녹즙기를 멍하니 보는 아이였어. 몇 미터 떨어지지 않아 물리적으로도 가까웠지.

나는 나비를 그 애에게 보냈어.

처음에는 헤맸지만 나비는 곧 내 뜻대로 움직였어. 나비가 다가가도 내가 노리는 아이는 물론 체육관의 다른 아이도 눈치채지 못했어.

나비가 목표의 어깨에 내려앉는 순간, 강한 연결이 이루어지면서 나와 그 아이 사이에 의지의 충돌이 벌어졌어.

정확히 예상한 건 아니었지만 뭔가 일어나리라고 각오했던 터라 나는 처음의 충격에 나가떨어지지 않고 버텼어. 타격을 입은 건 상대였어.

나비가 앉은 아이는 놀랐고 커다란 눈을 내게 돌렸지만 시선이 오래 이어지지는 않았어. 나는 놀랄 만큼 빠르게 그 애의 의지를 차지했어. 그 애의 마음, 그 애의 생각, 그 애의 판단과 행동이 순식간에 내 것이 됐어.

걔는 저항하지 않고 다른 사람이 자기 의지를 차지하게 두었어. 그러는 데 익숙했던 거야. 자신의 마음, 생각, 판단과 행동을 남에게 맡기는 게 그 애에게는 너무 편하고 쉬웠던 거야.

그때 알았어. 한번 자기 의지를 다른 이에게 넘긴 사람은 또 다른 타인이 자신의 의지를 넘볼 때도 자기를 내주는 데 익숙하다는 걸. 정신에 길이 뚫린 것처럼 타인이 마음을 장악하는 게 너무나 쉬워진다는 걸.

나는 내가 살아남기 위해 타인을 얼마나 해칠 수 있는지도 알게 됐어.

체육관의 아이들을 전부 내 의지에 복속시키고 그들의 의지를 꺾어야 한다면, 그래야만 나랑 언니, 내 일행이 살아남을 수 있다면 난 그렇게 할 수 있었어. 의지의 승리로 가는 길을 기꺼이 떠났어.

나비를 옆에 있는 다른 아이에게 옮겼어. 처음 내 의지에 꺾인 아이는 나비가 떠나도 순한 얼굴로 식물처럼 그 자리에 있었어. 걔는 우리가 체육관을 떠날 때 막지 않을 거야. 내 뜻대로 가만히 있을 테니까.

계속 나비에 집중했어. 빛나는 나비가 다른 아이에게 내려앉아 천천히 날개를 접었다 폈어.

그렇게 나는 많은 아이를 내 의지에 종속시켰어. 아무도 강하게 저항하지 않았지만 타인의 의지를 꺾는 건 쉬운 일이 아니었어. 내가 장악한 아이 수가 늘어날수록 너무 늘어난 치즈처럼 신경이 끊어질 듯 가늘어졌어.

나는 **그 사람**처럼 군중을 단숨에 연결하는 덩굴을 만드는 법을 몰랐어. 여러 마리의 나비를 불러낼 수도 없었지. 내가 쓸 수 있는 건 오직 내 손바닥에서 튀어나온 나비 한 마리뿐이었고 나는 그것을 끈질기게 움직여 체육관의 아이들을 내 영향에 두었어.

시간이 갈수록 나비의 날개는 석양처럼 찬란하게 빛났고 내 이마에서는 식은땀이 떨어졌어.

어느새 남은 건 샤먼과 그 주변뿐이었어. 나비를 샤먼 쪽으로 보냈을 때 누군가 상황을 깨달았어.

"너 뭘 하는 거야?"

두려움이 섞인 눈으로 샤먼이 나를 봤어.

"무슨 짓을 한 거냐고!"

샤먼의 목소리가 높이 올라가자 다른 애들도 나를 봤어. 설명하지 않아도 그들 역시 내가 한 일을 깨닫는 것 같았어.

"막아야 해!"

샤먼이 나를 가리키며 소리 질렀어.

나는 본능적으로 앞을 막고 뭔가 밀어내듯 오른팔을 들어 올려 뻗었고 그러자 내가 사로잡은 아이들이 동시에 나를 따라 팔을 들어 올렸어.

소리 없는 거대한 함성이 체육관을 흔든 것 같았어. 체육관의 사람들이 일제히 손가락을 펴고 허공을 향해 오른팔을 곧게 뻗어 올린 모습을 보자 공포가 치솟았어. 금지된 상징이 새겨진 깃발이 사방에서 휘날리고 수천, 수만의 군홧발 소리가 울리고 수용소 가스실의 비명과 소각로의 연기 속에서 누군가 꽥꽥거리는 목소리로 외치는 것 같았어. **하나의 우리, 하나의 단체, 하나의 지도자.**

그 공포와 두려움을 샤먼 무리도 겪었어. 그 애들이 나를 보는 눈빛으로 알 수 있었어. 그들이 숨을 쉬지 못할 정도로 나를 두려워한다는 걸.

우리는 그대로 체육관을 나갈 수 있었어. 아이들 대부분은 내 영향력에 잠겼고 그렇지 않은 애들은 내가 무서워서 다가올 수 없었으니까.

언니랑 알리나는 정확한 사정은 알지 못했지만 내가 뭔가 했고 효과가 있다는 걸 알았어. 손을 푼 후 기회를 기다리던 둘은 튕기는 고무공처럼 자리에서 일어났어.

"여기서 나가자."

엉망으로 두들겨 맞은 언니가 거친 목소리로 말했어.

샤먼과 다른 아이들은 공포에 젖어 우리를 지켜보기만 했어.

탈출을 막아선 목소리는 다른 곳에서 나왔어.

"안 돼."

창백한 얼굴로 영조가 자리에서 일어났어.

언니는 그때까지 영조의 배신을 몰랐어. 영조가 무슨 말을 하는지, 왜 드디어 여길 떠나게 된 상황에 저렇게 핏기 없는 얼굴인지 이해하지 못했지.

반면 알리나는 즉시 상황을 알아챘어.

"아 미친, 내가 저 새끼 이상하다고 했잖아!"

영조는 격분하는 알리나를 보지 않았어. 걔는 나를 보며 애원했어.

"우린 여기서 끝나야 해. 그러지 않으면 끔찍한 일이 일어날 거야."

마침내 영조가 우릴 이곳으로 끌어 들인 장본인이라는 걸 언니가 깨달았어.

"그게 지금 뭔 소리야?"

영조는 언니 목소리에 담긴 충격, 분노, 배신감을 느끼지 못했어. 걔는 자기의 감정에 가득 차 있었어.

"누나, 내 말 좀 들어봐. 우린 더 가면 안 돼. 여기가 셋이 평화롭게 끝날 곳이야."

그런 말이 언니한테 통할 리가 없었지.

"야, 일단 나가. 네가 뭔 헛소리를 하는지는 모르겠는데 나가서 얘기해."

영조는 고개를 저었어.

"이게 최선이야."

그리고 샤먼에게 시선을 주더니 내게 얼굴을 돌렸어.

"난 정말 이러고 싶지 않았어."

울 것 같은 얼굴로 말하고 내 어깨를 잡았어. 눈이 마주친 순간 내 안으로 영조의 의지가 밀려왔어. 내가 탈출하기 위해 체육관 아이들의 의지를 사로잡았던 것처럼 이제 영조가 내 의지를 꺾으려 했어.

어깨를 잡은 손을 뿌리칠 수 없었어. 내 의지를 사로잡으려는 보이지 않는 싸움에 저항하는 것만으로도 힘들었어.

영조는 강했어. 내향적이고 조용하고 겉보기에 얌전해 보이는 영조는 한번 마음먹은 일에는 누가 뭐라 해도 고집을 꺾지 않았지. 나를 자기 뜻대로 굽히겠다고 마음먹은 영조에게는 덩굴이나 나비조차 필요하지 않았어.

나는 간신히 영조를 막고만 있는 터라 다른 아이들을 움직일 수 없었어. 영조가 나를 상대하는 동안 영조의 눈짓을 받은 샤먼 일행이 언니와 알리나에게 달려들었어.

언니랑 알리나는 필사적으로 싸웠어. 공이 실린 카트로 다가오는 이들을 넘어뜨리고 알리나는 프로 배구 선수처럼 강한 스파이크를 날렸어. 하지만 상대의 수가 훨씬 많았지.

어떻게든 내가 언니랑 알리나를 도와야 했지만 둘을 돕기는커녕 금방이라도 영조의 의지에 꺾일 것 같았어.

'내가 질 거야.'

분명한 사실이 맑은 하늘의 흰 구름처럼 떠올랐어. 난 겨우 버틸 뿐 영조를 물리치거나 압도할 힘이 없었어. 조금씩 내 의지가 영조에게 삼켜졌어.

'영조가 이길 거야.'

영조도 알고 있었어. 곧 다가올 승리에 대한 미안함, 나를 꺾어서 생길 죄책감, 그런 것들이 벌써 눈에 넘실거렸지. 승자의 연민으로 가득 차서.

그때 뒤에서 언니의 고함이 들렸어. 머리카락이 쭈뼛 설 만큼 절박한 목소리였어.

"안 돼!"

처음 듣는 목소리에 심장이 떨어졌어.

'내가 지면 언니까지 위험해져!'

이를 악물었어. 끊어질 듯 늘어난 정신이 버틸 수 없다고 비명을 질렀지만 질 수 없었어.

'하지만 이대로는 이길 수 없어!'

그 순간 의지의 싸움으로 온갖 감정과 생각, 기억이 역류하는 내 머리에서 목소리 하나가 스쳐 지나갔어. 어두운 밤하늘에서 별처럼 빛나는 목소리가 말했어.

'넌 감이 좋아.'

짙고 확실해서 단단한 돌처럼 보이는 눈을 가진 시호의 목소리.

아득한 과거처럼 목소리가 들렸어. 어느 날 저녁 그 애가 내게 해 준 말. 노란 황혼과 우리 앞에 걸어가던 조원들의 그림자 속에서 나의 마음에 들어온 말.

'*머리 회전도 빠르고, 가장 좋은 건 판단과 동시에 움직이는 행동력이야.*'

내가 믿고 의지했던 애는 말했어.

'*생존에 도움 되는 장점이니까 잘 갈고 닦아 봐.*'

혼탁했던 머리가 맑아지면서 빠르게 돌아가는 것 같았어.

눈앞의 영조는 여전히 승자의 슬픔에 젖어 있었어. 이대로 상황이 끝날 거라 여기는 눈, 변화를 예상하지 않는 눈.

'이대로는 이길 수 없다면, 이대로가 아니게 만들면 돼.'

나만의 힘으로 이길 수 없다면 나만의 힘으로 싸우지 않으면 돼.

머릿속에 아이디어가 떠오르는 즉시 나는 움직였어.

격렬하던 의지의 싸움은 이제 옛일이었어. 억지로 나를 꺾으려는 영조에게 내 모든 의지를 던졌어. 동시에 내가 나비를 이용해 삼켰던 다른 아이들의 의지도 전부 쏟아부었어.

영조는 속수무책으로 군중의 의지에 휩쓸렸어. 걔는 나 하나는 꺾을 수 있을 만큼은 강해도 쏟아지는 모든 의지를 단숨에 장악할 만큼 강하지는 않았어.

영조는 내 어깨를 놓았고 휘청거리는 무릎으로 주저앉았어. 감당할 수 없는 수많은 의지에 눈동자가 뒤로 넘어가는 게 보였어.

나는 지도자를 잃은 군중의 혼란 속에서 재빨리 내 의지를 추슬러 달아났어.

위험한 도박이었어. 영조가 내 예상보다 강해서 그 아이들의 의지를 전부 삼켰다면 나는 그대로 영조의 의지에 휩쓸렸을 거야. 그랬다면 영조가 원한 대로 체육관에서 나랑 언니 전부 '끝'이 났겠지.

하지만 상황을 바꾸지 않으면 무조건 끝일 때는 뭐라도 해봐야 했어. 정해진 끝과 알 수 없는 미래 사이라면 나는 언제나 미래를 향해 달려갈 거야.

그대로 바닥에 쓰러지고 싶은 몸을 무시하고 언니랑 알리나 쪽으로 몸을 돌렸어. 눈앞의 광경을 보는 순간 머리카락이 곤두섰어.

내가 영조와 싸우는 동안 두 사람은 샤먼 무리에 잡혔어. 샤먼 무리는 녹즙을 언니랑 알리나에게 먹이려 했어. 언니는 어떻게든 자기 몫의 그릇을 바닥에 떨어뜨렸지만 알리나는 그러지 못했어.

알리나가 던진 정수기 때문에 피로 물든 샤먼이 알리나 앞에 있었어. 다른 아이들이 알리나의 팔다리를 붙잡았고 덩치 큰 애가 알리나의 코를 쥐고 볼을 눌러 입을 벌렸어. 샤먼은 눈을 빛내며 알리나에게 녹즙을 부었어. 녹즙이 목 안으로 들어갔어. 쏟아진 녹즙에 알리나는 녹색 피에 젖은 것 같았어.

내게는 더 이상 어떤 힘도 없었어. 몸싸움으로는 상대가 되지 않았고 주황빛 나비는 어디 있는지 느껴지지도 않았어. 더는 샤먼 무리를 장악할 힘과 수단이 없었어. 그런데 문득 생각이 났어.

'쟤들은 내게 힘이 없다는 걸 몰라!'

내가 달려가자 샤먼 일행이 움찔했어.

그 애들은 정확한 상황을 몰랐어. 걔들이 보기에 영조는 바닥에 쓰러져 정신을 못 차렸고 체육관의 다른 아이들은 여전히 넋이 나가 있었지. 겉보기에 난 모두를 이긴 강력한 승자였어.

"비켜."

나는 거침없이 말했어. 내게 남은 건 필사적인 허세뿐이었어.

"지금 내가 뭔 짓 할지 나도 모르니까 눈앞에서 꺼지라고."

아마 샤먼은 내게 더는 힘이 없다는 걸 감지했을 거야. 걔는 유난히 감이 좋았으니까. 그러나 걔도 확신하지는 못했어.

그리고 샤먼의 다른 일행은 나를 의심하기보다는 두려워했어. 나는 나랑 언니 사이에 꼈던 덩치에게 손을 뻗었어. 단숨에 개의 의지를 삼킬 것처럼.

나를 생생히 기억한 덩치가 누구보다 빠르게 몸을 돌려 달아났어. 그리고 한 명이 도망치자 나머지도 따랐어. 샤먼은 주저했지만 무리가 체육관 밖으로 달아나자 군중 심리에 휩말려 밖으로 달렸어. **하나의 우리, 하나의 단체.** 자신의 생각과 의지를 포기하면서 집단에 빨려 들면 그렇게 되는 법이었지.

모두 떠나자 언니랑 알리나를 살폈어. 언니는 알리나가 마신 녹즙을 토하게 했어. 하지만 언니가 아무리 등을 두드리고 목에 손가락을 집어넣어도 알리나의 눈에 초점이 돌아오지 않았어.

알리나를 알리나로 존재하게 하는 맹렬함, 예상치 못한 순간의 날카로움, 특유의 빈정거림, 사나우면서도 시원한 미소, 그런 것들이 사라졌어. 식물처럼 고요히 흔드는 대로 흔들리는 모습은 알리나였던 사람의 껍데기만 남은 것 같았어.

"이 도시에서 벗어나면 괜찮아질 거야."

언니가 붉은 눈으로 말했어. 나한테 말한다기보다는 자기 자신한테 말하는 것 같았어.

나도 언니의 희망을 반쯤 믿었어. 내가 알던 알리나, 그 강하고 사납고 빛나던 애가 영원히 사라졌다고는 믿을 수 없었어. 여기를 떠나 식물의 영향이 사라지면 나을 거야. 언니가 중얼거리는 믿음을 붙잡았어.

우리 둘 다 자기 몸 하나 챙기기 힘들었지만 어떻게든 알리나를 일으켜 움직였어.

마지막으로 영조가 있던 자리를 돌아봤을 때는 아무도 없었어.

그 순간 내가 느낀 건 사라진 소꿉친구의 행방에 대한 걱정보다는 끝맺음을 제대로 하지 못했다는 섬뜩함이었어. 우리 관계가 더는 가족 같은 친구가 아니라는 느낌, 지금으로서는 알 수 없는 다른 관계로 넘어갔다는 감각, 그리고 어쩌면 우리가 친구로 지낸 세월보다 더 긴 시간 새로운 관계가 펼쳐질 것 같다는 불길한 예감에 등줄기가 차가워졌어.

"뭐 해, 얼른 움직여."

언니의 재촉에 끙끙거리며 겨우 체육관을 벗어났을 때는 온몸에 식은땀이 흘렀어.

건물 밖으로 나가자 진한 식물 향기가 날아왔어.

도시를 덮은 식물이 전부 꽃을 피운 것 같았어. 향이 너무 짙어서 공기가 폭력적일 만큼 묵직했어. 달콤하면서도 어딘가 썩은 것 같은 향이 곧장 뇌를 직격했어.

'숨을 쉬면 안 돼. 약국부터 찾아서 마스크를 써야 해!'

뒤늦게 생각했지만 설상가상 체육관 앞에 사람들이 보였어. 도망쳤던 샤먼 무리였어.

'돌아왔나? 내가 아무 힘이 없다는 걸 알고?'

그때 등 뒤에서 인기척이 났어.

체육관에 식물처럼 있던 아이들이 얼어붙은 언니와 나를 무시하고 체육관을 빠져나갔어. 내가 사로잡았다가 영조에게 전부 던지고, 영조가 감당하는 데 실패한 이들의 의지를 누군가 손에 넣어 움직이고 있었어.

그리고 그렇게 단숨에 많은 사람을 장악할 수 있는 사람은 한 명뿐이었어. 진정한 **하나의 지도자**.

샤먼의 무리 뒤에 작은 체구의 **그 사람**이 있었어.

그가 손짓하자 도시의 사람들이 모두 그를 향해 걸어갔어. 어깨에 걸친 알리나의 몸에도 힘이 들어가더니 다른 사람들처럼 움직이기 시작했어.

"안 돼!"

언니가 필사적으로 알리나를 붙잡았어.

사방에서 꽃향기가 불었어.

도시에 존재하는 모든 것이 향기 속에서 **그 사람**에게 갔어. 걷는 것, 기는 것, 나는 것 모두. 환각인지 실제인지 알 수 없는 벌레와 나비가 다시 나타났고 도시의 쥐들마저 비틀거리며 그에게 향했어. 머리를 채우는 향기 속에서 저항할 수 있는 존재는 없었어. 나 또한 마찬가지였어.

마스크 없이 숨을 쉬면 안 된다는 것도 잊었어. 생각은 오직 하나, **그 사람**을 따라가는 것뿐이었어.

'편해질 거야. 쉴 수 있을 거야.'

나는 너무 지쳤어. 육체적으로도 정신적으로도 남은 힘이 없었어. 더는 애쓰고 싶지 않았어. 남의 의지를 꺾는 것도 싫고 내 의지를 지키는 것도 괜한 고생처럼 느껴졌어. 끝이 휴식이라면 끝이어도 좋았어. 늘어진 치즈 같던 정신이 끊어졌어.

발이 그에게 향했어. 고통이 사라지고 몸이 가벼워지는 것 같았어.

'곧 편해질 거야.'

누군가 머릿속에서 속삭였고 부드럽고 매혹적인 목소리는 내게 약속했어.

'너는 혼자 힘들어할 필요 없어.'

한 발 한 발, 나는 **그 사람**에게 향했어.

"류미아!"

언니가 부르는 소리가 들렸지만 돌아보지 않았어. 사람들에게 합류하자 **우리**가 되는 느낌이었어. 내 몸에서 떠나 더 거대한 것이 되는 것 같았고 언니가 더는 중요하게 느껴지지 않았어. 생각할 수 있는 건 오직 **그 사람**뿐. 그에게 가까워질수록 **나**는 더 옅어졌어. 내가 희미해지다 마침내 경계가 흐려지면서 군중 속으로 번지는 느낌.

그때 뒤에서 무언가 달려와 나를 땅으로 넘어뜨렸어.

나라는 몸뚱이에 일어난 격렬한 고통이 나를 다시 **나**로 붙잡았어.

스포츠 경기였다면 즉시 퇴장감이었을 정도로 거칠게 날 쓰러뜨린 건 언니였어.

"정신 차려!"

언니가 나를 누르며 소리 질렀어. 마스크 대신 급히 옷으로 호흡기를 가린 얼굴에서 눈이 분노로 이글거렸어. "멍청한 짓 하지 마! 눈 똑바로 떠! 저런 속임수에 넘어가지 마!"

언니 밑에서 나는 계속 꿈틀거렸어. 움직여야 했어. 좁은 감방에 처박힌 죄수처럼 **나**에 갇히기 싫었어. 다시 **우리**가 되고 싶었어. 무엇보다 **그 사람**에게 가야 했어. 연결 속에서 난 그의 생각을 알 수 있었어. 이 도시에서 그의 실험은 끝났어. 그는 북쪽으로, 더 넓고 큰 땅으로 갈 거야. 가는 길에 더 많은 사람을 삶이라는 짐에서 해방할 거고 다 같이 편해질 수 있었어.

'세상 전체가 우리가 될 거니까.'

미움과 다툼, 고통과 전쟁, 혐오와 파괴도 없을 거야. 거대한 빛이 땅에서 하늘로 치솟고 최후의 변화가 일어날 거야.

나는 언니를 치우려 했지만 언니는 체구보다 강한 힘으로 나를 붙잡았어. 향기를 맡지 못하게 내 코를 쥐어뜯을 것처럼 잡기도 했지.

언니가 그렇게 필사적인데도 별다른 느낌이 들지 않았어. 그 순간 내 몸 위에 있는 건 방해하는 고깃덩어리일 뿐이었어. **그 사람**을 따라가는 것 말고는 아무것도 신경 쓰이지 않았어. 언니는 계속 나를 막았고 그러는 사이 알리나는 멈추지 않고 걸어갔어. **그 사람**에게로.

나를 누르는 언니에게서 고통스러운 신음이 흘렀어.

언니가 걸어가는 알리나를 봤어. 언니의 몸이 팽팽하게 굳는 걸 느낄 수 있었어.

언니는 그 순간 선택해야 했어.

알리나를 멈추기 위해 나를 놓으면 내가 **그 사람**을 따라갈 테고 나를 붙잡으면 알리나를 구할 수 없었어.

언니는 정말로 알리나를 구하고 싶었을 거야. 걔가 식물처럼 생각 없이 흔들리며 의지 없는 노예처럼 부려지는 걸 막고 싶었을 거야.

알리나가 결국 언니를 구하러 위험을 무릅쓰고 왔던 것처럼 언니도 걔를 구하러 가고 싶었을 거야.

하지만 언니 앞에는 내가 있었어. 모자라고 귀찮은, 때로 미치게 열받게 만드는, 그러나 절대 놓을 수 없는 동생인 내가.

언니는 알리나에게서 시선을 떼지 못하면서 나를 잡은 팔을 놓지는 않았어.

알리나는 평화로운 얼굴의 무리에 평화로운 얼굴로 합류했어. 녹즙에 젖은 옷이 점점 멀어지더니 얼마 지나지 않아 사람들 속에 섞여 보이지 않았어.

알리나를 구할 수 있었을 거야.

샤먼은 녹즙을 마셨을 때 효과가 빠르다고 했지만 영원히 갈 효과는 아니었을 거야. 알리나를 데리고 도시를 빠져나가 다시는 그런 식물에 노출되지 않게 하면 정신을 차렸을 거야. 다시 우리가 알던 알리나로 돌아왔을 거야. 언니는 계속 좋아하는 사람과 함께할 수 있었을 거야. 때로는 다투고 때로는 용서하며 관계를 쌓아 갔을 거야. 그러나 언니는 그러지 못했어.

언니의 뜻이 아니었고 알리나의 의지도 아니었어.

녹즙을 마시고 식물의 영향에 취한 알리나는 **그 사람**에게 장악됐어. 그 상태로 멀어졌어.

그리고 언니는 그걸 지켜봤어. 알리나를 구하기 위해 나를 놓을 수는 없어서.

그 사람이 무리를 이끌고 도시를 빠져나가자 얼마 지나지 않아 도시를 뒤덮은 식물이 시들었어. 향기가 사라지고 말라붙어 가루로 부서졌어. 꼭 피터 팬 바이러스의 희생자들처럼.

내가 다시 **나**로 돌아왔을 때는 목덜미에 뭔가 축축한 게 흘렀어.

언니가 울고 있었어. 뜨거운 눈물이 내게로 뚝뚝 떨어졌어. 불덩이 같은 눈물을 흘리며 언니는 나를 놓지 않았어. **그 사람**과 그에게 사로잡힌 아이들이 완전히 사라진 후에도, 도시의 끔찍한 식물들이 소멸하고 내가 정신을 차린 뒤에도 언니는 나를 놓지 않았어. 언니가 나를 붙잡고 있는 건지, 아니면 내게 매달려 있는 건지 알 수 없을 때까지.

정신이 돌아왔을 때 나는 모든 상황을 알았어. 무슨 일이 일어났는지, 언니가 어떻게 행동했는지 알았어. 그 결과 또한.

아무 말도 할 수 없었어. 알리나를 그렇게 보낸 언니 심정이 어떨지 상상도 할 수 없었어.

그리고 바로 그날 내가 알리나에게 한 말이 내 심장에 꽂히는 칼날처럼 떠올랐어.

'너랑 나, 둘 중 하나를 택해야 한다면 언니도 너보다는 동생인 나를 택했을 테니까.'

그 말을 하지 말았어야 했어.

그 순간 내가 치기 어린 마음에 뱉은 말은 내 생각보다 더 치명적인 진실을 담고 있었어.

식물도, 향기도, 사람도 모두 사라진 도시에서 언니를 봤어.

언니가 지금, 이 순간에도 알리나를 구하러 가고 싶다는 걸 알 수 있었어. 알리나가 결국 언니를 구하러 왔던 것처럼 언니도 위험을 무릅쓰고 그 애를 찾으러 가고 싶다는 걸 알았어.

하지만 언니는 그럴 수 없었어.

그 사람은 강력했고 그 힘은 우리가 알던 상식을 벗어났어. 나는 체육관의 아이들을 잠시 사로잡는데도 엄청난 힘이 들었어. 그 후에는 지쳐서 내 정신을 지키지 못할 정도였지. 그런데 **그 사람**은 아주 쉽게 군중을 장악했고 힘들어 보이지도 않았어. 그런 존재에게서 알리나를 몰래 빼내려다가는 우리 둘 다 그의 무리에 합류하게 될 확률이 높았어.

혼자라면 언니는 위험을 무릅썼을 거야. 알리나를 구하거나 아니면 실패해서 그 애 곁에 함께했겠지. 하지만 언니는 혼자가 아니었고 언니는 나까지 위험에 빠뜨릴 수는 없었어.

언니는 대체 몇 살부터 '엄마가 없을 때는 네가 미아 엄마'라는 소리를 듣고 자랐을까? 언제부터 동생에 대한 책임을 아닌 척하면서 사실은 누구보다 진지하게 받아들였을까?

긴 시간이 흘러서야 언니는 내게서 몸을 일으켰어.

"가자."

젖은 얼굴로 나를 보지 않고 그 말만 했어.

도시에는 우리뿐이었어.

영조는 사라져 보이지 않았어. 알리나는 떠났고 우리는 그 애가 사로잡힌 위험에서 달아나려 했어. 검은 머리에 겨울의 눈을 가진 소녀의 반대편으로, 우리의 원래 목적지로, 우리 둘이서만, 우리의 생존만을 향해.

언니가 먼저 움직였어. 내가 따라오는지 확인도 하지 않고 걸었어. 뒤를 돌아보면 다른 방향으로 달려갈까 두려운 것처럼.

나는 비틀거리며 언니를 따랐고 그렇게 넷이 들어간 도시를 둘이서 빠져나왔어.

우리는 알을 깨고 세상으로 나가지 못했어. 우리는 여전히 알 속에 있었고 우리 말고는 아무도 없었어. 고치를 열고 나왔는데 하늘을 나는 나비가 되기는커녕 여전히 애벌레로 땅을 기는 것 같았어.

구타당한 몸으로 우리는 뒤돌아보지 않고 걸었어.

우리는 알리나가 어떻게 될지 알 수 없었고, 그 애의 운명을 생각하기 두려웠고, 영조에 대해서는 머리가 멈추는 것 같았어. 오랜 소꿉친구가 우리 할머니 댁이 어디 있는지 안다는 것은 이제 두려움으로 다가왔어.

우리는 무엇 하나 매듭짓지 못한 채 달아났어. 사람이 많은 건물에 불이 났는데 우리 둘만 불타는 건물에서 빠져나와 뒤도 돌아보지 않고 도망치는 느낌이었어.

도시의 경계를 넘어설 때 태양이 저물었고 느낄 수 있는 건 모든 것이 잘못되었다는 감각뿐이었어.

우리는 일행을 잃고 걸었어. 여전히 살아서, 다시 한번 손에 생존만을 쥔 채 우리의 생존만을 향해 가고 있었어.

세상이 망한 이후 처음으로 막연한 생각을 뚫고 분명한 의문이 마음속에 떠올랐어. 어쩌면 인간의 생존이라는 건 견딜 수 없이 누추한 것이 아닐까?

4부

생존의 끝

1

 넷이 들어가서 둘만 빠져나온 그 도시는 할머니 댁으로 가는 길에 있던 마지막 큰 도시였어. 그 후는 이 나라의 실핏줄 같은 소도시와 작은 마을뿐이었지.
 이웃에 누가 사는지 모르는 대도시의 익명성이 사라지면서 우리는 조심해야 했어. 그때부터는 빈집처럼 보여도 주거지에 들어가지 않았어. 동네의 생존자들이 빈집이라는 걸 아는 상황에서는 작은 인기척도 크게 느껴질 테니까. 그 대신 주민센터나 병원 같은 곳에서 밤을 보냈지.
 그 당시의 기억은 희미해.
 이상하지. 더 오래된 일들, 세상이 망한 걸 막 알았을 때나 빈집에서 발견한 편지, 벙커에서의 일, 영조와 알리나와 함께 다녔을 때의 일은 생생한데 그 도시를 떠나 언니와 둘만 움직였을 때의 기억은 흐릿하다니.

다만 그때쯤 세계가 썩어 갔다는 건 기억해.

소비 인구 대부분이 사라지면서 유통 기한을 넘긴 제품이 대량으로 생겼고 유통 기한이 충분하더라도 제대로 된 환경에 보관되지 않아 많은 것이 썩었어.

문명이 얼마나 빨리 쇠퇴하는지 보면서도 믿을 수가 없었어. 포장도로를 뚫고 식물이 곳곳에서 자랐어. 쥐가 대낮에 거리를 쏘다녔고 길에 서 있으면 손가락 크기의 바퀴벌레가 다리 위로 올라왔어.

몰락 이후에도 몰락이 있다는 걸 그때 알았어. 세상은 영원불멸의 방부 제품 같은 게 아니라 썩을 수 있었어. 최후의 저지선이 쓰러지는 것처럼 버티던 모든 것이 무너졌어. 건물은 나날이 퇴락했고 세상을 이루는 것들이 나선으로 돌며 추락했지. 그리고 썩는 것 중에는 '인간'도 있었어.

한동안 펜을 놓고 망설였어. 그 시기 내가 본 것, 우리가 저지른 일을 어떻게 써야 할지 엄두가 나지 않아서.

우리, 살아남은 생존자들은 선을 넘었어.

더 이상 **그 사람**과 이상한 식물에 사로잡힌 아이들만 새로운 힘을 받아들이는 게 아니었어.

많은 생존자의 힘이 깨어났고 마침내 다들 구시대 때는 생각할 수도 없었던 힘, 상식을 벗어나는 초능력을 이해하고 쓰기 시작했지.

그래, 새로운 세계에서 새로운 존재가 된 거야.

그리고 종말 이후 태어난 새로운 세계와 새로운 존재는 아름답지 않았어. 알고 있던 세계가 망한 충격, 부모와 어른이 모두 죽은 트라우마 속에서 기존의 상식을 뛰어넘는 힘은 우리가 저지르는 난장판의 규모를 더 크게 만들었어.

무엇보다 초능력처럼 불가능한 힘이 존재하게 되면서 타인에 대한 두려움이 강해졌어. 누구도 서로를 믿지 못하고 자기가 당하기 전에 상대를 해치려 함으로써 상황은 더 끔찍해졌지.

그때 우리 생존자들은 서로를 죽였어. 자신이 살기 위해서라고 믿으며 타인을 살해했어. 학살이 역사의 한 장면이 아니라 내가 사는 현재 내 눈앞에서 일어났어. 모두가 자신의 생존만을 생각하는 세상이 어떻게 모두의 생존을 벼랑 끝으로 몰아가는지 보았어.

그리고 난 그것들을 그냥 지나쳤어. 내 앞에서 벌어지는 일을 외면하고 안전한 곳으로 숨었어. 엮이고 싶지 않았으니까. 내 생존이 위험했으니까.

언니랑 나는 계속 걸었어. 누구와도 마주하지 않고 누구도 신경 쓰지 않고 할머니 댁으로 향했어. 숨고, 피하고, 소리 내지 않으며 아무도 없는 곳으로 도망쳤지.

둘 다 멀쩡한 상태가 아니었어. 돌이켜 보면 나는 손바닥에서 이상한 나비를 꺼낸 후 내내 제정신이 아니었던 것 같아. 나비가 나온 건 손바닥인데 몸 한가운데가 텅 빈 느낌이었어.

걸을 때마다 빈 곳을 바람이나 햇빛이 통과하는 느낌이었어.

　언니 상태는 더 나빴어.

　식물의 도시를 떠난 후로 내가 알던 언니 모습을 볼 수 없었어. 텅 빈 눈으로 걷기만 했지. 주변에서 무슨 일이 일어나도, 살려 달라는 비명과 어린아이의 울음소리가 들려도, 자신의 코에서 뚝뚝 코피가 흐르건 말건 언니는 계속 걸었어.

　'좀비 같아.'

　그런 생각이 들었어.

　그저 움직이며 뭐든 잡히는 걸 먹어 치우는 좀비랑 우리가 다른 게 없다고.

　'우리가 살아 있다고 할 수 있나? 이게 정말 사는 거야?'

　대답을 얻을 수 없었어.

　그리고 그렇게 걷던 중 마침내 아는 거리가 나왔어.

　할머니가 과자를 사 주던 가게, 할아버지가 들르던 이발소, 마을 경계에 흐르는 하천과 그 위의 석조 다리, 다리 근처에 있는 커다란 은행나무를 알아봤어.

　'다리만 건너면 마을이야.'

　우물과 아궁이 같은 것이 존재하는 곳. 은퇴 후 옛날 방식으로 자연과 함께 살려던 복고주의자들이 만든 마을. 문명이 망한 세상에서 우리의 유일한 희망.

　언니는 습관처럼 앞장서서 걸었어. 목적지가 코앞인데도 얼굴에 아무런 감정이 없었어. 기쁨은커녕 안도감도 없었어.

나도 모르게 언니를 붙잡았어.

손목을 잡힌 언니가 돌아봤어. 왜 잡았냐고 묻지 않았어. 다시 생각 없이 움직이기만을 기다리고 있었어. 좀비처럼.

그토록 바라던 할머니 댁에 도착하는데 어느 때보다 끔찍한 위기에 놓인 것 같았어.

이게 정말 최선일까? 이런 식으로 할머니 댁에 도착하면 그다음에 언니는 뭘 할까? 자기를 좀비처럼 움직이게 하는 유일한 목표도 끝났는데 무얼 하려 할까? 내가 병에서 깨어났을 때처럼 아무 의욕 없이 잠만 자려고 할까?

모든 것이 불분명했지만 한 가지는 확실했어.

'인간이 이렇게는 살 수 없어.'

이제야 알 수 있었어. 어릴 때부터 드나들던 마을 입구에 도착해서야 겨우 알았어.

나는 깊이 숨을 들이쉬고 언니 눈을 바라보며 말했어.

"우리, 알리나를 구하러 가자."

나는 언니를 잃고 있었어.

지구를 향해 전속력으로 달려오는 유성 같은 언니. 눈부시게 타오르는 불길 같은 언니. 태어나 여태 보아 온 언니를 잃는 줄도 모른 채 잃고 있었어. 더 늦기 전에 되찾아야 했어. 세상에 남은 하나뿐인 가족, 내가 허락한 내 인생의 폭군, 나의 유일한 언니를.

알리나를 되찾으러 가자는 말을 하자 언니의 눈동자가 흔들렸어. 표정 없던 얼굴이 떨리더니 진심인지 확인하는 것처럼 나를 바라봤어. 피하지 않고 눈을 마주하자 눈동자에 얼음처럼 덮인 유리 막이 깨지는 것 같았어. 잿더미에서 살아나는 불사조처럼 다시 언니 눈에 불꽃이 피어났어.

내가 목격했던 그 불꽃은 무엇이었을까? 꽃이 피어나듯 찬란하게 빛난 것. 눈부시면서도 애틋해서 감히 똑바로 바라볼 수 없었던 것.

아직도 모르겠어. 그게 무엇이었는지.

다만 내 눈으로 보았을 뿐이야. 보고 다시는 잊을 수 없게 깨달았을 뿐이야.

숨을 쉰다고 해서 전부 살아 있다고 할 수는 없다는 것을, 인간이 좀비처럼 존재하기만 할 게 아니라면 무언가 필요하다는 것을. 진정한 삶에는 단순한 생존 이상이 필요하다는 것을.

내내 생존만을 위해 달려오다 목적지를 코앞에 두고서야 나는 알았어.

인간은 생존만으로 살 수 없고 생존이 곧 삶은 아니라는 것을.

2

빛나던 언니의 얼굴은 금세 다시 어두워졌어.
"진심으로 하는 소리야?"
언니가 물었어.
"진심이야."
"너무 위험해."
"그게 하기 싫다는 말은 아니잖아."
언니는 생전 본 적 없는 눈빛으로 나를 보다 말했어.
"너까지 위험하게 만들 수는 없어."
 알고 있었어. 언니 혼자였다면 진작 알리나를 구하러 갔을 테지만 내가 있어서 그러지 못한다는 거. 하지만 언니가 그 말을 소리 내어 말한 건 처음이었어. 마침내 언니 입에서 그 말을 들으니 이상하게 분통이 치밀어 올랐어.
 "내가 먼저 구하러 가자고 했잖아. 하기 싫은 걸 언니가 억지로 시킨 게 아니라 내 생각으로 결정한 거야. 그리고 내 인생은 내 거고 내 책임인데 왜 언니가 내 인생까지 걱정해?"

화를 내며 말하는데 언니 반응이 예상 밖이었어. 나는 비장한데 듣고 있던 언니의 입꼬리가 떨리더니 웃지 않으려 애쓰는 것 같았어. 결국은 참는 걸 포기하고 낄낄거리며 말했어.

"야, 네가 태어난 후로 넌 항상 내 책임이었어."

그러더니 혼자 무슨 생각을 하는 것처럼 슬며시 웃었어.

어느새 공기가 바뀌었어. 진지함은 사라지고 언니랑 밥 먹듯이 말다툼하던 때로 돌아간 것 같았어.

나는 호흡을 가라앉히고 말했어. 여기서 화를 내 봤자 그놈의 '동생 취급'만 당하고 끝이란 걸 알았어.

"우리가 어렸을 때는 그랬을 수도 있어. 하지만 지금은 둘 다 컸잖아. 누가 누굴 책임지고 그럴 필요가 없다고."

언니는 여전히 웃긴다는 태도로 말했어.

"네가 팔십 살 할머니가 되어서도 내가 너 챙겨서 경로당 다닐걸?"

주먹을 움켜쥐었어. 망한 세상에서 경로당 같은 소리 하네.

답답하고 화도 나서 있는 힘껏 노려보자 언니는 피식 웃었어.

대체 언니들은 왜 그 모양일까?

다른 사람과 있을 때는 그럭저럭 정상인 같은데 왜 동생한테는 하나 같이 사이코패스가 되는 거야? 특히 동생이 진심으로 짜증 내거나 진지할수록 언니들은 참을 수 없이 우스워하는 것 같아. 꼭 '동생의 진지함' 자체가 언니에게는 보장된 재미 요소인 것처럼.

진짜 화가 치밀어오르려던 차 언니가 웃음을 멈췄어. 그러고는 말했어.

"알겠어."

나는 어리둥절했어. 뭘 알겠다는 거야?

언니는 계속 말했어. 이제 웃음은 사라지고 언니도 진지한 목소리였어.

"네 생각은 알겠는데 그렇다고 지금 당장 왔던 길을 되돌아갈 수는 없어."

언니는 설득을 시작했어.

"여기까지 온 이상 할머니 댁이 정말 살 만한 곳인지 확인해야지. 나중에 다 같이 이곳으로 올 수도 있잖아."

언니는 우리 둘 다 지금 비실거려서 몸부터 회복해야 알리나를 되찾을 수 있을 거라고 했어. 할머니 댁에서 물품을 챙겨야 한다고도 했지. 언니는 우리가 바로 알리나를 찾는 대신 할머니 댁에 들러 시간을 보내야 하는 이유를 계속 말했어.

하지만 나는 언니가 그렇게 말하는 진짜 이유를 알았어.

자기는 일분일초라도 빨리 알리나를 찾으러 가고 싶어도 내게 시간을 주려는 거였어. 험한 길 가기 전에 포기할 시간을. 생존을 택할 기회를.

그런 면이 참을 수 없게 언니스러웠어. 평소에는 저게 진짜 사람인가 싶게 내 불행을 즐기고 내가 진지할수록 웃어 젖혀도 정말 위험한 상황에서는 자기보다 나를 챙기는 게 당연한 것처럼 구는 모습이.

내가 충분히 생각한 결정이라고 말해도 안 통할 거였어. 며칠은 할머니 댁에 머물면서 내 결정이 변하지 않을 거라고 확신시켜야 했어.

나는 알았다는 뜻으로 고개를 끄덕였어.

우리는 다시 할머니 댁으로 향했어. 상점가를 지나 복고주의자 마을로 이어지는 널찍한 다리에 도착했어. 다리 어귀의 큰 은행나무가 노랗게 물들어 있었어. 단풍을 보니 새삼 인간이 망한 거지 세상이 망한 건 아니라는 생각이 들었어.

앞서 걸어가는 언니를 봤어. 걸음이 직전과는 달랐어. 더 힘차고, 더 활기 있었어.

'좀비가 아니야.'

내게 생각할 시간을 주는 게 언니가 스스로 받아들이기 위한 마지막 관문일 거야. 언니는 내가 며칠 뒤에도 생각을 바꾸지 않을 거고 결국 우리가 함께 알리나를 구하러 갈 거라는 걸 느끼고 있을 거야.

내가 알던 언니로 돌아온 것 같았어. 거침없이 걷는 언니를 뒤에서 따라가는 것. 그것만으로도 삶이 정상으로 돌아온 느낌이었어.

살면서 항상 언니가 앞에 있었어. 공부며 학교생활이며 전부 언니는 나보다 먼저 해 봤지. 내가 언니보다 키가 커져도, 언니랑 같은 교복을 입어도, 이제 싸우면 힘으로 이길 것 같아도 언니는 언니였어. 나보다 먼저 태어나서 나보다 먼저 길을 걷는 사람.

그게 싫고 짜증 나지만 때로는 안도할 때도 있었어. 할머니 댁을 지척에 두고 힘차게 내 앞을 걷는 언니를 따라갔을 때도 그랬어.

같은 길을 나보다 먼저 걸어가는 사람이 있어 든든할 때, 먼저 세상을 경험하고 내게 알려 주는 사람의 존재가 은근히 기쁠 때.

내가 그런 생각을 하는 걸 아는지 모르는지 언니가 뒤를 돌아봤어. 나를 보더니 이유 없이 씩 웃었어.

그 순간 언니를 향한 애정이 차올랐어.

'언니가 있어서 좋아.'

언니는 엄마도 친구도 아니야. 때로 그들과 역할이 겹칠 때가 있어도 언니라는 존재는 그저 위급 시 엄마의 대리자나 친구 중 하나가 아니야.

언니와의 관계는 부모가 자식에게 주는 절대적으로 품는 사랑과는 달라. 언니랑은 서로 질투하고, 경쟁하고, 티격태격 부딪히며 쌓아 가는 관계야. 가끔은 내 인생의 적인 것 같아도 같은 세대를 공유하는 동지애가 있어. 때로는 엄마보다 언니에게 편히 속이야기를 털어놓을 수 있었어. 언니가 엄마보다 내 상황을 더 잘 이해하니까.

언니는 친구와도 달랐어. 사회관계보다 더 끈덕지게 엮인 느낌이었어. 친구와는 멀어져도 언니랑 남이 되는 건 상상하기 어려웠어.

언니는 나보다 먼저 출발한 라이벌, 나의 가장 절교하기 어려운 친구이자 같은 부모를 견디는 동지였어. 그러면서 때로 나의 안내자이자 보호자가 되는 존재. 복잡하게 좋아하고 단순하게 짜증 나고 징그럽게 사랑하는 관계.

언니에 대해 생각하며 계속 걸었어. 언니는 앞에서 막 다리를 건넜어.

그리고 전혀 예상하지 못했던 때, 총성이 울리고 언니가 가슴에서 피를 뿜으며 쓰러졌어.

'누가 총을 쐈네.'

머리 뒤편에서 다른 사람 일인 것처럼 생각이 떠올랐어.

이어서 두 번째 총소리가 울렸어. 이번에는 나를 겨냥했지만 빗나갔어.

모든 걸 보고 듣고 느끼면서도 움직일 수 없었어. 누가 내 장점으로 뽑아 준 '**빠른 상황 판단력과 빠른 행동력**'은 눈앞에서 피 흘리는 언니를 본 순간 멈췄어. 다친 언니를 보는 것 말고는 아무것도 할 수 없었어.

하지만 언니는 그렇지 않았어.

모든 것이 아주 짧은 순간이었어. 앞에 가던 언니가 쓰러지고 나를 노린 두 번째 총알이 쏟아지는 것까지. 그 짧은 순간 언니는 상황을 깨달았어. 자기가 총에 맞았다는 걸 알았고 공격자가 이어서 나를 노린다는 걸 알았어. 그리고 언니는 무엇을 할지 정했어.

바이러스에서 살아남은 뒤 언니랑 나는 우리가 얻은 새로운 힘을 말하지 않았어. 둘 다 이상한 힘을 받아들이기 어려운 구시대 사람이었지. 언니는 체육관에서 내가 쓴 힘을 묻지 않았고 나도 언니의 변화를 묻지 않았어. 무엇보다 알리나를 비롯해 많은 사람을 노예처럼 사로잡은 **그 사람**의 기억 때문에 우리의 힘을 대하는 게 꺼려졌어.

하지만 바이러스에 살아남은 다른 생존자처럼 언니에게도 전에 없던 힘이 있었고 언니는 그 순간 모든 힘을 쏟아부었어. 자기를 맞히고 이제 나를 향해 총을 쏘는 공격자를 향해.

대기권에 들어온 별의 조각처럼 불타는 빛이 언니에게서 솟아 총알이 날아온 방향으로 날아갔어.

마을 어귀에 있던 집이 무너졌어. 안에 있던 사람이 빠져나올 새 없이 건물이 과자처럼 부서졌어. 더는 총소리가 울리지 않았어.

나는 그제야 족쇄에서 풀려난 듯 언니에게 달려갔어.

언니는 가슴에 총을 맞았어. 살이 튀고 피가 엄청나게 쏟아졌어. 본능적으로 손을 뻗었어. 뿜어져 나오는 피를 손으로 막으려는 것처럼.

 이상한 힘이 부상을 치료할 수 있을까? 이를 악물고 힘을 끌어내려 했지만 체육관에서 아이들의 의지를 사로잡은 후로 텅 빈 것 같은 느낌이었어. 어떤 힘도 내게서 나오지 않았어.

 그때 언니가 내 쪽으로 손을 뻗었어. 피를 너무 많이 흘려 얼굴이 창백했어. 나는 지혈을 시도하며 소리쳤어.

 "괜찮아! 심각한 건 아니야!"

 언니를 안심시키고 싶었어. 괜찮을 거라고, 이것도 결국 우리가 함께 겪은 모험이 될 거라고. 어느 날 다 지나간 일이 되어 그때 정말 무서웠지, 하고 둘이 평범하게 얘기할 거라 말하고 싶었어.

 그러나 언니가 원한 건 그런 게 아니었나 봐. 무섭게 창백한 언니는 뭔가 말하려 했어. 쌕쌕거리는 숨소리만 흘러나올 뿐 목소리가 나오지 않자 언니는 입을 다물었어. 그 대신 나를 봤어. 언니의 커다란 눈이, 검은 눈동자가 뚫어져라 나를 봤어. 가장 먼저 내 얼굴을 봤고 시선이 아래로 흘러 총에 맞지 않은 몸을 확인했어. 그러고는 다시 내 눈을 봤고, 더는 숨을 쉬지 않았어.

*

 시간이 흐른 지금은 알아. 그때 내가 착각하고 있었다는 걸.

말 그대로 거리에 죽은 이들의 시체 가루가 날리고 시신이 곳곳에 있는 세상을 걸으면서도, 당장 부모님이 내가 보지 못한 새 돌아가셨어도 나는 어린아이 특유의 환상을 그대로 간직했어. 죽음이 나에게, 내 곁의 사람에게 닥치지 않을 거라는 불가능한 믿음을.

모든 사람이 결국은 죽는다는 걸 머리로는 알면서도 그게 진정 무슨 뜻인지는 몰랐지.

나나 내 소중한 사람이 죽는다면 뭔가 절차가 있을 거라 생각했어. 노화나 병처럼 받아들일 수 있는 이유와 함께 죽음을 준비할 시간이 있을 거라고 말이야. 죽음이 이해할 수 있는 형식으로 올 거라 생각했지. 아니, 사실 생각하지 않았어. 나와 언니는 어렸고 세상이 아무리 위험하고 끔찍해도 마음 한편에서는 우리가 죽을 거라 생각하지 않았어.

하지만 죽음은 사전에 경고하면서 오는 게 아니야. 죽을 만한 사람들이 죽을 만할 때 데려가는 게 아니야. 죽음에 논리 따윈 없어. 죽을 것 같은 사람과 죽을 것 같지 않은 사람, 어린 사람과 나이 많은 사람, 내게 소중한 사람과 내가 알지 못하는 사람 모두에게, 언제든 죽음의 거대한 손가락이 순식간에 짓누를 수 있는 거야.

그때의 난 그걸 몰랐어. 받아들일 수 없었어. 내 언니가 정말 죽었다는 걸 이해할 수 없었어. 이렇게 아무 예고 없이? 이런 방식으로?

'이게 뭐야?'

더 이상 움직이지 않는 언니를 두고 그런 생각을 했어. 슬프다는 감정도 떠오르지 않았어. 현실 같지 않고 아무것도 받아들일 수 없었어.

어느 순간 정신을 차리자 내가 내 옷을 마구 잡아당기고 있었어. 왜 그랬는지 모르겠어. 늘어난 옷을 보다가 갑자기 확신이 들었어.

'이게 진짜일 리 없어.'

우리 언니가 죽었을 리 없잖아.

그 순간 생각은 너무 확실하고 분명했어. 고개를 들면 언니가 잠에서 깰 때처럼 찡그린 얼굴로 일어날 거야.

고개를 들었지만 현실은 그렇지 않았어.

몸을 일으켜 돌아섰어. 살아 있지 않은 언니를 계속 볼 수 없었어. 부서질 것 같았어.

무너진 집으로 걸었어.

언니를 죽인 총알이 날아왔던 곳.

잔해를 파헤쳤어.

언니의 살인자를 내 눈으로 보고 싶었을까?

언니가 부순 파편들을 헤집으면서 손이 다치고 곳곳에 상처가 생겼지만 신경 안 썼어. 언니의 상처에 비하면 아무것도 아니었으니까.

어쩌면 그런 식으로 내가 해야 할 일에서 도망쳤던 걸지도 몰라. 언니의 죽음을 인정하고 언니의 무덤을 파는 것보다 언니의 살인자가 묻힌 잔해를 파헤치는 게 쉬웠지.

광기가 섞인 집요함으로 계속 파다가 마침내 봤어. 언니를 죽인 총, 언니를 죽인 사람. 더는 살아 있지 않은 사람.

생각해야 하는 것들을 감당할 수 없는 머리가 총을 붙잡고 온갖 생각을 쏟아 냈어.

저 총이 어디서 났을까. 원래 이 집에 있었을까.

할아버지가 밭을 망가뜨리는 산짐승을 쫓아내기 위해 총을 갖고 있던 게 생각났어. 이 마을에 그런 총을 가진 게 우리 할아버지만은 아니었을 거야.

저 사람도 우리처럼 여기가 할머니 댁이었을까.

세상이 망하자 우리보다 빨리 여기 왔을까.

문득 그가 총을 쏜 게 새삼스러웠어. 지금껏 내가 지나쳐 온 살인자들은 새로 얻은 힘으로 타인을 죽였어. 구세계와 달리 더는 사람을 죽이는 데 칼이나 총이 필요 없었지. 하지만 이 살인자, 우리 언니를 죽인 자는 총을 썼어.

지금까지 바이러스에 감염되지 않았을까? 그래서 다른 생존자들이 두려웠을까? 자신이 위험해질까 봐 누구든 마을에 다가오면 죽이려 했을까? 타인이 전부 바이러스나 괴물로 보였을까? 생존자 누구도 자신과 같은 인간으로 보이지 않아 쉽게 총을 쐈을까?

시체를 보는 게 섬뜩했다가 다음 순간 사나운 마음이 솟구쳤어.

'네가 우리 언니를 죽였어.'

이해할 수 없는 에너지가 쏟아지면서 광기가 머리를 들었어. 복수, 원망, 미움, 증오. 죽은 자를 가만히 둘 수 없었어.

'네가 누구를 죽였는지 알아?'

악을 쓰며 외치고 싶었어. 그의 몸을 덮은 잔해를 발작하듯 파헤쳤어.

나의 광기 속에 전신이 드러난 살인자는 숨이 멎은 채 웅크리고 있었어. 몸을 둥글게 말고 뭔가를 끌어안고 있었어.

그리고 그의 품속에서 무언가 꿈틀거렸어.

언니가 최후에 쏟아 낸 강렬한 힘이 날아오고 그가 끝을 직감했을 때 총을 팽개치고 감싼 것이 있었어. 죽음이 다가온 순간 필사적으로 지킨 것.

죽은 자의 품속에서 어린아이가 고개를 내밀었어. 커다랗고 어리둥절한 눈으로 너는 나와 시선을 마주했어.

그래, 너는 우리 언니를 본 적 없지.

너는 모를 거야. 그 일이 벌어졌을 때 어땠는지. 기억하기에는 어렸으니까. 하지만 난 기억하고 너에게 말해야 해.

말해야 해.

3

 너무 어려서인지, 충격을 감당할 수 없었는지, 너는 네 생의 초기를 기억하지 못했어.
 바이러스 이전 세상의 기억도 없고 우리가 어떻게 만났는지, 무슨 일이 일어났는지, 최후까지 너를 보호하려 몸으로 감쌌던 자, 내 언니를 죽인 자도 기억하지 못했어. 마치 나와 눈이 마주친 순간 네가 세상에 새로 태어난 것처럼.
 나 역시 그때의 기억은 뭉텅뭉텅 잘린 것 같아. 너를 처음 봤을 때 내가 무슨 생각을 했는지 모르겠어.
 정신이 들었을 때 날은 캄캄했고 네가 울고 있었어.
 그 당시 내 머릿속에 떠오른 생각은 알리나를 구해야 한다는 것이었어.
 내게 남은 의무라고 생각했어. 언니를 위해 알리나를 구해야 한다는 생각이 현실을 받아들일 수 없었던 내가 붙잡은 유일한 집착이었지.

하지만 너를 무너진 집에 그냥 둘 수는 없었어.

예전처럼 보육원이 있었다면 너를 거기 두고 떠났을 거야. 하지만 세상에 더는 그런 곳이 없었어.

어쩔 수 없이 너를 데리고 알리나를 찾았어. 너는 저항 없이 나를 따랐어. 내가 주는 걸 받아먹었고 더는 울지 않았지. 조금이라도 거슬리면 버려질 거라 생각하는 것처럼.

내가 알리나를 다시 만난 건 **그 사람**의 무리 속에서가 아니었어. 언니가 좋아한 사람은 죽기 직전의 상태로 길에 쓰러져 있었지.

한참 돌본 끝에 알리나는 정신을 차렸어. 나를 알아보고 무슨 일이 있었는지 말했어. **그 사람**을 따라가다가 어느 순간 정신이 들기 시작했다고.

"문득 의문이 들었어. 내가 지금 뭘 하고 있지?"

못 본 사이 바짝 마른 알리나가 말했어.

"하지만 그런 의문이 들 때마다 나비 떼가 머릿속에 들어왔어. 날갯짓이 머리를 가득 채워 의문이 사라졌지."

우리는 다른 생존자를 피해 들어온 유치원 안에 있었어. 아이들의 그림으로 가득 찬 실내에서 알리나는 몸을 떨었어. 보이지 않는 차가운 손이 그 애의 심장을 쥔 것처럼. 멀리 떠났는데도 여전히 낯선 손가락이 그 애의 핏줄을 건드리는 것처럼. 그런 알리나를 보는 나마저 섬뜩한 오한이 들었고 말은 계속 이어졌어.

"그러다 점점 나비 떼에게 짜증이 나기 시작했어."

알리나는 웃으려는 것처럼 입술을 뒤틀었지만 성공하지 못했어. 창백한 이마 아래 옅은 눈동자가 전에 없던 고통과 증오로 어두웠고 눈가는 경련을 일으켰어.

"어떻게든 그것들을 머릿속에서 몰아내려 했어. 나비 떼만 들어오면 생각할 수 없었으니까. 내가 누구인지, 어디서 뭘 하는지조차 알 수 없었으니까."

알리나는 정신을 되찾기 위해 싸웠고 성공했을 때 무리에서 나와 반대 방향으로 달렸다고 했어. 조금만 느려져도 이상한 힘에 사로잡힐 것 같아 멈출 수 없었다고 했어. 그렇게 먹지도 자지도 않고 달리다 기절했지. 그런 알리나를 내가 발견한 거였고.

알리나는 자기가 어떻게 빠져나왔는지 얘기했지만 내게 왜 언니가 옆에 없는지 묻지 않았어. 답을 듣는 게 두려웠을 거야. 언니가 내 옆에 없을 이유는 많지 않았으니까.

나도 말할 수 없었어. 언니가 세상에 없다는 걸 소리 내어 말하고 싶지 않았어. 그러면 그게 진짜가 될 것 같았어.

알리나는 내가 너, 못 보던 어린애를 데리고 있는 것도 봤지만 웬 어린애냐, 어쩌다 데리고 있냐 같은 걸 묻지 않았어. 알리나가 몸을 회복할 때까지 우리는 그 유치원에서 함께 지냈지만 알리나는 자기 옆에서 그림을 그리는 네게 단 한 번도 말을 걸지 않았지.

시간이 갈수록 그런 알리나가 섬뜩하게 느껴졌어.

언니에 대해 묻지 않는 건 진실에 대한 두려움 때문이라지만 너의 존재를 무시하는 건 다른 느낌이었어. 너에 대해 아무것도 궁금해하지 않고 알 생각도 없었지.

그 유치원에서 우리는 정말 이상한 일행이었어.

알리나는 너를 무시하고, 나는 너의 생존만 겨우 챙기고, 어린 너는 우리에게 아무것도 기대하지 않았어.

알리나와 나 사이도 평범한 건 아니었어.

알리나는 내게 언니의 여자친구였고 나는 알리나에게 애인의 동생이었지. 우리는 언니를 사이에 두고 엮였지만 이제 우리를 이어 주던 존재가 없었어.

무엇보다 우리 둘 다 우리가 어떻게 헤어졌는지 알았어. 언니가 누구를 택했는지, 그 결과가 무엇이었는지 기억했지. 내가 홧김에 던진 말, 언니가 너보다 나를 택할 거라는 말 역시 우리 사이에 고스란히 걸려 있었어. 가끔 알리나의 색이 옅은 눈과 마주치면 그 애가 그 말을 기억하고 내가 그 말의 기억에 어쩔 줄 몰라 한다는 것까지 아는 게 느껴졌어.

알리나와 나의 사이는 친밀감보다는 죄의식, 원망, 간신히 피부 아래 눌러둔 불편함과 분노, 그 밖에 머리가 어지러운 것들로 가득 차 있었고 특히 너를 대하는 알리나의 절대적인 거부는 날이 갈수록 나를 견딜 수 없게 만들었어.

어느 날 내가 물과 식량을 구해 유치원으로 돌아왔을 때였어. 너는 교사용 사물함에서 뭔가 꺼내려 했던 것 같아. 다른 사람에게 도움을 요청하는 대신 넌 책상 위에 의자를 세우고 그 위로 올라가 손을 뻗었어. 네가 의자와 함께 떨어지기 직전 내가 너를 잡았지.

알리나는 내내 방 벽에 기대앉아 그 모습을 보고 있었어.

내가 가까스로 너를 붙잡고 아이가 위험한 짓을 하는 걸 지켜만 보던 알리나를 쳐다봤을 때 그 애는 거리낌 없이 나와 눈을 마주쳤어.

'뭐 어쩌라고?'

겨울 하늘처럼 차가운 눈이 그렇게 말하는 것 같았어.

'나랑 걘 아무 상관 없어.'

그때 알았어. 알리나의 외적인 모습만 변한 게 아니라고. 겉이 아니라 내면의 변화가 더 컸어. 고민하다가도 언니와 나를 구하러 달려온 여자애는 사라졌어. 알리나의 변화가 다른 누구도 아닌 나의 잘못이라고 느꼈어.

그날 저녁 네가 침낭 속에서 잠이 든 후 나는 알리나에게 말했어. 우리가 넷에서 둘이 된 순간부터 일어난 모든 일을. 할머니 댁 도착을 앞두고 알리나를 구하러 가자 했던 것, 언니가 거부하지 않았던 것, 그리고 언니의 마지막 순간까지.

날이 갈수록 높아지는 알리나의 마음속 담을 향해 뭔가를 던지는 심정이었어. 같은 방에 있는데도 알리나는 담 안에 들어가 담 밖의 모든 것을 거부하는 것 같았어. 이러지도 저러지도 못한 나는 담에 몸을 던지듯 이야기를 토해 냈어.

알리나는 고개를 숙인 채 내 이야기를 들었고 내가 말을 마치자 아무 말도 하지 않았어.

다음 날 아침 눈을 떴을 때 알리나는 없었어. 내가 가진 모든 물건을 배낭째 가지고 떠났어. 우리가 처음 만났을 때 어느 날 아침이면 걔가 그렇게 떠날까 걱정했던 일이 그대로 일어났어.

내가 자던 곳 주변에서 종이 한 장을 발견했지만 아무것도 적혀 있지 않았어. 바닥에 펜만 굴렀지. 떠나기 전 알리나가 무언가 쓰려 했지만 아무 할 말이 없었던 것처럼.

그게 끝이었어.

언니에 대해 말하지 못한 이야기가 알리나와 나를 이은 유일한 끈이었고 그게 발설되자 더는 우리 사이에 남은 게 없었어.

그 후로는 알리나를 보지 못했어. 동생을 무사히 찾았는지도 알 수 없어.

그렇게 알리나가 떠나고 내게 남은 건 너와 네가 자던 침낭뿐이었어.

마음이 텅 빈 것 같았어. 알리나가 무사한 걸 확인했으니 더는 세상에 내가 해야 할 일이 없었어.

하지만 이윽고 잠에서 깬 네가 배고파했고 나는 다시 움직였어. 아이를 굶길 수는 없었으니까.

내가 어떻게 해야 했다고 생각해?

세상은 끔찍했고 달리 갈 곳이 없었어. 나는 너를 데리고 다시 할머니 댁이 있는 마을로 향했어.

네가 있던 곳, 내가 우리 언니랑 같이 살려고 갔던 곳, 우리 언니가 죽은 곳, 언니를 죽인 너의 보호자가 죽은 곳으로.

네가 있던 집은 무너졌고 나는 할머니 댁에서 차마 언니 없이 지낼 수 없어서 마을의 다른 빈집에 들어갔어.

그 시절 내가 어떻게 지냈는지 잘 모르겠어. 생각하려 해도 그 시기는 기억이 하얗게 날아간 것 같아.

알 수 있는 건 어떻게든 난 언니의 무덤을 만들었고 어찌어찌 너를 굶기지는 않았다는 거.

그리고 어느 날 마을을 돌며 쓸 만한 걸 구하러 갔다가 돌아왔을 때 너는 혼자가 아니었어.

"지금 들어오는 거야?"

문 앞에 멈춘 내게 아무렇지 않은 목소리로, 어디선가 난 색종이로 너에게 종이접기를 해 주며 영조가 말했어.

4

 그러니까 영조가 우리 둘의 집에 온 첫 번째 손님이라 할 수 있지. 생각나? 넌 걔를 무척이나 따랐는데.
 영조의 존재 자체가 놀라운 건 아니었어. 영조는 이 마을을 알았고 유일하게 인기척이 나는 집을 찾는 건 어렵지 않았을 거야.
 예상치 못한 건 개의 태도였어. 영조는 익숙하게 나를 맞았고 늘 같이 지냈던 것처럼 너에게 종이를 접어 줬어. 마지막으로 봤을 때 걔가 언니랑 나를 배신하지 않았던 것처럼, 우리가 생사를 걸고 싸우지 않았던 것처럼.
 그리고 영조랑 눈이 마주친 순간 알았어.
 언니가 더는 세상에 없다는 걸 안다는 걸.
 영조가 식물의 도시에서 환각에 사로잡혀 봤다는 '끔찍한 일'이 언니의 죽음이었을까? 내가 벙커에 들어가기 전 꿈에서

그 사람을 보고 그의 연설을 들었던 것처럼 영조도 미래를 봤을까? 그래서 이상한 아이들이 가득한 체육관에서 우리가 지금 끝나야 한다고 그토록 집요하게 굴었을까.

하지만 걔를 다시 봤을 때는 모든 것이 더 이상 중요하지 않았어. 그때 왜 그랬어, 하고 묻고 싶은 생각도 없었어. 텅 빈 내 마음속에 더는 불어닥치는 폭풍도, 사나운 바람과 번개도 없었어. 느낄 수 있는 건 오직 피로뿐이었어.

영조와 나 둘 다 말이 없었고 분위기를 바꾼 건 너였어. 네가 영조의 팔을 잡아끌며 종이접기를 더 해 달라고 졸랐지. 영조는 끌려가듯 네 옆에 앉아 다시 종이를 접었고 나는 밖에서 구해 온 것들로 저녁 식사 준비를 했어.

그날 너는 내내 영조에게 달라붙었어. 등에 매달리고, 팔을 잡아끌고, 무릎에 앉으려 하고. 그런 너를 보면서 네가 내게는 한 번도 그런 적 없다는 걸 깨달았어. 너는 내 팔을 잡아당기며 종이접기를 해 달라 조르지 않았고, 업어 주길 요구하거나 떨어지기 싫은 것처럼 매달리지도 않았지.

내가 먹을 것과 잠자리를 마련해 줘도 너는 알았어. 내가 너를 사랑하지 않는다는 걸, 애정을 주기는커녕 네 존재 자체를 견딜 수 없다는 걸.

그날 저녁 영조의 손끝에서는 색색의 종이로 만든 꽃과 나비들이 태어났고 너는 걔가 만들어 준 박쥐 가면을 쓰고 좋아했어.

애정과 관심을 조르느라 지친 네가 일찍 잠들자 영조가 말했어.

"산책하러 갈래?"

나는 개를 빤히 보다가 먼저 대문을 나섰어. 무슨 일이 일어나든 아이가 없는 곳이 나을 것 같았지.

발이 저절로 움직이는 것처럼 어릴 때 걷던 산책 코스대로 움직였어. 밭, 하천, 탱자나무 울타리를 거쳐 마을을 한 바퀴 돌고 돌아오는 코스.

걷다가 문득 의문이 들었어.

'날이 이렇게 환했나.'

겨울이 다가오면서 해가 전보다 일찍 저물던 때였어.

내가 집에 들어올 때 벌써 어두워지고 있었는데 그때보다 하늘이 밝았어.

뒤에서 따라오던 영조가 어느새 옆에서 걸었고 우리는 마을 한복판에 있었어.

마당을 멋지게 꾸미고 마을 사람들에게 커피를 내려 주며 사실상 마을 카페 노릇을 하던 집이 보였어. 집주인 할머니는 나랑 언니, 영조에게 여름에는 아이스티를, 겨울에는 직접 만든 유자차를 주셨지. 너른 마당은 여름이면 수국이 피고 겨울에는 반짝이는 크리스마스 장식으로 동화 속 정원처럼 보였어. 바로 그 집에서 인기척이 났어.

'마을에 다른 사람이 있었나?'

긴장하는 순간 대문이 열리더니 사람이 나왔어.

예쁜 앞치마를 두른 카페 주인 할머니였어.

믿을 수 없었어. 어른은 바이러스에 살아남지 못하는데 어떻게?

무엇보다 분명 마을에 다른 생존자는 없었어.

나도 모르게 뒤로 물러나는데 종아리에 촉촉한 게 닿았어.

펄쩍 뛰어 뒤를 돌아보니 강아지였어.

"춘보?"

놀라서 소리를 질렀어.

골든리트리버인 춘보는 사람을 너무 좋아해서 살짝 모자란 게 아닐까 싶을 정도로 귀여운 강아지였어. 우리가 어릴 때 세상에서 가장 사랑하던 존재였지.

머리가 빙빙 도는 것 같았어.

헥헥거리며 어서 자기를 예뻐해 달라는 듯 바라보는 춘보는 있을 수 없었으니까. 오래전 추석에 마을을 찾아온 사람들을 향해 뛰어가다 차에 치여 죽었으니까.

춘보가 왜 나를 안 만져 줘? 하는 눈으로 바라봤어.

춘보의 촉촉한 코가 닿았던 맨다리에서 원피스 자락이 흔들거렸어.

'이 옷, 내가 어렸을 때 입던 옷이야.'

치맛단과 소매에 해바라기 자수가 들어간 하얀 원피스. 내 취향이 아닌 엄마 취향의 옷이라서 내 마음대로 옷을 입게 된 후로는 입지 않은 옷이었어.

오래전에 낡아서 버린 것 같은데 이게 어디서 났지?

추워지는 계절에 내가 왜 원피스를 입고 있지?

영조가 손을 잡고 있었어.

"아이스크림 녹겠다."

환하게 웃으며 소꿉친구가 말했어.

다른 손을 보자 정말로 아이스크림이 녹고 있었어. 어릴 때 좋아하던, 쿠키가 섞인 아이스크림이었어.

갑자기 나타난 아이스크림도 소름 끼쳤지만 더 큰 문제는 그걸 쥔 내 손이었어.

내 손이 작았어. 어린애처럼.

고개를 숙여 몸을 둘러봤어. 작은 손, 작은 키, 작은 몸. 나는 어릴 때 입던 원피스가 딱 맞는 어린애였어.

"무슨 짓을 한 거야!"

아이스크림이 떨어졌어. 영조의 손도 떼어 내려 했지만 떨어지지 않았어.

숨을 쉬기 어려웠어. 어떻게 이런 일이 일어났지? 언제부터 잘못된 거지?

'침착해.'

마음을 가다듬으려 애썼어. 영조랑 같이 산책하러 갔던 건 현실인가? 영조가 종이를 접어 준 건 진짜 일어났던 일이야?

영조는 웃었어. 걔 역시 어릴 때 입던 세일러 셔츠와 남색

반바지를 입은 어린애 모습이었어.

여전히 손을 놓지 않은 채 영조가 말했어. "이제 다 잘될 거야."

분노를 넘어 공포가 느껴졌어.

미친 새끼. 무슨 짓을 한 거야.

말이 입 밖으로 나오지 않았어. 고개를 들자 숨이 막혔어. 머리 위의 하늘은 노란색이 아니었어. 여러 날씨가 뒤섞인 것처럼 비가 내리고, 천둥이 치고, 밤이 오는 동시에 날이 밝고, 하늘이 빠르게 재생한 영상처럼 순식간에 흐르고 엉키고, 영조는 내 손을 놓아주지 않고 그러다 마침내.

"뭘 그렇게 봐?"

나는 고개를 내렸어.

매미 소리가 들렸어. 더운 여름이었어.

영조가 다시 물었어.

"너 계속 하늘을 보고 있었잖아."

그 말에 고개를 들어 하늘을 봤어.

평범한 하늘이었어. 늘 똑같은 파란색의 하늘.

"아니, 그냥……."

말을 흐렸어. 내가 왜 하늘을 보고 있었지? 무슨 생각을 했더라?

"아이스크림 녹겠다."

환하게 웃으며 소꿉친구가 말했어.

손을 보자 정말로 아이스크림이 녹고 있었어. 내가 좋아하는, 쿠키가 섞인 아이스크림.

맞아, 동네 가게에서 아이스크림을 사서 돌아가는 길이었어. 한 손에는 아이스크림을 들고 먹으며 다른 손으로는 가족들에게 줄 아이스크림이 든 봉지를 영조랑 같이 들었어. 곧 중학생이 되는 언니는 요즘 들어 우리랑 어울리지 않았어. 애들은 애들끼리 놀라며 귀찮아했지.

하천 건너편에서 춘보가 멍! 하고 아는 척을 했어. 손을 흔들어 인사했어.

아이스크림이 든 봉지가 제법 묵직했어. 녹기 전에 빨리 집에 가야지.

더운 여름이었어. 할머니 할아버지는 갈수록 여름이 더워진다고 혀를 차셨어. 뉴스에서는 항구에서 일하는 로봇이 폭염에 녹은 모습을 보여 주며 사회 곳곳에서 로봇이 더위에 이상을 일으켜 문제라고 했어.

오늘따라 바람 한 점 없었고 엄마가 입힌 해바라기 원피스가 맨살에 축축 늘어졌어.

옆에서 영조는 콧노래를 흥얼거렸어. 이 더위에 이마 한번 안 찌푸려 신기했어.

우리는 이내 할머니 댁에 도착했어. 안에서 할머니, 할아버지, 엄마와 아빠의 목소리가 들렸어. 가족이 모두 집에 있고 다들 안전하다는 게 눈물 날 정도로 기뻤어.

영조는 벌써 파란 대문 안으로 들어가 내가 들어오길 기다렸어.

나는 대문 앞에서 멈췄어.

"안 들어와?"

영조가 고개를 갸웃하며 물었어.

마지막으로 한 생각이 돌부리처럼 머리에 걸렸어.

내가 왜 안전을 생각했지? 가족이 모두 있다는 것에 눈물까지 날 이유가 뭐야?

"서서 뭐 해. 얼른 들어와."

영조가 재촉했어. 얼굴이 이상하게 환했어. 땀 하나 없는 얼굴이 보름달처럼 빛났어.

나도 모르게 뒷걸음질 쳤어. 녹아 가던 아이스크림과 손목에 걸려 있던 아이스크림 봉지가 보이지 않았어. 내 손에도, 영조의 손에도 없었어. 조금 전만 해도 손에 끈이 파고드는 무게가 느껴졌는데?

"미아야."

영조가 내 이름을 불렀어. 대문 안에서 나를 향해 손을 뻗었어. 동시에 수없이 많은 종이가 부딪치는 소리가 들렸지만 주변에는 종이 한 장 없었어.

'저 손에 잡히면 안 돼.'

등줄기에 소름이 돋았어. 주춤거리며 물러났지만 너무 늦었어. 영조의 빛나는 손이 내게 향했어.

'잡히면 놓아주지 않을 거야. 그대로 영원히……'

그때 누군가 내 손을 잡아채 달렸어.

대문 안에서 영조가 비명을 질렀어. 동시에 사방에서 보이지 않는 종이들이 휘날리는 것 같았어.

귀를 찢듯 큰 소리였지만 돌아볼 수 없었어. 내 손을 잡고 바람처럼 달리는 사람에게서 눈을 뗄 수 없었으니까.

언니였어.

엄마가 입힌 여름 원피스를 입고 있어야 할 언니가 이상하게 훅 자라서 낡은 옷을 입고 있었어. 긴 머리는 목덜미까지 잘랐고 너무 크고 야위어서 낯선 사람 같지만 분명 언니였어.

눈이 마주치자 언니가 고함을 질렀어.

"이 멍청아!"

달리면서 숨도 차지 않는지 언니는 계속 소리를 질렀어.

"기껏 살려 놨더니 문영조한테 당하냐?"

그 새끼가 보이면 당장 내쫓던가 도망이라도 쳐야지 뭐 좋다고 같이 밥 먹고 산책이나 하냐, 정신이 있는 거냐, 하며 언니는 쉬지 않고 나를 구박했어.

쏜살같이 달려서 우리는 마을 밖으로 이어진 다리에 도착했어. 다리 건너편의 커다란 은행나무가 보였어. 분명 여름인데 가을의 끝인 것처럼 노란 잎이 떨어져 가지가 드러났어.

다리 앞에 도착하자 나도 모르게 걸음을 멈췄어.

심장이 미친 듯이 뛰었어.

근처에 이층집이 있었는데 그쪽은 바라보기도 싫었어. 머릿속에 경고하듯 윙윙하는 소리가 점점 커졌어.

움직이지 않는 나를 향해 언니가 입을 열었어. 조금은 화가 나고 조금은 답답한 얼굴로, 한 번도 본 적 없는 간절한 얼굴로.

"너 가야 해. 여긴 네가 있을 곳이 아니야. 진짜도 아니고 너한테 좋은 곳도 아니야."

"하지만 언니도 여기 있잖아."

나도 모르게 아이가 칭얼거리는 것처럼 말했어.

내가 왜 이러지?

고개를 숙여 엄마가 고른 원피스를 입은 몸을 노려봤어. 내가 이렇게 어리고 작지 않다는 느낌이 들었어.

"난 여기 없어."

언니가 대꾸했어. 내가 대답하는 대신 언니를 훑어보자 언니는 얼굴을 찡그리며 다시 말했어.

"지금 잠깐만 있는 거고 원래 여기 있는 건 아니야. 난 아마 유령일 거야. 아니면 네 무의식에 있는 한 줌의 위기의식이나 자기방어 감각이 내 모습으로 표현된 걸 수도 있어."

"대체 지금 무슨 말을 하는 거야?"

언니는 자기도 무슨 말을 하는지 모르겠다고 인정했어. 그러더니 어느 때보다 진지한 얼굴로 말했어.

"나도 뭐가 어떻게 된 건지 몰라. 세상은 이상하고 미쳤고 우리는 우리한테 일어난 일을 이해 못 할 거라는 게 새로운 뉴스는 아니야. 난 그냥 네가 여기 있으면 안 된다는 걸 알아. 그리고 깨어나려면 스스로 마음먹어야 한다는 걸 알아. 다른 누구도 너를 깨워 줄 수 없어."

언니 뒤에서 마을이 소용돌이쳤어. 친숙한 사람들이 북적거리고 빛을 뿜듯 광채가 반짝이는 모습과 아무도 없는 유령 마을의 낡고 음산한 모습이 서로 다투듯 끊임없이 나타났어. 그 속에서 오색으로 빛나는 나비와 꽃으로 이루어진 인간의 형체가 다가오고 있었지만 걸음을 뗄 때마다 뭔가에 붙잡히는 것처럼 느렸어.

"가."

언니 눈이 불타올랐어.

"영원히 과거에 잠들 거 아니잖아. 너에게는 앞으로 살날이 있잖아."

언니가 하는 말을 이해하지 못했지만 절박함은 느껴졌어. 나는 주저하며 다리를 향해 걸었어. 언니는 나를 따라오지 않았어.

"빨리 가."

언니의 재촉에 나는 마을과 외부를 연결한 널찍한 다리에 발을 올렸어. 한 걸음 한 걸음 걸을 때마다 키가 자라고 몸이 커졌어. 다리 중간쯤 오자 나는 더는 아이가 아니었어. 엄마가 입힌 원피스를 입고 있지 않았어. 이제 내 키는 언니보다 컸고 눈에서 눈물이 흘렀어. 모든 걸 기억했고 그래서 고통스러왔어.

뒤를 돌아봤어. 나와 함께 다리를 건널 수 없는 언니가 저편에서 나를 보고 있었어.

"가기 싫어."

눈물이 끊임없이 흘렀어.

기억을 되찾자 이게 영조가 만든 덫이라는 걸 알았어. 진짜가 아니라 추억으로 빚은 거짓 세상이라는 걸 알았어.

하지만 그게 무슨 상관이야?

진짜 세상에 깨어나 봤자 고통뿐이라면 왜 깨야 해?

더 이상 소중한 사람도 없고 세상은 어둡고 고통이 가득하다는 걸 아는데, 인간이 서로에게 잔인하고 끔찍하다는 걸 아는데 왜 살아야 하지?

언니 말이 맞았어. 내가 원하지 않는 한 누구도 나를 깨울 수 없었어. 그리고 난 깨어나길 원하지 않았어.

마을에서 무언가가 걸어왔고, 점점 더 가까워졌어.

'저건 영조야.'

느낄 수 있었어.

온몸이 빛나고 나비와 꽃으로 이루어진 사람 같은 모습의 영조가 종말처럼 가까워지고 있었어.

너무 쉬웠어. 가만히 있기만 하면 됐어. 다리를 건너지 않고 영조를 맞이하면 영원히 여기 있을 수 있을 거야. 고통과 슬픔을 잊고, 엄마, 아빠, 할머니, 할아버지, 영조, 춘보와 마을 카페 할머니와 다른 모든 사람과 함께 푸른 하늘 아래에서 지낼 수 있어. 진짜가 아닌 환상, 꿈, 거짓이어도 상관없어. 언니도 여기서는 같이 있을 수 있어.

'이게 진짜 삶보다 나아.'

결정을 내렸어.

'깨어나지 않을 거야.'

그때 내 결심을 읽은 것처럼 언니가 다리 위로 올라왔어. 한 발, 한 발 이를 악물고 내 쪽으로 걸어왔어.

어째서인지 나랑 언니 둘 다 언니는 다리를 건널 수 없다고 생각했어. 꿈에서는 이상한 꿈의 법칙을 말하지 않아도 아는 것처럼 언니도 알고 나도 알았어. 나와 달리 언니는 다리를 건너 살아 있는 세계로 돌아갈 수 없다는 걸.

다리를 걸으면서 점점 나이가 들었던 나와 달리 언니는 걸을수록 어려졌어. 내가 서 있는 중간까지 오자 언니는 밑단과 소매에 무지개가 수 놓인 여름 원피스 차림의 어린애가 되었어.

'언니가 이렇게 작았나?'

나한테 언니는 늘 나보다 아는 게 많고 훨씬 큰 느낌이었어. 어린 시절의 두 살 차이는 크게 느껴지니까. 내가 아직 유치원을 다닐 때 언니는 초등학생이 되었고 내가 초등학교를 졸업하기 전 언니는 교복을 입은 중학생이 되었으니까.

내 앞에 다가온 어린 언니는 점점 더 다리에 가까워지는 영조는 돌아보지 않은 채 말했어.

"나도 알아. 사는 게 끔찍하다는 거."

어린 모습과 어울리지 않는 말을 언니는 계속 이어 갔어.

"힘들고 구질구질하고 더럽고 견딜 수 없는 거, 살면서 고통을 아주 피할 수 없다는 거 알아. 지금까지 세상에 난 사람 누구도 고통 없이 살지 않았을 거야. 막 태어난 아이들도 울어 버리잖아."

언니는 계속 말했어. 각오한 것처럼 타오르는 눈으로 말을 내뱉었어.

"하지만 살다 보면 몰랐던 기쁨과 행복도 만나게 돼. 지금은 도저히 보이지 않는 즐거움이 있을 거야. 결코 사랑하지 못할 거라 생각했던 사람이 누구보다 소중해지고 몰랐던 너 자신을 알게 될 거야. 누구도 지금 서 있는 곳에서 미래를 완벽하게 알 수 없어. 그래서 누구도 미래를 쉽게 버릴 수 없어."

온 세상에 뜨거운 열기가 느껴졌어. 환상인지 악몽인지 모를 세상을 만든 영조가 다리에 도착했어.

그리고 나보다 어린 언니가 손을 내밀었어.

"갈 수 있는 데까지 같이 갈게."

손을 잡을 수 없었어. 결국 다리 끝에 도착하면 언니는 사라질 거잖아. 몰랐던 기쁨과 행복이 있을 거라는 미래에 언니는 같이 가지 않을 거잖아.

그런 내 생각을 아는 것처럼 언니가 말했어.

"우리가 떨어지지 않았어도 결국 언젠가는 너 혼자 걸었을 거야. 우리가 늘 같은 길을 걷고 항상 내가 네 앞에서 먼저 걸어갈 수는 없어. 너도 그걸 원하지 않았을걸."

"아니야."

반사적으로 대답했어. 난 언니가 내 앞에서 걷는 게 익숙했어. 내가 있는 줄도 모르는 것 같으면서도, 나 같은 건 신경도 안 쓰는 것 같다가도 어느 순간 뒤를 돌아 여기 위험한 게 있다고 경고해 주는 게 좋았어. 알잖아. 내가 태어났을 때부터 내 세상에는 늘 언니가 있었단 말이야.

즉각적인 부정에 언니는 코웃음을 쳤어. 그리고 어린 얼굴로 날 다 안다는 듯한 표정을 지었어.

"정말 아니야? 지금까지 내가 먼저 걷지 않은 길, 나랑 상관없는 너만의 길을 가고 싶었던 적이 한 번도 없었어?"

그런 적 없다고 하려 했지만 입이 떨어지지 않았어.

그래, 가끔은 언니가 가지 않은 학교, 다닌 적 없는 학원, 사람들이 나보다 먼저 언니를 알지 않은 곳에 가고 싶을 때가 있었어. 벙커처럼 언니가 먼저 발을 디디지 않은 곳이 좋을 때가 있었어. 같이 쓰는 '우리 방'이 아니라 나만의 방을 바랐어.

나비와 꽃으로 이루어진 영조의 형상이 점점 더 커지면서 다가왔어.

'다리가 무너질 거야.'

그러면 여기 갇힐 거야. 꼼짝 못 할 거야. 영원히 멈춰 있을 거야.

막연한 생각에 빠져드는데 언니가 내 손을 잡았어. 어린 얼굴에 있을 수 없는 결의로 나를 쏘아보며 물었어.

"우리 상황이 반대였다면 넌 내가 여기서 멈추게 놔뒀을 거야?"

결국 그 말이 나를 움직였어.

세상이 고통스러워도 살다 보면 지금은 모르는 기쁨이 있을 거라는 말, 나만의 길을 갈 수 있다는 말, 그런 말들 전부 나에게는 부족했어. 그것이 거짓말이 아니라는 건 알았지만 내가 움직이게 만들지는 못했어. 하지만 우리 입장이 반대였다면. 만약 떠난 게 나고 언니가 나 때문에 더는 갈 수 없다고 멈춘다면. 더는 생을 원하지 않고 영조의 추억 속 꼭두각시 역할을 택하려 했다면. 나는 언니 멱살을 잡고 고함을 질렀을 거야. '**너 미쳤어?**'

눈이 마주치자 언니는 웃었어. 너무나 언니스러워서 주먹이 근질거리는 웃음이었어. 말하지 않아도 내 마음속쯤은 안다는 듯, 내가 결국 움직일 거라는 걸 다 알았다는 웃음. 짜증 나고 열받고 사무치게 사랑하는 미소.

우리는 손을 잡고 달렸어. 언니는 작고 나는 커도 문제가 되지 않았어. 꿈에서는 현실의 물리 법칙에 얽매이지 않는 것처럼 우리는 발을 맞춰 달렸어.

우리가 달리기 시작하자 바짝 다가온 영조가 울부짖었어.

자기가 만든 세상을 뒤흔들 것 같은 소리였지만 우리는 돌아보지 않았어.

우리가 이미 알았던 것처럼 언니는 다리 끝에 도착하지 못했어. 살아 있는 세상으로 가는 곳, 다리 끝에 가까워질수록 언니는 점점 투명해지다가 몸이 재처럼 날리며 사라졌어. 그러나 마지막까지 내 손을 잡은 손, 나와 마주친 눈, 나를 향한 미소가 있었어. 언니가 온 힘을 다해 그것들을 붙잡는 것 같았어. 나를 끝까지 배웅하려고.

나비와 꽃으로 이루어진 영조의 형상이 폭발하듯 눈부시게 빛났고 내 등 뒤까지 쫓아와 나를 움켜쥐려 했어. 어느새 세상을 덮을 것처럼 거대해진 그것은 한 손으로 나를 잡아 가둘 수 있었을 거야. 다시는 움직이지 못하게, 다시는 떠나지 못하게, 다리를 무너뜨리고 나를 이곳에서 자신과 함께 끝나게 할 수 있었을 거야.

그러나 투명하게 사라지는 언니의 손을 잡고 나는 멈추지 않고 다리를 건넜어. 거대하고 빛나는 영조의 손에 잡히지 않았어.

다리를 건너자 세상이 무너졌어. 더 이상 다리도, 마을도, 건너편의 은행나무도 없었어. 뒤쫓던 영조도 사라졌어. 끝 모르게 캄캄한 구렁텅이로 나는 떨어졌어. 미래 없는 미래로, 원하지 않았던 삶으로 곤두박질쳤어.

그러나 그 추락 속에 바람처럼 가벼운 손길이 내 뺨에 닿았어. 보이지 않는 투명한 손이 마지막으로 나를 달래는 것처럼.

'*괜찮을 거야.*'

너무 작아서 정말 들었는지, 내 상상이었는지 확신할 수 없는 소리가 귓가에 울렸어.

깨어났을 때는 현실이었어. 현실에만 존재할 수 있는 고통과 참혹함이 공기에 스며 있었어. 눈을 뜨기도 전에 나는 울음을 터뜨렸어.

간신히 젖은 눈을 뜨자 집 안이었어.

처음부터 산책을 떠난 적 없었나 봐. 너는 거실 소파에서 자고 있었고 영조와 나는 바닥에 누워 있었어. 영조의 손끝이 내 손을 잡기 직전에 멈춘 것처럼 가까웠어.

영조가 너에게 접어 주었던 종이 나비와 꽃이 곳곳에서 빛을 내며 움직였어. 하지만 그것들은 죽어 가는 것처럼 보였어. 나비는 날개를 다친 것처럼 바닥에서 퍼덕였고 종이꽃은 내가 식물의 도시에서 보았던 덩굴처럼 시들어 갔어. 그것들은 패배했고 나를 사로잡지 못했어.

내가 깨어나고 얼마 지나지 않아 영조가 눈을 떴어.

깨어난 옛 친구는 해골 같았어. 생기를 잃은 것처럼 눈두덩이와 뺨이 푹 파였어. 몸을 일으키더니 무언가 말하려 했어.

하지만 내가 더 빨랐어.

"나는 너랑 같이 끝나지 않을 거야."

밤새 운 것처럼 쉰 목소리가 흘러나왔어.

영조는 그 말이 자기를 때린 것처럼 움찔했지만 나는 계속 말했어.

"네가 아무리 바라도 할 수 없어. 나는 계속 살 거야. 언니가 곁에 없어도, 네가 떠난다 해도 나는 끝까지 갈 거야. 멈추지 않을 거야."

상황이 바뀌었다면 나도 언니에게 바랐을 거니까. 포기하지 말고 끝까지 가는 것을.

나는 잠시 말을 멈추고 무서울 만큼 핼쑥해진 소꿉친구를 바라봤어. 눈 밑의 그늘은 짙어서 멍든 것처럼 보이고 입술에도 핏기가 없었지만 그저 마르고 지쳐 보이는 게 다가 아니었어. 영조를 이루던 무언가 사라진 느낌이었어. 색이 사라지고 연필 선만 남은 그림이나 열기 없는 불꽃을 보는 것 같았어. 인간이라기보다는 어스름의 허깨비, 숨 쉬는 유령인 것처럼.

입술을 깨물고 말을 이었어. 영조와 이런 식의 싸움을 계속할 수는 없었어.

"더는 나를 네 끝에 끌어들일 수 없어. 난 그걸 원하지 않아. 네가 정말 나를 조금이라도 소중히 생각한다면 이제 그만해."

잠시 나는 영조가 아무 말도 하지 않을 거라 생각했어. 내 말을 못 들은 척할 줄 알았어. 그러나 예상과 달리 영조는 입을 열었어.

"언젠가 이 결정을 후회할 거야."

오랫동안 말을 하지 않은 것 같은 목소리로 영조는 계속 말했어.

"지금도 후회하지 않아? 식물이 뒤덮은 도시에서 내가 유도했던 대로 셋이 평화롭게 끝내는 게 더 나았다고 생각하지 않아? 그때 모든 걸 잊고 집단 망각에 잠겼다면 우리 중 누구도 미래 누나를 잃는 게 어떤 건지 알지 못했을 거야. 나중에 오늘의 결정을 후회할 거라 생각 안 해? 오늘 나랑 같이 추억 속에 잠겨 끝인 줄도 모르게 끝나는 게 행복했을 거라 생각하는 날이 반드시 올 거야."

부정할 수 없었어.

언니를 잃고 생각했어. 이상한 식물의 즙을 먹고 전부 놓아 버리는 게 나았을 거라고. 격렬히 저항해서 얻은 결과가 끔찍하기만 했다고.

나중에는 이 순간을 후회할까? 또다시 견딜 수 없는 일이 일어나 그때 영조랑 같이 끝낼걸, 하고 후회하는 날이 올까?

"네 말이 맞을 거야."

영조의 얼굴에 화색이 돌았어. 잃어버린 생기를 되찾으려는 것처럼. 마른 꽃이 다시 피려는 것처럼. 하지만 나는 계속 말을 이었어.

"언젠가는 분명 오늘을 후회하겠지. 그때 끝냈으면 이런 일은 겪지 않았을 거라고 생각하는 날이 올 거야. 하지만 조금도 후회하지 않는 날도 있을 거야. 살아서 다행이야, 그런 생각을 하는 날도 반드시 있을 거야."

영조와 시선을 맞춘 채 나는 내뱉었어.

"그러니까 후회하더라도 나는 계속 살아 볼 거야."

얼마나 그렇게 눈을 맞추고 있었을까. 영조가 한숨을 내쉬었어.

"그럼 우리 둘 다 좀 더 살아 보는 수밖에 없겠네."

영조는 미소를 지었어. 온화하고 다정한, 동생의 막무가내 고집에 져 주는 오빠 같은 얼굴로 말했어.

"이런 세상에 내가 너만 두고 갈 수는 없잖아."

나는 그런 영조가 견딜 수 없었어. 내가 어렸을 때 엎지른 내 주스 대신 자기 몫을 내주던 아이, 자기를 멋대로 꾸며도 싫다는 말 없이 웃어 주던 소꿉친구, 늘 나랑 같이 다니며 함께 사고를 치고 함께 울고 웃고 함께 겁먹고 같이 성장한 존재. 바로 그 애가 언젠가부터 걷잡을 수 없이 뒤틀려 더는 내게 안전한 존재가 아닌데도 한편으로는 여전히 어릴 때처럼 나를 걱정했어. 내게 안전하지 않은 방식으로 나를 염려했어. 나는 그런 영조가 역겹고 안쓰럽고 혐오스러우면서도 걔를 완전히 놓을 수는 없었어.

영조는 차분하게 말했어.

"나한테 화난 거 알아. 물러나서 기다릴게. 언젠가는 네가 나를 필요로 할 날이 올 테니까. 무섭고 괴로워서 마침내 같이 끝내고 싶어 할 날이 반드시 올 거니까."

영조는 자리에서 일어나 내게 다가왔어.

내 뺨에 두 손을 얹었더니 이마에 입을 맞췄어. 미지근하고 메마른 입술로 혼자만의 확신에 가득 차 영원한 약속을 하는 것처럼.

온갖 상반되는 감정이 가슴속에 끓어올랐어. 거부감, 슬픔, 혐오, 애정, 미움, 친숙함…….

알 수 없는 감정의 소용돌이에 눈을 감았어. 멈췄던 눈물이 다시 흘렀어.

이어서 문이 열렸다 닫히는 소리가 들렸고 다시 눈을 떴을 때 영조는 없었어.

나는 알아. 체육관에서 내가 잃어버린 주황빛 나비를 영조가 가지고 있다는 걸. 우리가 미약하게나마 이어져 있다는 걸. 내가 마침내 포기할 때, 더는 나아갈 수 없다고 느낄 때, 오래전 내 소꿉친구였던 사람은 돌아올 거야. 아무렇지 않은 얼굴로 가볍게 산책을 하자는 듯 나를 끝으로 인도할 거야.

자신이 나의 죽음의 천사인 것처럼.

5

마을에는 다시 너랑 나만 남았어.

영조가 떠난 후 나는 한동안 눈물샘이 고장 났어. 의지와 상관없이 눈물이 흘렀고 밤에 잘 때가 가장 심했어. 깨어나면 얼굴은 물론 베개까지 젖었지. 자다가 내 흐느낌에 놀라 깰 때도 있었어. 언니 꿈을 많이 꿨어. 언니가 살아 있는 꿈. 결국 꿈이라는 걸 알게 되는 꿈.

그날도 울다가 깬 밤이었어. 눈물이 엉겨 붙은 눈을 간신히 떼었다가 깜짝 놀랐어. 내 앞에 네가 있었거든.

"무슨 일이야?"

너는 대답하지 않았어. 굳은 채 눈만 깜빡이는 게 너 역시 갑자기 눈을 뜬 나한테 놀란 것 같았어.

그때 우리는 가깝지 않았어. 난 아이를 죽게 둘 수 없어서 네 생존을 챙겼지만 너를 살갑게 대하지는 않았어. 너 또한 내게 애정을 바라지 않았지. 처음 본 영조한테도 그렇게 달라붙었으면서.

눈이 마주치는 동안 잠이 달아났어. 나는 재차 물었어.

"어디 아파? 무슨 일 생겼어?"

침입자가 온 건가? 생각이 거기까지 닿자 몸을 벌떡 일으켰어.

그리고 몸을 일으킨 후에야 알았어. 네가 내 얼굴을 향해 손을 뻗었다는 걸.

내 흐느끼는 소리에 잠에서 깬 네가 우는 내게 다가왔던 거야. 네 손으로 내 눈물을 닦아 주려고.

너는 어색하게 손을 내렸고 우리 둘 다 아무 말도 하지 않았어. 그대로 네가 잠자리로 돌아가려 할 때 내가 엉겁결에 입을 열었어.

"안 추워?"

날이 쌀쌀했어. 겨울이 걱정돼 아궁이를 살피고 장작을 준비하던 때였지.

충동적으로 나는 옆을 가리키며 말했어.

"둘이 붙어서 자면 덜 춥지 않을까?"

넌 방을 떠났고 나는 바보짓을 한 기분이었어.

그러나 잠시 후, 이불과 베개를 끌고 네가 나타났어. 그날 우리는 처음으로 나란히 붙어서 잤어.

다음 날 같은 상황이 반복됐어. 내가 자면서 울었고 넌 내 눈물을 닦아 주려다 나를 깨웠지. 나는 같은 말을 반복하고 넌 이불과 베개를 끌고 들어왔어. 그런 밤이 반복되다 언젠가부터 네 이불과 베개는 처음부터 내 옆에 놓였어.

그리고 어느 날 내가 땔감을 마련해 집으로 돌아왔을 때 식탁에 손수건이 있었어. 네가 서랍 깊은 곳에서 찾은 것 같았지. 나는 손수건을 주머니에 넣었어. 이상하지. 손수건을 갖게 된 후로는 점차 눈물이 줄었어.

너와 나는 계속 살았어. 해가 뜨면 일어나고 밤에는 잠을 잤지. 서로의 옆에서.

그리고 두렵던 겨울이 왔을 때 마을에 다른 생존자가 나타났어.

나처럼 이곳에 살던 주민의 손주쯤 되는 것 같았어. 추위가 아궁이와 온돌이 있는 이곳을 생각나게 한 것 같았지.

상대도 우리의 존재를 깨달았어. 한동안 긴장이 높아졌지. 타인은 위험 요소였으니까.

하지만 공격은 없었어. 나도 상대도 서로의 존재를 알았지만 공격하지 않았어.

그리고 겨울의 추위가 혹독해지면서 더 많은 생존자가 마을을 찾아왔어.

사람이 모이면서 몇 번의 위기가 있었지만 누구도 타인을 해치지 않았어. 하지만 서로 경계를 놓지도 않았지.

마을에 떠돌이 개가 들어온 건 그때쯤이었어. 눈이 세상을 하얗게 뒤덮은 날, 뒷다리를 절뚝거리는 흰 개가 나타났어.

누구도 개를 집에 들이지 못했어. 내 생존도 버거운 판에 책임질 입을 늘리기는 어려웠으니까. 그러나 영리한 개는 집마다 돌면서 그날그날 먹을 것과 잠자리를 얻었어. 마을 전체가 개 한 마리를 함께 키우게 된 거야.

복고주의 마을의 새로운 주민들은 다들 마음대로 개를 불렀어. 춘식이, 춘영이, 춘모, 춘배 등등. 나는 '춘미'라고 불렀지. 개의 이름은 대부분 춘으로 시작했어. 마을에 다녀간 시기는 달라도 다들 춘보를 기억하는 사람들이었던 거지.

그렇게 함께 춘미를 키우면서 분위기가 변했어. 서로를 피하던 사람들이 대화를 나눴어.

오래전 이곳에 살았던 어른들처럼 우리도 이웃을 알게 됐어. 누구네 집에 무엇이 필요한지, 누가 무엇을 잘하고 누가 도움이 필요한지 알았어. 우리가 서로를 해치지 않을 거라고, 자신에게 위기가 닥치면 다른 이들이 도울 거라 믿기 시작했어.

그리고 누군가 나이 든 아이들이 일할 때 어린아이들을 모아 공동으로 돌보자는 얘기를 꺼냈어. 우리가 춘미를 함께 키울 수 있다면 아이도 함께 키울 수 있다고.

그때부터 아침밥을 먹은 후 나는 네 손을 잡고 마을 회관으로 갔어. 그곳에는 너 같은 어린아이들과 그들을 돌볼 나이 든 아이들이 있었지.

너는 새로 생긴 유치원을 좋아했어. 거기서 만든 그림, 종이

접기 작품을 자랑했지.

그곳에서 있었던 일이 생각나. 밭일을 마치고 너를 데리러 갔을 때였어.

너는 친구랑 다툰 것 같았어. 아침에 땋아 준 머리는 헝클어졌고 너랑 싸운 아이 역시 상태가 엉망이었지. 너랑 싸웠던 친구는 교사 역할의 나이 든 아이가 가족인 것 같았어. 선생님이 다가오자 달려가 안겼지. 떼어 내 훈계를 하려 해도 매달렸어. 절대 이 사람에게 거절당하지 않을 거라는 확신으로.

산발한 머리로 너는 그 모습을 보며 굳었어. 혼자 벽 가까이에 서서 입을 꾹 다물었지.

그리고 네가 나를 발견한 순간 모든 게 달라졌어.

출입구에서 나를 본 너는 얼굴을 찡그리며 울먹였고 동시에 안심한 것처럼 보였어. 굳었던 얼음이 녹는 것처럼, 눈에 눈물이 고인 채 너는 너의 모든 서러움과 억울함을 담아 외쳤어.

"언니!"

그 목소리엔 네가 느끼는 슬픔과 분노, 속상함이 담겨 있었어. 그러면서 어딘지 모르게 달콤한 울음이었어. 네 편을 들어줄 사람이 온 거야. 너는 혼자가 아니었던 거야. 그 순간 너는 내가 네게 달려가 너를 달래고 너를 보호할 거라 믿어 의심치 않았던 거야. 어릴 적 내가 내 언니를 믿고 불렀던 것처럼.

나는 그랬어. 네게 달려갔어. '언니'라는 부름에 본능적으로 반응하는 것처럼, 두 번 생각할 것 없이 달렸어. 울음을 터뜨린 너를 힘껏 껴안고 말했어. "괜찮아, 언니 왔어."

내 언니가 수없이 내게 그랬던 것처럼.

*

살아간다는 건 정말 알 수 없는 일이야.

너를 처음 만났을 때는 네가 나를 언니로 여기리라고, 내가 너를 사랑하게 될 거라고 생각할 수 없었어. 상상도 못 했고 그런 미래가 보이지 않았어.

내가 네 언니가 되면서, 너를 사랑하고 너에게 어떤 불운도 일어나지 않기를 바라게 되면서, 내 안에는 쉽게 내려놓을 수 없는 것이 생기기 시작했어. 잠들려 하면 밤보다 깜깜한 내 마음속에서 떠오르는 생각이었지.

너에게 말해야 한다.

전부, 숨김없이.

네가 자라고, 키가 크고, 세상을 더 많이 알게 되고, 너만의 사람들, 너만의 생각, 너의 마음에서 내가 결코 알 수 없는 부분이 많아질수록 나는 스스로를 다그쳤어.

'곧이야. 곧 전부 말해야 해.'

하지만 내가 아무리 각오를 다져도 너는 한 번도 묻지 않았어. 우리가 어떻게 만났는지, 무슨 일이 있었는지, 왜 내가 마을 어귀의 무너진 집 근처를 지날 때마다 입술을 깨무는지, 내가 종종 혼자 찾아가는 무덤의 주인이 누구인지, 그 무덤에서 떨어진 곳에 있는 작은 무덤에 왜 너를 데려가는지 너는 물어보지 않았어.

왜 묻지 않니?

전부 기억하기 때문이 아니라는 건 알아.

너는 처음 내가 생각한 것처럼 완전히 기억을 잃은 건 아니고, 그렇다고 확실한 기억을 가진 것도 아니야. 조각나고 얼룩진 기억으로 너는 무슨 생각을 할까? 네 속에는 무엇이 자라고 있을까. 나를 바라보는 네 눈동자 너머에는 무슨 빛깔의 바람이 불고 무엇이 소용돌이치고 있을까.

네가 자랄수록 나는 점점 더 너를 이해하지 못했어.

구세계를 기억하는 내 또래와 달리 옛 세상의 기억이 없는 세대, 성장기를 새로운 세상에서 겪은 너희 '나비 아이들'은 달랐어. 이미 구시대에 대부분의 성장을 마친 나 같은 생존자가 구시대의 어른과 신인류 사이의 시행착오라면 너희는 그야말로 새로운 시대에 완벽히 발맞춘 신인류였어.

우리에게 그토록 혼란스러웠던 이상한 힘은 너희에게는 숨쉬는 것만큼 자연스러워. 구시대에서 물려받은 고정 관념이 우리 세대를 붙잡을 때 너희는 중력을 느끼지 못하는 것처럼 훌쩍 날아올랐지.

이제 '언어'는 너희 나비 아이들이 나처럼 옛날 사람과 소통할 때 쓰는 낡은 수단이야. 너희끼리 교류할 때는 서로 마음을 읽으면 되니까. 너희의 소통에는 음성 언어나 수어, 문자 같은 옛 도구를 쓸 필요 없지.

나비 아이들은 우리보다 음식과 물도 덜 필요로 해. 노란 비와 노란 하늘도 너희를 두렵게 하지 않아. 덜 소비하고 세상을 덜 파괴하는 존재, 어떤 오염에도 영향받지 않고 살아남는 종족. 너희야말로 종말을 앞두고 과거의 어른들이 바랐던 목표였을 거야.

세상은 신인류와 함께 안정을 찾았어. 오래전 너와 나뿐이었던 복고주의 마을은 번영했어.

평화로운 새 세상에서 훌쩍 자란 너는 언제부턴가 나와 멀어졌어.

우리는 더 이상 밤에 붙어 자지 않았지. 성장하면서 너는 너만의 방을 가졌고 이제 나보다는 네 친구들과 있는 걸 좋아해. 우리가 함께 보내는 시간은 줄었고 앞으로 더 줄어들 거야.

그럴수록 말을 해야 한다는 생각이 더 강해져.

하지만 막상 네 얼굴을 보면 입이 떨어지지 않아. 무엇보다 몇 마디 말로 끝낼 수 없다는 생각이 들어. 충분히 말하려면 처음부터 말해야 하지 않나. 옛 시대가 무너지던 시기부터. 너의 보호자와 내 언니가 마을 어귀에서 충돌하기 전부터, 총성이 울리기 한참 전부터 이야기를 시작해야 하지 않나.

말로는 부족하다는 생각이 든 후로는 너희 나비 아이들이 하는 것처럼 내 마음을 네게 보여 줄까도 생각해 봤어. 하지만 마음을 읽는 게 너희들에게는 자연스러운 일이어도 나처럼 구시대에서 성장한 사람에게는 아직도 어색해. 게다가 나는 마음을 열거나 타인의 마음을 받아들이는 게 불편해. 어쩌면 내가 최초로 그런 시도를 한 게 식물의 도시에서 남의 의지를 꺾은 것이기 때문일지도 몰라.

말로는 부족하고 마음을 여는 건 할 수 없어서 나는 쓰기 시작했어.

일기에 혼자 썼던 일을 너에게 쓰기 시작했어.

네가 기억하지 못하는 구세계의 종말이 우리에게 어떤 것이었는지. 나는 그 시대를 어떻게 통과했는지.

쓸수록 많은 기억이 떠올랐고 때로는 그때로 되돌아간 것처럼 생생했어. 어느 날에는 쓰는 것이 괴로워 한동안 펜을 내려놓기도 했어.

처음 시작했을 때는 이렇게 길어질지 몰랐어. 나는 뭘 하고 싶었던 걸까. 내가 어떻게 살았는지 네가 알아 주기를 바랐을까? 우리 언니가 어떤 사람이었는지 네가 알길 원했을까? 서로 만난 적 없는 가족을 소개하는 것처럼? 아니면 너와 내가 어떻게 만났는지, 어떻게 가족이 되었는지 고백하고 싶었을까?

그 모든 마음이 어느 정도 있었을 거야. 하지만 쓰면서 깨달았어. 세상의 종말을 맞고 달아났던 과정을 되새기면서 너에게 하고 싶은 말이 생겼어. 너에게 할 말이 있어.

생존을 위해서만 살지 마.

오직 살아남기만 하는 생존과 인생을 살아가는 삶은 달라.

구세계가 몰락하고 언니와 내 목표는 생존이었어. 우리에게 생존보다 중요한 것은 없었어. 우정, 사랑, 만남, 기회. 모든 것이 뒤로 밀려났어. 우리는 생존만을 붙잡은 채 달렸어. 그 끝이 무엇이었는지 봐.

결국 목표에 도달했을 때 우리 언니는 죽었어.

생존을 위해 잠재적 적을 제거하려던 너의 보호자 역시 죽었어.

이제는 알아. 내가 언니보다 훨씬 나이가 많아지고, 네가 막 세상의 종말을 맞았던 때의 나와 같은 나이가 된 지금은 알아.

생존의 끝에는 결국 죽음뿐이야.

다른 결말은 없어.

아무리 인간이 새로운 힘을 가져 애벌레에서 나비가 되듯 달라져도 죽음에서 벗어나지는 못해. 모든 생존은 결국 죽음으로 끝나.

그래서 나는 너에게 생존을 바라지 않아. 그 이상을 원해. 네가 생존이 아닌 삶을 살기를 바라.

사람이 생존만 생각하면 얼마나 세계가 좁아질 수 있는지, 결국 무너질 바늘구멍만 통과하려다 다른 모든 것을 보지 못한다는 걸 알기에 너에게 다른 것을 원해.

너의 여정이 생존이 아닌 삶이 되기를.

네가 자신과 다른 존재를 만나고 그들과 교류하며 많은 경험을 하고 살아가기를.

세상이 험하고 고통스러워도 생존을 삶으로 만드는 힘이 너에게 있기를.

그리하여 네가 나보다 낫기를.

기도처럼 이런 말을 중얼거려. 가끔은 내가 이룬 것보다 더 많은 것을 너에게 바라서 미안하기도 해.

하지만 이제는 알아. 부모가 자식이 자기보다 나은 삶을 살기를 바라는 것처럼 모든 세대는 다음 세대가 자신보다 더 낫기를 바란다는 걸.

*

여기까지 쓰고 이걸 서랍에 넣어 두었어. 너에게 건넬 용기가 안 났거든.

생각이 바뀐 건 보름 전 저녁이야.

창밖에서 빛이 번쩍이더니 땅이 흔들렸어. 격렬한 진동에 물건이 바닥으로 떨어졌고 집이 무너질 것 같아 너와 나는 밖으로 뛰쳐나갔지.

마을의 다른 사람들도 죄다 거리로 쏟아졌어. 누군가 하늘을 보고 비명을 질렀어.

먼 곳에서 빛의 기둥이 솟구쳤어. 빛은 하늘을 꿰뚫을 듯 치솟아 점점 두꺼워졌어. 영원 같은 시간이 흐르고 빛이 점차 가

늘어지더니 사라졌고 지진도 멈췄어. 하지만 누구도 안정을 되찾을 수 없었어. 빛기둥이 사라진 저녁 하늘에 붉은빛이 번졌으니까. 그때부터 노란 하늘은 붉은 하늘이 되었지.

처음 알 수 없는 바이러스가 어른을 죽였던 것처럼, 전쟁이 끝나고 하늘이 노랗게 변했을 때처럼, 또 다른 변화 앞에서 우리는 다시 아무것도 알지 못했어. 그저 겁에 질릴 뿐 어떻게 이런 일이 가능한지, 무슨 일이 일어난 건지, 저게 무슨 의미인지, 우리에게 어떤 영향을 미칠지 알 수 없었어.

하늘이 붉게 물든 밤, 당장이라도 지구가 멸망할까 봐 다들 잠을 이루지 못했지. 다음 날 아침 사람들이 마주한 건 세상을 적시는 붉은 비였어.

돌이켜 보면 놀랍게도 우리는 노란 하늘과 노란 비에 익숙해졌어. 너희 나비 아이들은 오히려 파란 하늘을 상상 못 할 정도지.

초기의 두려움과 달리 노란 하늘과 노란 비는 사람에게 해를 끼치지 않았어. 끓이면 빗물을 마셔도 별 탈 없었지. 식물도 노란 비를 맞으며 문제없이 자랐고.

우리는 그렇게 바뀐 세상을 받아들였어. 인간에게 이상한 힘이 생긴 것처럼 하늘이 노란 것도 받아들였지. 지금 사는 대로 앞으로도 계속 살 수 있을 줄 알았어. 하지만 그게 아니었던 거야. 세상을 이해하기를 포기하고 상황에 안주해 버리면 세상이란 건 계속 나빠지는 거야.

붉은 비를 맞은 병아리들이 죽었어. 사람들의 피부에 진물과 고름이 생겼어. 정성껏 기른 작물이 땅으로 쓰러졌어.

소문이 역병처럼 번졌어.

이것이 마지막 재앙의 시작이라고, 이번에는 생존자가 없는 진짜 종말이라고 했지. 우리가 세상이 안정되고 평화를 되찾았다고 생각한 건 멸망의 첫 번째 나팔 소리와 최후의 나팔 소리 사이의 시간이었을 뿐이라는 말이 진실처럼 받아들여졌어.

"우리 이제 다 죽는 거야?"

죽은 병아리들을 묻고 닭장에 비가 새지 않게 보수하고 집으로 돌아왔을 때 네가 물었어. 가벼운 말투였지만 두려움이 느껴졌어.

내가 뭐라고 말해야 했을까?

너는 나를 보고 있었어. 키는 훌쩍 컸지만 얼굴에는 어린 시절의 볼살이 남아 있었지. 그 나이 때의 나처럼 너도 자기가 다 컸다고 생각하지만 어른은 아니었어. 건방지고, 지나치게 까불고, 가끔은 토라져 아는 척도 하지 않는, 그렇지만 여전히 언니에게 기대를 하는 나이였지. 아직 혼자만의 길을 걸어가지 않은, 어느 순간 자기도 모르게 언니에게 기대는 동생이라는 존재였어.

그리고 네가 내게 답을 구하는 순간, 네가 나를 필요로 하는 순간, 내가 무슨 말을 해야 할지 알았어.

"괜찮을 거야."

나는 네 눈을 보며 말했어. 다시 한번 확실한 목소리로.

"괜찮을 거야."

너는 내가 그걸 어떻게 아냐고 투덜거렸지만 말과 달리 표정은 좀 더 가벼워졌어. 왜 그럴까? 언니가 말하면 동생들은 묘하게 믿게 되잖아.

그리고 나는 깨달았어. 언니들이 동생에게 하는 '괜찮을 거야'라는 말에는 무슨 일이 일어나도 괜찮길 바라는 마음과 함께 설령 괜찮지 않아도 괜찮게 만들겠다는 다짐, 약속과 맹세가 담겨 있단 걸.

그 순간 알게 된 거야.

오래전 집을 떠나 새로운 세상과 마주하기 전, 내 언니가 나를 끌어안으며 그 말을 했을 때 어떤 심정이었는지. 이토록 긴 시간이 지나서야 비로소.

*

너에게 '괜찮을 거야.'라고 말한 순간이 내가 결정을 내린 때였어. 그때부터 나는 손이 많이 가는 집안일을 미리 해 두고 필요한 물품을 모았어.

몸의 준비보다 마음의 준비가 오래 걸렸어. 무엇보다 네가 걱정이었어. 너에게 말을 해야 할까?

아니, 너는 나를 말릴 거야. 아니면 너도 함께하겠다고 할 거야.

　그럴 수는 없었어.

　마을은 지금까지 안전했어. 이곳 사람들은 서로 신뢰를 쌓았고 그동안 축적한 물자도 상당해. 게다가 마을에는 네가 소중히 여기는 사람이 많잖아. 특히 네가 둘이서만 자주 보는 애, 내게는 어딘가 시호가 떠오르는 친구와 저녁마다 손을 잡고 다니잖아.

　나는 네가 나와 그 친구 중 한쪽을 선택하게 할 수는 없었어. 오래전 식물이 뒤덮은 도시에서 우리 언니가 겪어야 했던 상황에 너를 밀어 넣고 싶지 않았어.

　그래서 이렇게 된 거야.

　붉은 비가 내리고 며칠이 지났을 때 나는 준비를 마쳤어. 온몸을 덮는 비옷과 튼튼한 신발. 어깨끈이 넓은 배낭에 필요한 짐을 쌌지. 길어진 머리카락도 잘랐어. 집을 떠나기 전 언니가 가위로 잘라 줬던 것처럼.

　아직 창밖은 어둡지만 곧 동이 틀 거야. 그러면 나는 배낭을 메고 떠날 거야. 긴 시간 너와 살았던 집을 뒤로하고 걸을 거야. 네가 나 없이 잘할 거라는 걸 알아. 마지막으로 이 글을 식탁 위에 두기만 하면 돼.

　그래, 네가 여기까지 읽었을 때 나는 네가 쫓을 수 있는 거리 밖에 있을 거야. 네가 읽는 내내 나는 부지런히 걷고 달렸을 테니까.

빛기둥이 일어난 북쪽으로 갈 거야. 언니와 내가 함께 왔던 길을 되돌아가는 셈이지. 어쩌면 이번에는 마침내 부모님 방의 문을 열고 내 눈으로 확인할지도 몰라. 방문을 열고 말할지도 몰라. '다녀왔어요!' 모든 것이 짧은 외출이었던 것처럼.

하지만 그게 끝이 아니야. 내 목표는 언니와 내가 출발했던 지점에 되돌아가는 게 아니야. 시작점을 넘어 그보다 더 멀리 갈 거야. 필요하다면 예전에 중국이라 불렸던 곳에, 러시아, 미국, 모든 곳에 갈 거야. 수많은 이의 의지를 삼킨 **그 사람**을 다시 볼지도 모르지. 이번에는 그 기괴한 가면을 내 손으로 벗겨 그 아래 있는 진짜 얼굴을 마주할지도 몰라.

왜냐면 알아야겠으니까.

더는 무슨 일이 일어났는지 모른 채 휘둘리는 것에 지쳤으니까. 어차피 알 수 없다고 포기해서는 아무것도 바꾸지 못하니까. 이제 알아야겠어. 내가 사는 세상에, 나에게, 우리에게 무슨 일이 일어나는지 알아야겠어. 땅을 뒤흔든 빛기둥이 무엇이었는지, 무엇이 그걸 일으켰는지, 앞으로 어떤 일이 일어날지 알아낼 거야. 내 이해 범주를 벗어난 일이더라도 시작도 하기 전에 포기하지는 않을 거야.

나는 지금까지 어른들을 데려간 바이러스를 이해하는 걸 포기했어. 왜 하늘이 노랗게 됐는지 알려 하지 않았어. 그저 더는 내게 해가 되지 않기만을 바랐어. 안전한 곳을 향해, 생존만을 위해 달렸어. 그리고 생존이 어떻게 끝나는지 보았어.

더는 그러지 않을 거야.

숨고, 피하고, 소리 내지 않는 것은 그만둘 거야. 나아가고, 마주하며, 세상에 목소리를 낼 거야. 세상을 알고 삶을 살기 위해 걸을 거야.

생존의 끝은 죽음뿐.

그리고 인간은 생존의 시대에도 삶을 발명해야 하니까.

창밖에 새벽이 다가오고 있어. 펜을 놓고 이 수북한 기록을 식탁에 둘 시간이야. 적어도 난 너에게 아무것도 적히지 않은 빈 종이를 두고 떠나지는 않아. 그걸로 용서를 바라도 될까?

아직 사방이 고요할 때 마을과 밖을 연결하는 다리에 도착할 거야.

지난 며칠 사이 피가 흐르는 것처럼 잎맥이 붉어진 은행나무가 다리를 건너는 내 새로운 여정을 지켜볼 거야.

이제는 한 발 앞에서 걸어가는 사람이 없어. 그러나 다리를 건널 때쯤 알 수 없는 바람이 손길처럼 뺨에 닿을지도 몰라.

나도 알아. 끝내 우리에게 무슨 일이 일어난 건지, 세상이 어떻게 될지 답을 찾을 가능성은 거의 없다는 것을. 내가 갑자기 세기의 천재가 되어 기적처럼 모든 변화를 되돌리고 문제를 해결할 것 같지도 않아.

그러나 적어도 노력은 할 거야. 이 거대하고 기분 나쁘고 참을 수 없는 세상을 알려고 시도는 할 거야. 그래서 세상이 더 좋아지게, 최소한 더 나빠지지는 않게 애써야지. 할 수 있는 최선을 다해야지.

그리고 어쩌면 붉은 하늘의 붉은 비가 내린 후 안전지대를 떠나 길을 나선 게 나 혼자는 아닐 거야. 곳곳에서 세상이 더 나빠지는 걸 막기 위해 밖으로 나온 사람들이 있을 거야. 지금은 각자 떨어져 혼자여도 언젠가 길에서 마주칠지도 몰라. 처음 보는 얼굴과 기억 속의 아는 얼굴, 혹은 악수하며 다시는 만나지 못하리라 생각했던 얼굴을 볼 수 있을지도 몰라.

이번에는 숨고, 도망치고, 나만의 생존을 위해 떠나는 대신 그들을 더 깊이 알아 갈 거야. 어쩌면 그렇게 함께 더 많은 것을 할 수 있을지도 몰라. 너무 공상 같니? 내가 너무 바보 같은 희망을 품는 것 같아?

설령 그것이 꿈이고 길에 나 혼자뿐이더라도 나는 계속 나아가며 걷고 뛰고 달릴 거야.

내가 태어났을 때 이대로 가면 종말이라는 걸 다들 알았어. 하지만 어른들은 세상을 바꾸려 하지 않았지. 노력하는 이들도 있었지만 대다수는 자신의 시대에 일어나는 환경 파괴, 전쟁, 혐오, 정치, 그 모든 괴로운 것을 회피하거나 무력감을 느낄 뿐이었어.

내가 살아온 세상이 대다수 어른들이 책임지지 않은 결과였다면 이제 네가 살아갈 세상은 내 책임이야.

그러니 배낭을 메고 걸어가야지.

내 앞에서 먼저 걸어가는 사람이 없어도 내가 길을 걸어가

다 어느 날 뒤를 보며 말해 줄 수 있게. '조심해, 여기 구덩이 있어.'

 이제 내가 네 언니니까.

작가의 말

『나의 미래에게』를 쓰기 시작한 건 코로나 팬데믹 때였습니다. 집 안에서 지내던 어느 날 아이디어가 떠올랐습니다. 전염병으로 어른이 모두 죽은 세상에 남은 언니와 동생, 그들이 집을 떠나 시골 할머니 댁으로 향하는 여정, 그리고 '생존의 끝'이라는 화두였습니다.

호기롭게 소설을 시작해 2부를 쓰던 즈음, 장편소설을 써 본 경험이 없어 버거워졌습니다. 글을 접고 몇 년을 흘려보냈습니다. 그러나 시간이 흘러도 '이 이야기에 뭔가 있다.'라는 느낌이 사라지지 않아 다시 꺼내 끝까지 쓰게 되었습니다.

1부 서두에 언급된, 과학자들이 환경에 대해 한 경고는 실제 전 세계 과학자들의 성명서*를 참고했습니다.

---

* World Scientists' Warning to Humanity(1992), World Scientists' Warning to Humanity: A Second Notice(2017)

등장인물 미래와 미아의 이름은 인물이 자신보다 어린 사람과 맺는 관계를 염두에 두고 지었습니다. 미래는 동생 미아가 포기하지 않고 '미래'로 향하게 하는 사람이고 미아는 길 잃은 어린아이, 즉 미아(迷兒)를 데려다 키우는 사람입니다. 동시에 미아 자신이 작품 내내, 그리고 결말에서 알 수 없는 길을 떠나는 사람이기도 하지요. 작중 언급할 일은 없었지만 미아가 키운 어린아이 '너'의 이름이 '미지'라는 것을 이 자리에 적어 둡니다.

근미래라는 설정을 빌려 지금의 현실을 말하고 싶었습니다. 어른들이 모두 죽고 아이들만 남은 멸망한 세상을 통해 우리가 사는 세상이 어떤 세상인지, 이러한 생존의 시대를 인간은 어떻게 살아야 하는지 묻고 싶었습니다. 독자가 함께할 수 있게 서사의 재미를 놓치지 않으면서도 세계와 인간에 대해 생각하고 싶었습니다.

『나의 미래에게』는 제가 태어나 처음으로 끝까지 쓴 장편소설이며 세상에 내놓는 첫 작품입니다.

앞으로 더 잘 쓰겠다는 말은 책임질 수 없는 약속 같아 하기 두렵습니다.

다만 더 열심히 쓰겠습니다.

글을 쓰려면 생각을 더 치열하게 해야 한다는 것을, 정확히 쓰려면 끝까지 언어를 파고들어야 한다는 것을 첫 책을 만들며 배웠습니다.

출발을 함께 해 주신 모든 분께 진심으로 감사드립니다.
앞으로의 길에도 함께해 주신다면 기쁠 것입니다.
저에게는
당신에게 할 말이 있기 때문입니다.

                                                    2025년 겨울
                                                       주민선

소설Y
나의 미래에게

초판 1쇄 발행 • 2025년 12월 5일

지은이 • 주민선
펴낸이 • 염종선
책임편집 • 김준성
조판 • 박지현
펴낸곳 • (주)창비
등록 • 1986년 8월 5일 제85호
주소 • 10881 경기도 파주시 회동길 184
전화 • 031-955-3333
팩스 • 영업 031-955-3399 편집 031-955-3400
홈페이지 • www.changbi.com
전자우편 • ya@changbi.com

ⓒ 주민선 2025
ISBN 978-89-364-3166-2 03810

* 이 책 내용의 전부 또는 일부를 재사용하려면
  반드시 저작권자와 창비 양측의 동의를 받아야 합니다.
* 책값은 뒤표지에 표시되어 있습니다.